Las fiebres de la memoria

Seix Barral

Gioconda Belli
Las fiebres de la memoria

Obra editada en colaboración con Editorial Planeta – España

Diseño de portada: Planeta Arte & Diseño
Fotografía de portada: © David & Myrtille / Arcangel
Fotografía de la autora: © Denise López

© 2018, Gioconda Belli

© 2018, Editorial Planeta, S. A. Barcelona, España

Derechos reservados

© 2018, Editorial Planeta Mexicana, S.A. de C.V.
Bajo el sello editorial PLANETA M.R.
Avenida Presidente Masarik núm. 111, Piso 2
Colonia Polanco V Sección
Delegación Miguel Hidalgo
C.P. 11560, Ciudad de México
www.planetadelibros.com.mx

Primera edición impresa en España: octubre de 2018
ISBN: 978-84-322-3438-5

Primera edición impresa en México: octubre de 2018
Primera reimpresión en México: noviembre de 2018
ISBN: 978-607-07-5332-9

Impreso en los talleres de Impresora Tauro, S.A. de C.V.
Av. Año de Juárez 343, Col. Granjas San Antonio, Delegación Iztapalapa
C.P. 09070, Ciudad de México.

A Charles Castaldi, mi compañero, amigo, esposo. Su curiosidad, joie de vivre, *su talento y sentido del humor, enriquecen mi vida cada día.*

A mi padre, Humberto y a mi abuela Graciela.

PRÓLOGO

¿Qué cara pondría mi padre cuando le dijeron la verdad? A los dieciocho años era un muchacho atlético —del equipo de básquetbol «Los Grifos»— de ojos menudos, con un bigotito fino y una sonrisa ancha y pícara. Lo imagino sentado con Doña Carlota —que él creía que era su madre biológica— en las sillas mecedoras de mimbre del corredor donde ésta solía ponerse a tejer. Ella era una mujer morena, de rostro afilado y ojos grandes, su pelo entrecano siempre recogido en un moño bajo, sus manos largas sin otro adorno que el anillo de su matrimonio con Antonio Belli, el italiano que la dejó viuda joven. ¿Qué palabras escogería Carlota para revelarle al nieto que ella era solo su abuela y que otra mujer llamada Graciela era su verdadera madre? ¿Cómo le explicaría que uno de sus hijos, Pedro, que él pensaba su hermano, era en realidad su padre? Habría preferido que el secreto permaneciera guardado en esa casa de anchos corredores de la calle del Triunfo de Managua, donde vivía con su hija Elena, Gonzalo, el marido de ésta, abogado de profesión y los hijos de ambos. Pero, llegadas a viejas, las cómplices vecinas perdieron la discreción y una de ellas comentó lo que sabía con el joven sobrino amigo de mi padre. El resto es predecible: de regreso de una práctica de básquet en el parque

San Sebastián, un parque que ya no existe como no existen ya ninguna de esas casas solariegas destruidas de un latigazo por el terremoto de Managua en 1972, mi papá supo por el amigo que la realidad de su origen no era lo que parecía.

Estoica y mujer fuerte que era, Doña Carlota no tuvo más remedio que confesarle la verdad. Le explicó el amorío de Pedro y Graciela, una muchacha de «buena familia» de Matagalpa. Para evitar el escándalo de su embarazo, unas tías la ocultaron hasta que el niño nació. Después llamaron al joven padre y decidieron asumir la responsabilidad evadiéndola como era usual en esos tiempos. El niño fue inscrito como hijo de sus abuelos: Antonio y Carlota. A la abuela le tocó hacer el papel de madre.

Cuando conocí toda esta historia, admiré a mi papá, que fue tan buen hijo de su padre, a pesar de lo extraño que tiene que haber sido para él aceptarlo tardíamente como tal en el escalafón de los afectos. Pero en aquel tiempo, las familias eran reinos sin rebeliones. Las disposiciones de los mayores eran la ley, y esa ley se cumplía a cabalidad.

Las circunstancias del nacimiento de mi padre dieron lugar a que en mi infancia existiera una confusión de abuelas. Mientras lo normal era tener una pareja de abuelos paternos y otra pareja de abuelos maternos, yo tenía tres abuelas paternas: Carlota, la única a quien papá llamaba «mama»; Mercedes Alfaro, la esposa legítima de Don Pedro Belli, y la misteriosa abuela Graciela de Matagalpa.

A ésta la veíamos muy de vez en cuando. Ir a Matagalpa, pequeña ciudad perdida en la bruma y entre montañas al norte del país, significaba un viaje largo, pero a mis hermanos y a mí nos ilusionaba. Al contrario de la familia de Managua, más bien estirada y parca en sus afectos, Graciela Zapata

Choiseul de Praslin era una mujer encantadora y cariñosa. Hermosa, alta y vivaz, nos recibía con suculentos almuerzos de las típicas delicias nicaragüenses que no se acostumbraban en nuestras casas. En la ciudad, ella era un personaje; querida y respetada. Se había casado con un ex militar y ambos eran dueños y administraban el hotel más grande y prestigioso de esa pequeña urbe. Matagalpa estaba llena de historias de familias alemanas, danesas, italianas, inglesas y francesas, que en el siglo XIX se habían asentado en la región, gracias a que el gobierno les había cedido tierras para trabajar. En esa zona floreció el cultivo del café. Se amasaron fortunas, extranjeros se casaron con muchachas de familias prominentes y allí surgieron las leyendas que hablaban del pasado de aquellos inmigrantes rubios, ojos azules, altos, blancos, peculiares que, llegados de Europa, se reinventaron en la pequeña y emergente Nicaragua.

Jorge Choiseul de Praslin era el abuelo de mi abuela Graciela. Con su historia, su memoria, los relatos de familia y los documentos de la época, he construido esta novela.

GIOCONDA BELLI

Capítulo 1

¿Qué piensan los enterradores? ¿Qué pensaron quienes cargaron mi féretro en la noche húmeda y calurosa de agosto en París? Irían a paso lento para no tropezar ni deslizarse sobre el musgo húmedo de otras lápidas. Sus hombros creerían soportar el peso del duque Charles Laure Hugues Theóbald Choiseul de Praslin, que tras asesinar a su esposa se envenenó. Sospecho que les complacería secretamente llevar a un noble a la esquina apartada del camposanto, dejarlo caer sin miramientos dentro de la fosa recién cavada, darle el entierro propio de un criminal solo, sin familia doliente, o hijos que se preguntaran si esa maldad habitaba en su linaje. Los enterradores trabajarían de prisa, anhelando el cocido que los esperaba en casa, apilando veloces las paladas de tierra sobre el féretro, escuchándolas caer como bofetadas contra la madera. Uno de ellos clavaría después el madero vertical con el número 5701 toscamente grabado. Pensarían que era justo que yo no contase siquiera con la cruz rudimentaria asignada a los pordioseros.

Tres años después, Jacques, el sepulturero de Vaux-le-Vicomte, descubriría el engaño, las piedras dentro de mi ataúd. ¿Se alegraría? Me conocía desde la niñez. De joven era jardinero, cultivaba los rosales de donde provenían las rosas que mi madre hacía colocar en los jarrones de nuestro *château* de Maincy no bien empezaba la primavera.

¡Ah, Vaux-le-Vicomte! Muerto mi padre, yo fui el heredero. Me gasté una fortuna renovando aquel castillo magnífico, mi fortuna y la de Fanny, mi ahora difunta esposa. Ella no lo objetó. Ese proyecto lo hicimos ambos, sin querellas. Ella se soñaba señora de la belleza arquitectónica y del lujo del palacete, yo de los jardines más bellos de Francia. Mi familia poseía Vaux-le-Vicomte desde 1764. Nosotros lo llamábamos Vaux-Praslin. El castillo fue propiedad de Nicolás Fouquet, el financiero de Luis XIV, que terminó preso, acusado de malversación de fondos. Mi padre afirmaba que Fouquet fue víctima de envidias y, sobre todo, de la codicia del Rey, que odió que alguien tuviese un castillo más imponente que el suyo. Lo mandó apresar, saqueó el castillo y envió a Le Vau, Le Nôtre y Le Brun, sus creadores, a diseñar y construir Versalles.

En Vaux-Praslin, nuestros hijos y su aya, Henriette Deluzy Desportes, disfrutaban largas caminatas alrededor de los diseños geométricos del parque, los parterres de lilas, las avenidas de tilos, las enredaderas de rosas trepadoras. Cuando Jacques, en ese entonces jefe de jardineros, perdió súbitamente a su mujer, la soledad y la vejez lo tornaron adusto y sombrío, lo dotaron para el oficio de guardar las criptas del cementerio familiar.

Creo no equivocarme al pensar que fue a él a quien mi hermano Edgard le asignó la tarea de recuperar mis restos de la oscura y anónima tumba de paria en la que reposaban y trasladarlos al lado de Fanny. Puedo imaginar al desencajado, viejo y grueso sepulturero a la puerta del estudio del nuevo Duque, sin encontrar palabras para revelarle el insólito hallazgo. El leal Jacques contemplaría a mi hermano tras el escritorio, lo vería alzar el rostro, interrogarlo con la mirada tranquila, esperando simplemente la aseveración que al fin el cadáver retornaba a la familia para yacer al lado de la esposa en la cripta familiar de Praslin.

El mismo día de mi muerte, el 24 de agosto de 1847, tuvieron lugar las pompas fúnebres de mi Fanny, Duquesa de Choiseul Praslin. Su catafalco fue colocado en la nave central de la Iglesia de la Madeleine. Asistieron a la ceremonia representantes del rey y la reina, además de los ministros del Interior y de Justicia y la más alta nobleza. París entero lamentó el suceso, la multitud se aglomeró en las aceras, la ciudad lloró el fin trágico de la Duquesa y expectante aguardó que la justicia señalara al culpable.

A la puerta del despacho de mi hermano, el sepulturero Jacques querría condolerse con él de mi engaño, reprobar mi traición. Otro en su lugar habría dudado entre revelar la verdad o guardar para siempre la mentira de mi desaparición, pero ya mencioné que Jacques era leal a la familia. Revelaría su hallazgo en una frase. Frente a él, mi hermano se mostraría impertérrito, pero comprometería al sirviente a un pacto de silencio bien remunerado. Él y yo éramos de la misma estirpe austera, reservada. Ambos heredamos de mi madre la preocupación por las formas, que ella se esmeró siempre por mantener de manera obsesiva. De pequeños vivimos en un hogar infeliz, forzados a portar la máscara de niños felices y de buens maneras. Fuimos una familia adversa al escándalo. Para Edgard, mi fingido suicidio tendrá que haber sido un alivio (en su lugar yo pensaría de la misma manera). Estaría de acuerdo en que mi muerte fingida era la solución más decorosa para lidiar con el infortunio de mi desgracia. Así las cosas, a él sólo le restaba conservar las apariencias. Mandó a esculpir mi lápida. La colocó al lado de Fanny. Si hay vida tras la muerte supongo que será ella la más ofendida por verse forzada a yacer al lado de un sepulcro vacío. Me atrevo a pensar, sin embargo, que a pesar del engaño le plazca pensar en la falsa posteridad de nuestro matrimonio, en las futuras generaciones preguntándose qué conversarían nuestros fantasmas.

CAPÍTULO 2

El día en que debí haber muerto (el arsénico mordía furiosamente mis entrañas y el dolor intolerable me hacía perder benevolente la conciencia, de manera que la realidad y las imágenes de mi psiquis eran indivisibles), fui sacado de la habitación donde Pasquier mandó recluirme en la prisión de la nobleza desde la Revolución, el palacio de Luxemburgo, por dos hombres, que tomándome cada uno de un brazo me alzaron de la cama y sin que mis pies tocaran el suelo, me llevaron al patio donde esperaba un coche. No sé qué deliraba, pero en mi olfato persistía asfixiante el olor pegajoso, denso, de la sangre de Fanny. Ignoraba aún la regularidad con que ese hedor me despertaría de improviso ya fuera al mediodía o la noche. Ni los olores del trópico, ni el de la tierra mojada en los inviernos de Matagalpa lograron borrarlo. Se quedó conmigo como un castigo, como si la mirada alocada de Fanny lo hubiese impreso en mis sentidos para que nunca la olvidara, para forzarme a mirarla al cerrar los ojos; mirar su rostro, su cuerpo roto como una maligna fuente que vertiera el rojo de su último atardecer sobre la tierra. No me ocuparé más de ella. Olvido, olvido. Eso es lo que deseo. En el patio del palacio me vendaron los ojos, me ataron las muñecas y me lanzaron al interior del carruaje. A los estragos de mi interior hube de agregar el terror. Quería morir, pero en mis propios términos. La idea de la muerte en el cadalso me causaba flojera en las piernas y una agitación mental insoportable. A pesar de los estragos del arsénico, recordé al médico susurrándome al oído que, tras seis días de tormento, el veneno ya no me mataría. ¿Avisaría al rey? Traté de calmarme concentrándome en ahuyentar el olor. Aspiré profundo el sudor de los caballos, el olor a basura de las calles nocturnas. Recuerdo su piafar cuando partimos a gran velocidad. Cada movimiento me atravesaba de dolor las entrañas. Me quejé. Sollocé. Pregunté si me llevaban al cadalso. No me respondieron. Iba solo. Mis raptores se acomodaron junto al cochero. Razoné que la tarima y el verdugo no serían mi destino final. Un par de Francia no muere en la guillotina con tan poca ceremonia. Me abandoné al olor del tapizado del coche, un olor mustio, a lodo y hojas secas. El ardor de mis tripas me mordía el corazón y los pulmones. Las arcadas de la náusea no producían más que bilis, pero aliviaban un poco la puñalada en mi esternón. Puñalada. Pobre Fanny. Pero ya ese capítulo de mi vida estaba concluido. No la vería más. Nunca más. Y eso era un alivio. A veces la libertad puede costar la vida. La rue Vaugirard estaba ya lejos cuando perdí el conocimiento.

Lo recuperé en una habitación de paredes color ocre, sobre una cama mullida en demasía pues recuerdo la sensación de estar hundido en aquel lecho casi sin poder moverme. Un hombre de piel aceitunada, bigotes y barba oscuros, cejas gruesas, ojos profundamente negros y nariz finamente trazada, se inclinaba sobre mí. A su lado vi una mujer como una letra i, extremadamente delgada, con el pelo atado en un turbante. Sus facciones eran tan similares a las del hombre que imaginé sería su hermana. Sostenía una bandeja de hojalata en sus manos.

—Soy Ibrahim —me dijo el hombre—. Voy a salvarle la vida.

—No se moleste —atiné a decirle—. No me interesa.

—Quien me ha pagado para que lo haga tiene más poder que usted, así que tendrá que soportarlo, Monsieur George.

—No me llamo George. Llámeme Charles.

—George. Así se llamará de ahora en adelante.

Dicho esto, él y la hermana tomaron posesión de mí. No hubo ninguna contemplación para mis quejidos, ni protestas. Me desnudaron envolviéndome en una suerte de sudario que mantuvo mis brazos inmóviles e impidió que la emprendiera a manotazos. Me aplicaron lavativas y vomitivos. Líquidos livianos y densos entraron y salieron de mi cuerpo. Me sumergieron en baños con agua tan caliente que me escaldaba la piel; mañana y tarde encendían braseros y quemaban aceites en mi cuarto sin ventanas hasta que el calor me ponía a sudar. Ibrahim me acompañaba mientras mi piel descargaba los venenos con que intenté quitarme la vida. La hermana jamás dijo una palabra. Sonreía sin compadecerse de mis ruegos de poner fin a los múltiples tormentos de agua a los que me sometieron sin parar día y noche por tres o cuatro días. Ella cocinaba en el brasero unas sustancias con olor penetrante que mezclaba con el té que me daba a beber sin cesar. Poco a poco se mitigó el dolor de los intestinos, dejé de oler a cloaca y ajo, y pude tomar caldos y jugos hechos con vegetales y pimientos. Dormí mucho. En los sueños, el olor a sangre retornaba. Yo no podía hacer nada más que flotar en el denso líquido rojo que fluía en mis ensoñaciones como un río, enredándose en los bucles y las pestañas del rostro impasible o lloroso de

Fanny. Despertaba en medio de gran agitación, pero a medida que fui recuperando fuerzas, la noción de estar vivo, de haber sobrevivido, fue instalándose en mi conciencia obligándome a imaginar los días que vendrían. El tiempo al que traté de renunciar cuando intenté suicidarme, se presentó ante mí con sus horas y minutos disponibles. A la postre, cesaron las curaciones de Ibrahim y la hermana. Su empeño se volcó ahora a alimentarme con caldos, cereales y platos ligeros y delicados de arroz, hasta que el hambre empezó a manifestarse. Con el hambre, llegó también la angustia. ¿Para qué me daban de comer? ¿Quién me protegía? Leía los diarios. Las pruebas me acusaban del crimen de mi esposa. El escándalo no amainaba. Se decía en París que mi muerte era un ardid para evitar el juicio y sentencia de un personaje de mi rango y alcurnia, un ser hecho a la medida para encarnar lo que el pueblo odiaba de la aristocracia. Culpaban al procurador Pasquier, a mis colegas en la Cámara de los Pares, al rey Luis Felipe. Mi caso, como un malévolo imán, concentraba rabias y frustraciones. Bien claro era para mí que quien magnánimo intervino para salvarme, no hizo más que condenarme a peor suerte. Yo tendría que sufrir en vida las consecuencias de la muerte física. No podría jamás acercarme a mis hijos: Isabelle, Louise, Berthe, Aline, Marie, Gaston, Leontine, Horace y Raynard; mis propiedades serían entregadas a otros, mi nombre quedaría para siempre reducido a la ignominia. Si aquella charada de mi entierro simulado se descubría, sin duda yo pasaría a la historia como el mayor truhán de Francia.

Ibrahim sonreía enigmático cuando en mi desesperada incertidumbre irrumpía en diatribas furibundas importunándolo cuando llegaba a alimentarme, pues él y su hermana me tenían encerrado en la ocre habitación sin ventanas en que me salvaron la vida. Una vez que mi razón emergió del estado de confusión y delirio de los primeros días, descubrí la ausencia de mi anillo de zafiro con el escudo ducal, así como la de mi alianza matrimonial. Pregunté, demandé saber si acaso algún desgraciado con parecido a mí me había sustituido en la muerte. No fue sino años después que leí autopsias y testimonios inexplicables, un relato de Víctor Hugo incluso, alabando mi buen físico. Tras cuanto he vivido no me extraña. Los seres humanos tenemos curiosas maneras de ver o no dependiendo de nuestra voluntad. Pienso además que la muerte protege de las miradas. Los ojos del vivo rehúyen mirar el rostro de la muerte, sea de quien sea.

Pasaban los días. Fátima me daba opio y mis sueños a veces eran viajes en el tiempo, largos paseos, discusiones con el arquitecto Visconti sobre la reconstrucción de Vaux-Praslin, largos recorridos por los salones, la cúpula con los frescos que tomaban vida y donde figuras mitológicas corrían en bosques densos tras ciervos que súbitamente se tornaban diosas desnudas; Henriette y los niños, Raynard, mi pequeño de seis años, reía o destrozaba soldados de plomo de casacas rojas que empezaban a sangrar. Uno de esos días desperté con la sensación de que la habitación estaba oscura y se balanceaba. Cerré los ojos. Dormí más. Volví a despertar. La habitación ocre no reapareció. Al fin desperté. Ibrahim se inclinaba sobre mí. Monsieur George, Monsieur George, me sacudía. Me percaté de que estábamos en una estancia reducida, en penumbras, que no era ya producto del opio. Por el movimiento y el olor a maderos húmedos deduje que era una barcaza.

—¿Río? ¿Mar? —pregunté.

—Río —respondió Ibrahim.

—¿De dónde zarpamos? —pregunté.

Viajábamos por el Sena hasta Le Havre me respondió mi acompañante. De allí seguiríamos hacia la Isla de Wight. Intenté ponerme de pie, pero no lo logré. Desistí de hacer más preguntas. La mente de Ibrahim funcionaba con un orden estricto y desesperante lentitud. Una andanada de preguntas sólo lograba obtener respuestas vagas o crípticas distribuidas a través del día como frases extemporáneas. Además, nuestro destino, la Isla de Wight, despejó mis dudas sobre la identidad del misterioso benefactor, artífice de mi escape del palacio de Luxemburgo. No me cupo dudas. Se trataba del mismísimo rey: Luis Felipe de Orleans. Su relación con la reina Victoria de Inglaterra era muy cercana. Apenas tres años atrás, ella y su esposo Alberto protagonizaron la primera visita de Estado de la corona inglesa a Francia desde 1520. En 1844, el rey Luis Felipe correspondió y visitó a la reina. Lo acompañé en aquel viaje. Después del boato de las ceremonias en Londres, la reina Victoria y el príncipe Alberto invitaron a un grupo de los nuestros a pasar unos días en la Isla de Wight. Sin Fanny, pasé dos días gloriosos en Norris Castle. El castillo de tres plantas, aunque pequeño, era cómodo y gracioso, con grandes ventanales desde los cuales se apreciaba el Solent, el estrecho que separa Gran Bretaña de la isla. El príncipe Alberto llegó acompañado del arquitecto Thomas Cubitt, un hombre sin pretensiones a pesar de su fama y fortuna. Un romántico. Usaba las camisas de pecheras y mangas orladas que yo detesto. Sus ojos grandes y oscuros le daban la apariencia de un niño desvalido. Falsa impresión. Cubitt estaba entonces a punto de iniciar la construcción de Osborne House, tan deseada por la reina. Quizás llegue a ver cómo avanza la obra ya que dudo que esté terminada, pues la reina y el príncipe planeaban un palacio monumental. Ambos pasaban largos ratos con Cubbit frente a los ventanales, imaginando cómo orientar el nuevo palacio para mirar la costa y el agua azul y profunda del Solent que el príncipe Alberto comparaba con la Bahía de Nápoles. Aquella vez di largas caminatas sobre la costa llena de piedras blancas. Pensé en Henriette, en mi situación de presa atrapada por el amor de dos mujeres inmensamente diferentes la una de la otra y, sin embargo, dispuestas ambas a reinar de forma absoluta sobre mí. Se parecían a mi madre. ¿Sería por eso por lo que tan a menudo intenté complacerlas? ¡Mequetrefe de mí! Jamás habría imaginado el funesto fin de todo aquello, cómo terminaría por destrozarnos.

En el palacio de Luxemburgo, mientras me debatía entre la vida y la muerte, Pasquier, el Procurador, me confrontó con Henriette. No quise siquiera mirarla. Cerré los ojos, tan fuerte como pude. Ella supo exactamente qué decir y qué hacer. Así era. No perdía jamás la compostura. En la prisión de la Conciergerie habrá mantenido su aire de gacela, la lucidez de sus grandes ojos castaños, el olor angelical de su piel. Seducirá a quienes se topen con ella y saldrá airosa. Lo sé sin ninguna duda. Pocas personas hay de su especie, y pienso que en esa rara categoría ella ocupa una jerarquía superior. ¡Ah, Henriette! *Ah, femme terrible!*

El viaje sobre el Sena hacia Le Havre tomó varios días. Me dejé mecer por el sonido del agua bajo la panza de la barcaza, el aire agitando las velas, los roncos sonidos de las bocinas, las gaviotas y sus graznidos. Ibrahim pagó a los cuatro tripulantes para que nos alimentaran sin preguntar nada. Algunas noches, él me ayudó a salir de mi escondrijo a respirar el aire y contemplar las estrellas y la luna. Yo miraba el firmamento, pero más que la grandeza del cielo me atraía observarlo a él. Su actitud protectora era la de alguien acostumbrado a guardar, no ya las personas sino sus sombras. De movimientos era rápido y se adelantaba a los acontecimientos como si pudiera prever el actuar de los marineros. Por su acento lo supuse originario del Magreb. Berebere de origen quizás, o descendiente de los moros derrotados en España por Isabel de Castilla y Fernando de Aragón. La curiosidad retornaba lentamente a mi estado de ánimo hasta ahora absorto en el oficio de la sobrevivencia, pero me resistía a fomentar intimidad con Ibrahim. Temía que esas noches sobre el río, interrumpidas de tanto en tanto por el cruce de otros botes y las voces de tono bajo de quienes descansan de su autoridad bebiendo vino, disminuyeran la distancia entre él y yo. No quería encontrarme con que él también tenía preguntas que hacerme. Sus atenciones eran constantes, pero me trataba como una serpiente venenosa con la que debía convivir en el reducido espacio dentro del barco. Evitaba tocarme, rozarse conmigo. Me ponía los platos al frente sobre un arcón de madera que utilizábamos de mesa, pero tan pronto yo me acercaba a los alimentos, él se apartaba como si temiera que lo atacara a dentelladas o lo contaminara con mis manos.

Era de esperarse. En adelante cualquiera que llegase a conocer quién era me temería. Fue en el trayecto hacia Le Havre cuando empecé a percatarme de que tenía que inventarme una identidad distinta. Ibrahim me llamaba Monsieur George. Mi protector le habría instruido de no mencionar mi nombre, de no referirse a mí con el usual tratamiento de *Monsieur le Duc.*

Tras cuarenta y tres años de portar el título nobiliario que desde 1762 se le concediera al primer Duque de Praslin, del condado de Choiseul, para mí, Charles Theóbald, hijo de Raynart Félix Choiseul de Praslin y de Charlotte-Olympe de Breteuil, asumir un nombre supuesto era una forma superior de suicidio. Me había librado de los dolores del arsénico, respiraba y mi corazón, mi aparato digestivo y mi sistema circulatorio cumplían su rutina obediente, pero el ente que era yo hasta entonces debía desaparecer, morir, para que naciera otro yo. No podía imaginarlo. No concebía existir con otro nombre. Tampoco podía imaginar dónde me llevaría ese escape absurdo al que me forzaban. Si cerraba los ojos, mi mente era un lago de sal, una pradera cubierta de nieve. La vida corriendo por mi cuerpo, la visión del firmamento en la oscuridad, salir del recinto ínfimo que Ibrahim y yo compartíamos, cargado de olores y sudores, al aire dulzón, vegetal, del río, me obligaba a celebrar el estar vivo. Pero cuando el olor de la sangre me despertaba por la noche, maldecía la magnanimidad de quienes no me permitieron morir.

En Le Havre, tomamos otro barco. Ibrahim me envolvió en una *djellaba* color arena. La caperuza alzada me cubría la cabeza. Él se vistió de igual manera y negoció con el capitán del barco el pasaje de ambos a la Isla de Wight. El velero en que nos embarcamos llevaba pocos pasajeros y transportaba aves, cerdos y vegetales. Nuestra cabina no era muy amplia, pero comparada a la que teníamos en la barcaza era mucho mejor, con ventanillas que dejaban entrar el sol y el aire, y a través de las cuales era posible apreciar si el agua estaba quieta o agitada. A un lado había un camarote con colchones de paja en buen estado, y al otro un mueble para poner nuestros enseres y un escritorio angosto, pegado a la pared. Partíamos esa misma noche e Ibrahim me dejó solo para salir al pueblo a comprar víveres y vino, además del papel y las plumas y tinta que le pedí, pues fue entonces que tuve la ocurrencia de iniciar la redacción de estas notas, crearme un espacio donde continuar siendo quien era. Me motivaba además la idea de que mis hijos algún día pudiesen leerme, conmiserarse de mí y conocer lo que realmente había sucedido con su padre. ¡Qué bien que Theóbald tenga esperanzas, me digo, porque «Monsieur George» no tiene ninguna! Él piensa que sus hijos no sabrán nunca más nada del padre. Después de lo que han sufrido y sufrirán por «el caso Praslin», ¿quién osará darles otra versión de la misma historia, una versión carente de pruebas? El cobarde Theóbald que fui estaba condenado a muerte y debía desaparecer para siempre. En cambio, yo, por mucho que desee a ratos morir, respiro a todo pulmón. El aire del mar que entra por las escotillas me sienta como una droga, me intoxica con un placer que hasta ahora jamás conocí. Pero de esto quizás también valga la pena dejar constancia. He sido desde mi más incipiente infancia un ser sometido a lo que debía ser, a mis títulos, a mi posición social, mi vida dominada por estrictos códigos que regían con rigor tanto mi vida cotidiana como las grandes decisiones. Heredé Vaux-Praslin, pero también el sastre de mi padre, su zapatero, su suplidor de brandy, el fabricante de la compota con que untaba el pan del desayuno, el telar de la seda de mi bata de casa, mi sitio en la Cámara de los Pares de Francia. Ser noble requiere ese sometimiento al pasado, a la repetición que es esencial para la nobleza.

Ser Theóbald requería que repitiese a mi padre, que no alterara costumbres y conservara tradiciones. Nueve hijos atestiguan que cumplí mi parte. Pero ni la nobleza rancia ha logrado aislarse de cuánto ha cambiado en Francia; por todas partes hay ranuras, garras que lo desvisten a uno de medallas y falsas charreteras. El «George» que quizás me habitó desde siempre agazapado entre las costillas, celebró que Henriette Deluzy Desportes, con su manera sutil de pretender inocencia, me revelara que se podía desafiar el destino y construir una vida alterna donde ejercitar el derecho a ser lo que uno deseaba. Ella hizo surgir mi lado oculto, hedonista, lúdico. Pero fue en vano. Entonces, en mi vida de Theóbald, sólo a Theóbald le era dado existir. No acepté su reto. Me incomodaba alejarme de quien era. Caí en la cuenta de que me sería imposible sustituir al personaje construido, alimentado, protegido con tanto empeño la mayor parte de la vida.

Fanny me acechó día y noche con su amor desaforado. No se equivocó en sospechar lo que percibía, pero su reacción fue una avalancha que arrasó la ciudad de nuestra vida.

Pobre Fanny. La quise hace mucho. La recuerdo con sus grandes sombreros de paja en el verano, los lazos en las faldas, su risa impúdica, de niña mimada.

Capítulo 3

Avistamos East Cowes en la Isla de Wight al atardecer. Ibrahim estaba en la cubierta y yo salí sin preocuparme de los marineros. Acerté en suponer que estarían demasiado ocupados con las maniobras para prestarme atención. Hay un límite para los encierros y a este punto me sentía como un animal diurno obligado a vivir como murciélago. La luz del atardecer me sacó lágrimas de los ojos, pero vi sobre el Canal de la Mancha el estrecho de Solent y el verdor lejano de la costa inglesa. Largas playas pedregosas bordeaban la isla. La tripulación del velero *Leonor* con largas pértigas ayudaba a la embarcación, que calculé tendría unos cuarenta pies de largo, a enrumbarse hacia Newport al final del estuario del Río Medina y a evitar otros veleros que circulaban por el estrecho canal. Otra parte de los hombres arriaba las velas. De la boca de East Cowes vi a lo lejos los contornos y andamios de lo que debía ser la edificación de Osborne House, el palacio monumental que se construía la Reina Victoria.

Le pedí a Ibrahim que se encargara de nuestro equipaje y me dejara tendido el traje que él considerara calzaría mejor con el rol de mediano comerciante que me tocaría asumir. Durante la travesía quise saber de él y lo sometí a velados interrogatorios que él resistió hasta que lo venció el deseo de contarme sus aventuras. Por ellas me enteré de su experiencia como contrabandista de opio y raras especies. Desde joven había sido grumete en barcos que iban de África a Europa. Conocía ciudades en Portugal, Italia, Turquía, y los más importantes puertos del Mediterráneo. A Madame Adelaïde, la hermana de Luis Felipe de Orleans, que supo de sus conocimientos de hierbas medicinales y antídotos contra mortíferos venenos, debía Ibrahim su empleo en la corte. Por un buen tiempo, ejerció el oficio de probador de las comidas de Luis Felipe y la familia real.

En esos intercambios de anécdotas, luego que se sintió más cómodo conmigo, durante los días de encierro en que él leía el Corán y yo a Víctor Hugo y Balzac, estuve a menudo tentado de argumentar mi inocencia, de confiarle mi infancia de pequeño Marqués entre tutores y criadas, las noches en que oía a mis padres discutiendo furiosamente y me decía a mí mismo que cuando yo me casara, mi vida sería distinta. Querría poder hablarle de los ciervos en las tardes de Vaux-Praslin, del carácter de mis hijos, del pequeño Raynard. Pensaba en cómo hacer para que me tomara afecto y no tuviera miedo de acercárseme. Me preguntaba si Madame Adelaïde me habría cedido permanentemente a Ibrahim. ¿Cuánto tiempo se quedaría conmigo aquel hombre? Mientras estuviera conmigo, sólo siendo justo y magnánimo podría aliviar sus recelos. Anochecía cuando descendimos del barco. En el muelle, yo con la gorra de cazador hundida en la frente e Ibrahim con la chaqueta corta de sirviente, nos dirigimos a la posada cerca del desembarcadero. Allí pasaríamos la noche antes de partir hacia la pequeña población de Mottistone. Quedarse en Newport no era recomendable pues era la ciudad más importante de la isla y la más visitada. Mottistone en cambio era un caserío en el lado opuesto. La isla con forma de diamante tenía muy pocos habitantes en sus 380 kilómetros cuadrados.

Todo fue bajar del barco para que me invadiera un sentimiento de desolación. Volver a tierra firme, a una superficie sólida que requería firmeza al andar, me hizo percatarme de que mi estado físico estaba aún muy afectado por el veneno. A eso se añadía la desconcertante sensación, producto del viaje en barco, de estar todavía navegando. Pero lo más difícil era encarar mi estado de ánimo.

Desde que salimos de París, hasta que arribamos a la Isla de Wight a mediados de septiembre de 1847, la perspectiva de escapar y encontrar refugio seguro se encargó de mantener mi mente en estado de intenso presente. Fui capaz de suspender cualquier pensamiento que no tuviese que ver con lo inmediato. Llegar a destino era lo único perentorio y de lo que dependía cualquier otra acción futura. Ninguna otra emoción, ni vacío, ni pena, ni arrepentimiento, fue más fuerte que el impulso de aferrarme a los días que mediaban entre la partida y la llegada a otro punto sin ser descubierto. En cambio, llegar a la posada, ver rostros desconocidos mirándome, saludar al dueño, pasar esa primera prueba de lo que suponía falsificarse y asumir una nueva identidad, me dejó exhausto. Ante el posadero me identifiqué como Georges Desmoulins. (Camille Desmoulins y su esposa Lucille eran personajes de la Revolución de 1789 que admiraba. Ambos habían caído bajo la guillotina en los días del Terror.) El nombre surgió tras una conversación con Ibrahim en la que él se mostró solícito y en la que por primera vez nos relacionamos como dos hombres que necesitaban uno del otro.

—No le recomendaría hacerse pasar por alguien demasiado lejano a su clase y estilo de vida, señor Duque. El mejor disfraz es la naturalidad en el actuar. Por lo mismo, mi consejo es que piense en algún amigo, o personaje de su círculo, rememore sus modales, sus gestos y trate de actuar como si de esa persona se tratase.

—De joven fui admirador de Camille Desmoulins y su esposa. ¿Sabe quiénes eran?

—Camille Desmoulins. Sí que lo sé. Amigo de Danton y Robespierre, intelectual; se le adjudican actos heroicos durante la revolución, discursos, escritos. De nada le sirvieron, sin embargo. Le cortaron la cabeza.

—A su esposa también. A todos los dirigentes. De seguro jamás imaginaron que correrían la misma suerte del rey que depusieron. En todo caso, George Desmoulins me suena como un buen seudónimo, y creo que ser un noble intelectual calzará conmigo.

—Yo que usted aspiraría a pasar por un burgués adinerado. La nobleza francesa tiene muchos detractores, como usted sabe. Hable sólo lo estrictamente necesario. La locuacidad en sus condiciones es peligrosa. En las posadas los viajeros querrán entablar conversación. Evítelos.

Accedí a los consejos de Ibrahim. Si elegir el seudónimo me pareció un juego, actuar como alguien distinto a mí mismo me resultó en extremo difícil. Se necesita mucho más que un nombre para crearse una nueva identidad. El posadero me preguntó domicilio, fecha de nacimiento. Me sentí como una hoja en blanco. Lo miré. ¿Para qué? —pregunté con arrogancia para darme tiempo a pensar una fecha—. Dije 13 de junio, 1805. Mismo año, diferente fecha a la de mi nacimiento. Mi madre no era devota, pero celebraba a San Antonio en esa fecha y por ende era de las pocas efemérides que me quedaron grabadas de la infancia. Durante ese breve intercambio con el posadero, me asombró no saber qué decir ni cómo comportarme sin recurrir a quien había sido hasta entonces. Me sentía incapaz de abandonar mis ademanes de hombre seguro del poder de su clase, protegido por sus señas de identidad y la noción de su estirpe. Si fingir me creaba conflictos, la idea de vivir como alguien de menor estatus en la sociedad era anatema para mi sistema de valores y manera de pensar. Me producía vértigo sólo imaginarlo. Me hacía sentir un bufón de mí mismo. Abrumado pensé otra vez que debía regresar a Francia y entregarme a las autoridades, convencerme de que jamás sería un buen jugador de charadas, pero el posadero me sonrió y me entregó las llaves de mi aposento. Pasó el mal rato y el alivio tornó mis pensamientos sombríos en la satisfacción de haber pasado sin tropiezos la primera prueba. Opté de nuevo por la vida. Mientras subía los escalones hasta mi habitación comprendí que tendría que acumular nuevas experiencias para abordar los asuntos más triviales, ya que mis opiniones, mis puntos de referencia, hasta mis nociones del tiempo y del clima podrían delatar lo ajena que era mi sensibilidad a este otro entorno. Supe que tendría que huir de los parroquianos que pululan en las posadas, solitarios, buscando quien los entretenga contándoles historias. Debía aprender a decir mentiras como si fueran verdades. Me maravillaba ver la facilidad con que Ibrahim, viejo en el arte de fingir y de viajar entre extraños, podía con pocas palabras justificar su mutismo y hacer que lo dejaran tranquilo.

Aquella noche en la posada fue muy dura para mí. Cuando cerraba los ojos, el cuerpo me engañaba repitiendo las sensaciones del mar, incapaz de asimilar la inmovilidad de tierra firme. En la cámara oscura de mi mente, el escenario de mi desgracia se repetía como una pieza de teatro en la que yo era el único público: el rostro aterrorizado de Fanny, su cuello sangrante, su boca intentando gritar y pedir ayuda flotaba en el sueño como las cabezas cuando caen de la guillotina. Pero el cuerpo decapitado de mi pesadilla seguía dando vueltas, buscando la salida de la habitación, dejando las manos impresas sobre la tela que recubría las paredes, las uñas enterradas en mi mano cuando le arrebaté el cordón con que llamaba a los sirvientes. Los ojos de Fanny, su pelo oscuro desgajado y sucio, la desesperación y súplica con que me miró se intercalaba con mi propia actuación cómplice, cobarde, incapaz de detener esa siniestra escena, esa mortífera danza de las fieras. Desperté otra vez con el olor a sangre en las fosas nasales. Lo que el mar, el viento y el mismo encierro lograron aminorar retornó para recordarme que no podría esconderme de mí mismo, de mis recuerdos. Abrí los ojos y vi en el techo de la habitación la sombra del rostro de Henriette atándose el sombrero amarillo bajo la barbilla, sonriéndome. ¿Cuántas pesadillas soportaría sin enloquecer?

Capítulo 4

Llegamos a Mottistone tras un día arduo de camino por un paisaje en que se alternaban estepas planas y cubiertas de hierba, con colinas boscosas. Aquí y allá se veían los setos típicos ingleses y una que otra cabaña con el techo de paja recortada. Era un paisaje tranquilo, monótono que iba hacia lo que llamaban la espalda de la isla. Al irnos acercando a Mottistone la tierra empezó a mostrar vetas blancuzcas que anunciaban las capas alcalinas, de tiza, sobre la superficie del terreno. Conocía que en el Norte de la isla se alzaban extrañas y monumentales formaciones. Las descripciones de Las Agujas las oí más de una vez de boca de las señoras inglesas que frecuentaban Dieppe, en los veranos de vacaciones con Fanny, los niños, y mis suegros, el mariscal Sebastiani y Antoinette de Coigny. Las inglesas hablaban de *The Needles*, como si se tratase de una de las maravillas del mundo. Que consideraran esa minúscula isla en el Canal de la Mancha como una «*extraordinaria*» y exclusiva colonia de recreo, a los franceses nos parecía propio del chauvinismo inglés. Pero nadie se atrevía a decir nada desde que la Reina Victoria y el Príncipe Alberto la pusieran en el mapa como uno de sus sitios preferidos para veranear.

Mottistone era un caserío de cabañas dispersas a los lados del camino entre Shorwell y Freshwater. Había una calle central con la Oficina de Correos, la panadería, un pequeño mercado y otros negocios. La única casa de alguna importancia era Pitts Place. Hacia allá nos dirigimos. La casa estaba vacante. Su dueño, Sir John Leigh of North Shorwell, hacía ya dos veranos que se la había cedido a Madame Adelaïde, la hermana del Rey Luis Felipe. Ibrahim tenía instrucciones de hospedarme allí.

A la casa se entraba por una ancha puerta situada en el ángulo formado por las dos alas del edificio que no eran de iguales proporciones. La más corta era la más antigua y ocupaba el lado sur. La más larga y nueva, el norte. Era una edificación de bloques rojizos, con poco adorno. Sobre la puerta de entrada, en un arco con un friso plano se leía la fecha 1567. Según nos explicó el Sr. Wikeham, que regentaba la residencia y sus tierras, el primer registro que se tenía de ésta era de 1086. Había pertenecido a Brian de Lisle, quien lo heredó a sus descendientes a su muerte en el siglo XIII. Como solía suceder en esos señoríos, las casas sufrían remodelaciones. Según Wikeham, el ala sur por ser la más vetusta era la menos cómoda. Nos recomendó que tomáramos aposento en el ala norte.

Aunque era un día de inusitado calor para septiembre, al entrar al edificio no pude reprimir un escalofrío. La humedad, la penumbra, el olor a la cera de los muebles, el penetrante tufo a moho me transportó a mi habitación en el palacio del Luxemburgo. Ni aquel palacio, ni esta mansión eran cárceles propiamente. Ciertamente que aquí no tendría restricciones para salir, pero, ¡Mon Dieu!, estaba en una isla, lejos de todo, con un hombre que no sabía si era mi carcelero o mi cómplice. Aún no encontraba dentro de mí la energía para pedir explicaciones. No tenía dinero. Vivo era un hombre acaudalado, pero muerto no podría acceder a mi fortuna sin revelarle a alguien mi secreto. Mi hermano Edgard, ¿quizás? Pero él tampoco podría disponer de mis bienes sin causar suspicacias. Ese día en Mottistone, me percaté de que a mis años sabía mucho de historia, de política, de literatura; sabía también administrar mi dinero, pero no cómo ganarme la vida. Estaba educado para gastar no para multiplicar mis bienes. Nunca pensé que algún día me vería en la necesidad de proveer para mí mismo. Tendría que interrogar a Ibrahim sobre qué había dispuesto el rey en ese sentido, o enviarlo de regreso a París en busca de medios. Mientras así divagaba mi razón, Wikeham avanzaba delante de nosotros quitando las fundas que cubrían los muebles y abriendo las ventanas que eran largas, algunas cerradas con persianas, la mayoría con vitrales sencillos con imágenes de animales domésticos. Las estancias eran amplias, de techos altos y con grandes chimeneas al centro. Los muebles eran bastante rústicos, cuero y madera sobre bellas alfombras de lana tejidas con los escudos del señorío y otros símbolos. Noté una abundancia de cacharros y adornos de cobre, cuadros con imágenes del mar y de los paisajes de la isla. En el comedor, en un sitio muy principal, un par de retratos al óleo de la Reina Victoria y el Príncipe Alberto. Muy buenos, pensé. En casi todas las estancias había libros acomodados en las mesas y en el recorrido pasamos por un salón-biblioteca que me impresionó por la cantidad de estantes repletos de volúmenes, así como por su cálida sencillez. Pude imaginarme pasando largos ratos allí. Las habitaciones, austeras pero cómodas, estaban en el segundo piso. Llevábamos poco equipaje. Mis pertenencias habían quedado en el número 55 de la Rue Faubourg St. Honoré. El mariscal Sebastiani, mi suegro y dueño de la mansión, se encargaría de disponer de ellas. La sola idea de esa escena me causó una sensación física de angustia y desasosiego. Estar vivo cuando debía estar muerto me resultaba cada día más desconcertante. Pensé en la policía recorriendo mi casa, revisando mis cosas, mis papeles, las cartas que me escribía Fanny y que yo últimamente, ya sin leer, dejaba caer en una gaveta de mi escritorio llena ya de sus misivas. Muchas cartas al día me hacía llegar con su dama de compañía, desde que dejé el lecho matrimonial y me pasé a otra habitación comunicada con la suya por una antecámara y el cuarto de baño.

Fanny escribía bien. Sus cartas clamaban mi atención. Pero la que escribía esas cartas no era ella, sino la mujer que habría querido ser. Yo mismo me pregunto si quien escribe estas notas soy yo, o una versión legible de quien soy. Hay una extraña dignidad en la escritura. Lo que uno percibe como oleaje batiendo incesante contra las costas del cerebro, al descender al papel debe encauzarse en las riberas del lenguaje y adquirir formas inteligibles regidas por el código de conducta de la gramática. El acto de escribir tiene un efecto civilizador para la conciencia. La Fanny airada, irascible, la que me vigilaba, la que con la maternidad perdió la cintura y pensó que yo buscaría esos atributos en otras, la que inició el rastreo celoso de mi vida, mis ropas, mis libretas, y con prolífica imaginación supuso que yo sostenía relaciones pecaminosas, no sólo dentro de nuestra casa, sino en los barrios y salones más *chic* de París, no era la amorosa Fanny de sus cartas. La de las cartas reconoce su acoso incluso con vergüenza, comprende mi desprecio, me ruega otra oportunidad. Está consciente de cuán destructiva es, pues enlista con precisión los agravios de los que me hace objeto. Al inicio de la avalancha epistolar, me impresioné, pensé que entraba en razón. No regresé a nuestra habitación, pero la visité conmovido por sus palabras. Sin embargo, insistió en hostigarme, no cesó en su empeño de encontrar justificación para sus celos. No la detenían ni mis abrazos. Bastaba que yo titubeara, o me tomara más tiempo del acostumbrado para empezar o terminar el acto amoroso, para que ella se desesperara. Lloriqueaba afirmando que mi proceder era señal inequívoca de mis relaciones ilícitas. ¿Cómo explicarle que su enfermiza angustia, su manera de aferrarse a mí, de proclamar su amor desmesurado, me ablandaban física y emocionalmente en la peor acepción del término, apagando mi deseo? Ciertamente no habíamos tenido nueve hijos porque nos gustara jugar juntos a las cartas. A pesar de sus lamentaciones y reclamos, yo aún conservaba imágenes de mejores tiempos a las que echar mano. Sin embargo, sus quejas y sus cartas me llegaron a causar tal sensación de asfixia que la conversación más trivial con ella me irritaba sobremanera. Es curioso que el amor pueda terminar en un acto de combustión que incinere hasta los resabios y deje simplemente un vacío, éter, la nada. Inicialmente uno cuestiona los propios sentimientos, cuesta aceptar que el amor desaparezca como aniquilado por un desastre de la naturaleza. Uno se pregunta cómo ha sido suplantado por la frialdad, la rabia, el odio a ratos. Durante largos años amé a Fanny. De jóvenes hasta fuimos felices. Ella tenía diecisiete años y yo diecinueve cuando nos casamos. Recuerdo el olor de ella cuando salía del baño. (Los jabones perfumados eran indispensables en su vida). Su madre había muerto cuando ella apenas cumplía tres semanas y fue su abuela, la muy famosa Madame de Coigny, quien vigiló su infancia y adolescencia, sin dejar jamás de lamentarse de la muerte de su hija y trasladando la responsabilidad del cuido cotidiano de Fanny a Mademoiselle Mendelssohn, que gozaba de su consideración por ser tía de Félix y Fanny Mendelssohn, famosos músicos. Conocí a la institutriz alemana. Creo que nunca acabó de aceptarme. Por la manera en que trataba a Fanny, era evidente que sus niñerías la dejaban pasmada y que mi complicidad con ella la desilusionaba. Pienso que habría preferido para Fanny un marido que le ayudase a crecer, no un compañero de juegos como yo. La Mendelssohn regresó a Berlín no bien nos casamos. Fanny no la extrañó. No habló más de ella. En nuestro medio era usual. Damas de compañía, mayordomos, criados, iban y venían. Uno debía estar preparado a cortar el afecto como se corta una planta, de un solo tajo. No contaba la intimidad de la convivencia, los servicios prestados más allá del deber. Así era el acuerdo laboral, los términos inherentes a la profesión.

Fanny y su padre no toleraron que, tras su despido, Henriette Deluzy Desportes les escribiera a los niños a diario, que se lamentara amargamente de no estar a su lado, que arreglara verlos en secreto. Poco importaba que esa mujer hubiese rendido a nuestra familia un impecable servicio como institutriz de mis hijos. Henriette habrá contado con que yo intercediera. Pero Fanny y su padre amenazaron con iniciar trámites de divorcio. Se lo expliqué a Henriette, pero menospreció mis excusas. Debo admitir que llegó el momento en que yo mismo consideré excesivos sus lloros y furias, sus cartas plañideras a niños que no debían enfrentar circunstancias que no les era dado cambiar. Renegué de su debilidad, de su falta de control para dominar las manipulaciones de una personalidad romántica y dada a la dramatización. Lo paradójico de esta tragedia de mi vida es cuánto, a fin de cuentas, se parecía Henriette a Fanny.

Durante nuestra travesía a la isla, Ibrahim insistió en que debía escribir los pormenores que darían credibilidad a mi nueva identidad y que explicaran las razones por las que estábamos en la Isla de Wight. Aparentemente él había hecho uso de varias identidades en sus correrías y estaba convencido de que el éxito residía en la abundancia de detalles. Le prometí que me dedicaría a redactar una historia creíble. Lo intenté en los primeros días en aquella casa. Pluma en mano me sentaba frente al escritorio en el estudio, pero no lograba articular un relato coherente. Evitaba encontrarme con Wikeham para no verme forzado a conversar. Él era un ser, por demás, extraño, hosco, menudo y encorvado, que miraba siempre de soslayo y a menudo sonreía o reía por lo bajo sin ningún motivo aparente mientras se movía por la casa. Bien pronto me percaté de que no tendría que preocuparme por su curiosidad pues carecía de ella. Lo que sucedía fuera de Pitts Place no le interesaba. Sin embargo, era maniático y obsesivo dentro de su limitado entorno: aceitaba los pomos y aldabas de las puertas, enceraba las maderas de los pisos, limpiaba minuciosamente los vitrales, desempolvaba amorosamente los libros de la biblioteca uno a uno. Se movía con tal sigilo que su aparición repentina más de una vez me hizo dar un salto. Era quizás el fantasma protector de aquella mansión, un muerto vivo, como yo.

Capítulo 5

Se instalaba el otoño. Ibrahim, Wikeham y yo convivíamos como hombres solos, ellos a mi servicio y yo como señor de la casa. Ibrahim se ocupaba de mi alimentación. Era buen cocinero, pero en la isla los ingredientes y especias que él acostumbraba emplear eran inexistentes. Renegaba de la insípida comida inglesa, de esos paladares hechos al cordero hervido, pescado frito y papas. De tanto en tanto viajaba a Newport a comprar buen té y vino regular. A marineros que hacían la ruta desde Le Havre o Calais les encargaba azafrán, hinojo, clavo, vinos de Bordeaux, buena mantequilla. De Newport me llevó también mudas de ropa para que yo contase con el atuendo adecuado para mi figura de respetable burgués: camisas de algodón de la India, pantalones, chaquetas y chalecos de buen paño inglés, todas en colores oscuros, corbatas y pañuelos de buena seda, pero también austeras, blancas o negras. Así vestían los abogados, comerciantes y médicos, las personas entre las cuales yo podría confundirme sin llamar la atención. Muy importantes eran los ejemplares de diarios franceses que obtenía en la ciudad. Leerlos me torturaba, pero no podía dejar de hacerlo. Los leía hoja por hoja, palabra por palabra, con el pecho constreñido por la nostalgia y el desconsuelo, como un rey exilado de su reino. Si estando en París, el escenario político era un prisma en que rostros familiares se intercambiaban, giraban o saltaban de lo alto a lo bajo, o viceversa, la cercanía, los prejuicios o afectos, impedían desentrañar sus gestos y discursos. En cambio, desde la soledad y distancia de la isla los nublados se disipaban y me revelaban los eslabones que iban encadenándose poco a poco al cuello del rey Luis Felipe de Orleans. El escándalo de la casa de Choiseul-Praslin se mezclaba ahora con el de Jean-Baptiste Teste. A Teste lo acusaban de aceptar un soborno de 94.000 francos para autorizar la renovación del contrato de explotación de la mina de sal de Gouhenans. Pobre hombre. Estúpido. Una brillante carrera echada al traste. Cubieres, el ministro interino de la Guerra, fue quien lo hundió para siempre. Igual que yo, Teste intentó suicidarse. Se disparó dos veces en la cabeza y dos en el pecho. Y falló. ¡Mon Dieu! ¿Cómo se puede fallar así? Tan sólo ese fracaso sería suficiente para acumular un ridículo que durara toda la vida. Pobre Jean Baptiste. No era un mal hombre, pero el poder lo hizo pensar que era invencible. La verdad que no es difícil confundirse. Quizás en mi caso, las letanías de Fanny, la *sottovoce* censura de mi suegro, Henriette con su racionalidad desesperante, y mis hijos, impidieron que yo me creyera invulnerable. ¡Algo que celebrar entre cuanto maldije! «No hay mal que por bien no venga», suele decirse. Pero si Teste fue juzgado por corrupto, yo habría sido juzgado por asesino. Apenas el 8 de julio recién pasado, estuve presente en la Cámara de los Pares para oír el caso de Teste. Recordé los ojos agudos bajo las pobladas cejas del canciller y ministro de Justicia, Pasquier, fijos en el rostro de Jean Baptiste, con esa expresión mezcla de despecho e irónico asombro con que luego me interpelaría a mí. Dos pares de Francia protagonizando, como dos imbéciles, esos escándalos cuando el país estaba como un polvorín y sólo se requerían pequeñas chispas para que saltara otra vez la ciega rabia de una revuelta ¿Acaso seríamos nosotros quienes supliríamos la lumbre? En mi caso se decía que la nobleza misma me había provisto del arsénico. ¿Cómo, si no, explicar —argüían— que lo obtuviera y más aún que pudiese ingerirlo mientras estaba custodiado por la Policía las 24 horas? (aún estaba en mi casa cuando lo ingerí. Provenía de un pequeño frasco que quité a Fanny meses antes cuando amenazó con matarse. El guarda que me custodiaba me dejaba solo en el retrete por respeto y no se percató). Se decía que mi suicidio era el fin premeditado que la nobleza me había impuesto para que no se ventilaran en la corte los hábitos y la manera de vivir de nuestra clase. Resentimiento, por supuesto. Esas habladurías eran leña y fuego para la hoguera que venía ardiendo bajo los pies de Luis Felipe. La gente protestaba por los precios de la comida, como si fuera cosa del rey; se olvidaban de la plaga que había atacado las papas y de las malas cosechas de dos años consecutivos. Nosotros en Vaux-Praslin a duras penas logramos mantener la producción de cereales, pero a nuestro alrededor se malogró la cosecha de trigo. La ignorancia de los campesinos es su principal enemiga. Al no saber a quién culpar, culpan al rey, a Guizot, a los ministros. Inútil intentar apaciguarlos. A esa situación se han sumado los problemas económicos que sufre toda Europa. En Francia, el populacho es revoltoso y Luis Felipe ha debido oponerse a las manifestaciones callejeras que causan tanto desorden. El mal ejemplo de Inglaterra de conceder el sufragio a todos los ciudadanos, por un lado, y las prédicas de St. Simon, Fourier y el alemán Carlos Marx, han hecho mella en las mentes, han satanizado la monarquía y la nobleza, no importa cuán distintas sean ahora de las del *Ancien régime*. Las diferencias de clase, según predican, son la fuente de todo mal. Pero ellos mismos serían los primeros en despreciar un mundo sin cultura, regido por los valores del vulgo. La prohibición de las aglomeraciones callejeras ha originado una *sui generis* campaña de banquetes desde julio recién pasado. Argucias son estos banquetes, pretexto sólo para reunirse y pronunciar discursos encendidos reclamando que se amplíe el voto a todos los ciudadanos. ¿Cómo pueden pedir que ejerzan esa responsabilidad las masas más atrasadas e ignorantes, los vagos, los desempleados? ¿Con qué criterio actuarán? ¡Es un derecho muy importante que no puede ser repartido entre quienes ignoran todo sobre el gobierno y manejo de un país!

Me entregaba a estas reflexiones mientras caía la tarde y calzado con unas botas de campo hacía largas caminatas. El Canal de la Mancha distaba tan sólo un kilómetro de Pitts House en Mottistone. Caminaba sobre un terreno relativamente plano con algunas parcelas cultivadas, además de setos y flores silvestres. Antes de alcanzar el sendero propiamente de la costa y los riscos que se despeñaban hacia el mar, el camino se tornaba empinado, la hierba cambiaba y era muy particular por el alto componente de tiza del suelo. Mi premio en esas excursiones era toparme con la orquídea piramidal, la flor emblemática de la Isla de Wight, una construcción delicada de alto tallo y pétalos lilas que más que pirámide semeja un delicado rombo, un diamante púrpura y vegetal que surge de súbito en medio de la maleza o el campo. La isla también produce amapolas amarillas a montones. Desde niño había sido aficionado a la botánica, a recoger especies y clasificarlas. Después de conocer, en una de mis tantas caminatas al Dr.

Hamilton, aprendí las propiedades de muchas de estas especies silvestres y supe que el alcaloide que produce la amapola amarilla es mortalmente venenoso. El amarillo, ese color que tiene fama de alegre, es el color del más tóxico arsénico. ¡Tantas maneras de matar y de morir! El té de amapola amarilla surtía su efecto tras varios días. Fascinante pensar, viéndolas moverse en el viento, que esas flores no produjeran el dulce sueño del opio de su idéntica gemela, la amapola roja, sino un sueño sin despertar. ¿Sería posible una muerte así de plácida? ¿Acaso no dolerían las entrañas? Yo aún sufría los efectos del arsénico: debilidad, ardores de estómago, mala digestión, dolores de huesos. En dos meses mi pelo encaneció y mis articulaciones ardían y dolían cual si estuvieran llenas de cristales. El tiempo es piadoso y poco a poco la memoria del dolor dejaba mi cuerpo, pero el más leve malestar de estómago o hasta la sensación de llenura después de las comidas me estremecía. Cualquier movimiento de mis tripas me hacía temer una repetición del desgarre y dolor desmesurado que sufrí aquellos días.

En mi caminata recorría la calle principal del pueblo. Aprovechaba para intercambiar gestos de saludo con las personas que se cruzaban en mi camino, e ir conociendo sus rostros. De seguro les parecería un burgués mal encarado, sin válidas razones para la parquedad o los aires de gran señor. Y es que, aunque una parte de mí se esforzara en ser otro, me envolvía un cascarón tenaz; una fuerza contraria me hacía aferrarme a los restos de mí mismo. Dentro de Pitts Place, yo seguía siendo el señor al que atendían Ibrahim y Wikeham. Con ellos no cedía ni un ápice mis privilegios, la formalidad en las comidas servidas con mantelería, plata y velas, la asistencia con mi toilette, el cuido y esmero de mis ropas. La mínima lasitud de ellos me provocaba una furia desproporcionada e irracional de la que luego me avergonzaba. Supongo que para mi frágil realidad conservar ese espacio aparentemente frívolo era esencial. Cuando era niño, en vez de hacer rabietas me deprimía. En mi relación conyugal la cólera encontró el combustible que la tornó de una criatura enclenque en una fuerza taimada y cruel que se posesionaba de mi razón y me hacía urdir exquisitas venganzas. Recuerdo bien cuando Fanny quebró el caballo de porcelana de Sévres que mi madre me regaló al cumplir yo los veinte años. Era una figurina exquisita que yo atesoraba; la gallardía del animal alzado sobre sus dos patas con la crin al viento me inspiraba el deseo de erguirme y ser alguna vez así de magnífico. Cuando ella la hizo añicos en uno de sus desplantes, corrí a levantar los pedazos y la eché a gritos de mi habitación. Esa tarde, cuando ella salió, fui a su *boudoir*. Una mezcla de adrenalina y fruición de niño malicioso y travieso me embargó mientras daba vueltas entre sus cosas. Sólo un instante vacilé antes de estrellar contra el suelo un platón rosa de porcelana que ocupaba un lugar de honor en su tocador. Traspasado ese inicial pudor, ese primer impulso, donde aún tuve distancia para pensar en lo que hacía, entré en un frenesí destructor. Quebré sus aguamaniles dorados, sus pequeños vasos de cerámica esmaltada. Luego con verdadero placer tomé uno a uno los parasoles de la colección que se ufanaba de poseer, con los mangos delicados y la seda exquisita de sus pequeñas cúpulas y los fui desastillando contra mi rodilla, uno después del otro, mientras mi júbilo rabioso entraba en un definitivo *crescendo*. Desahogué mi hartazgo, la desesperante impotencia que me obligaba a soportar una mujer tirana, obsesiva, que al tiempo que se pasaba las horas escribiendo que me amaba, no desperdiciaba la ocasión de hacerme infeliz. Hubo un gozo casi inefable para mí en ese acto vengativo, que llevé a cabo con la parsimonia de un plan preconcebido y ejecutado a conciencia en la calma de aquella tarde parisina que se deslizaba sin ruido por el tiempo. Así, con premeditación y alevosía, le cobré en esa ocasión ojo por ojo y diente por diente.

Debo reconocer que es peligroso dejar sin freno la miseria humana que nos habita. No hay agua bendita que lave el pecado original, no hay látigo que apacigüe las fieras de la condición humana una vez que han salidos de sus jaulas.

Lo que he vivido me impulsa a verme como un extraño para así intentar comprender mis sentimientos. Y, sin embargo, me asombra el olvido del que soy capaz. Días enteros pasan en que la culpa me es ajena. Mi única emoción es el alivio, saberme fuera de esa maraña en la que Henriette y Fanny me atraparon, no tener que mentirle a la una o la otra, no ver en sus miradas la duda, el reproche. Me es preciso reconocer que, caminando por la isla, mirando al mar, las Agujas calizas ancladas en las olas, impávidas frente a las mareas y ventiscas, he vuelto a experimentar felicidad, he vuelto a sentir la ecuanimidad del hombre que, ante la inestabilidad de su pareja, llevó no sólo los pantalones, sino también las faldas en su casa. Yo me hacía cargo de contratar y lidiar con el personal, me ocupaba de las escuelas y la instrucción de mis hijos, así como del menú de las comidas. El dolor más intolerable lo siento por el abandono en que los dejé; por Raynard, sobre todo, el pequeño, el más dulce de todos, y por Gastón y Luisa, los mayores. Nueve hijos dispersan la atención y no es verdad que el amor no distinga entre unos y otros. Quizás porque los más llevaderos y quietos se desdibujan en el día a día, hay algunos de ellos de los que sé poco y a los que me conformaba con acariciar como mascotas. Me da pena admitirlo. Por fortuna ellos están a salvo de estas reflexiones. El olvido, el repudio también me libera de sus juicios.

Capítulo 6

Lo que habría sido un exilio desolado se transformó el día en que me topé con el poeta Alfred Tennyson y su amigo el Dr. Hamilton. Corría el mes de noviembre de un otoño indeciso. La temperatura se mantenía templada sin fríos que obligaran a abrigarse en demasía. Mis piernas se fortalecían gracias a las frecuentes caminatas. Aquella tarde, porque salí un poco más temprano que de costumbre, decidí alargar mi paseo y acercarme a la Bahía de Freshwater. Era un día muy claro y me tentaba la idea de ver las Agujas desde el sendero. Solía detenerme en mis caminatas al lado de Strawberry Lane donde se hallaba una tosca piedra funeraria que databa de la Edad de Bronce. Esa *Longstone*, como la llamaban, era la marca de un lugar a la vez maldito y venerado. Se rumoraba que se realizaban allí ceremonias paganas y brujerías. Ese aspecto supersticioso de la mentalidad inglesa, tan diferente a la racionalidad francesa, me atraía y dado que el nombre del pueblo —Mottistone— significa «piedra del que habla, o del que ruega», incorporé a mis caminatas cotidianas esa parada. Recostado sobre ese monolito, rogué muchas veces por mí mismo, por mis hijos, no al Dios cristiano de mis padres, sino a esas fuerzas del destino a las que los antiguos atribuyeron nombres, formas o leyendas. Quizás porque nunca vagué por allí en noches de luna llena o de cualquier luna, nunca vi a nadie más hacer lo mismo hasta esa tarde. Mientras jadeaba tras subir la colina escuché una voz grave primero y percibí un agradable olor a tabaco. A continuación se perfilaron el ala ancha de un sombrero de fieltro negro, al estilo de los rejoneadores de las corridas de toros españolas y el perfil de un hombre de larga y aristocrática nariz, bigote y barba oscura e hirsuta, y ojos pequeños. A su lado, cortando una figura inusual, con una pipa colgándole indolente de los labios, estaba un hombre muy alto y bien vestido, de ojos inmensos muy separados en el rostro, y con una expresión a la vez ausente y dulce. Fue él quien me vio primero. Saludé con una inclinación de cabeza, dudando si debía simplemente callar y seguir camino, pero el hombre alto extendió la mano y se presentó.

—Soy el Dr. Hamilton —me dijo, amablemente—. ¿De dónde nos visita?

—De Francia —dije, sin pensarlo, confiando desde ese primer encuentro en la transparente bonhomía del doctor—. George Desmoulins —respondí estrechando su mano.

—Yo soy Alfred. Alfred, Lord Tennyson —se presentó el poeta—. ¿Está de paso?

—Estoy de reposo en la isla por una temporada.

—¿Alguna dolencia?

—*Grand Mal* —mentí. Ibrahim me había convencido que esa enfermedad y su reputación de dolencia misteriosa, que atacaba de pronto y no causaba síntomas externos, me permitiría usarla de perfecta excusa para desaparecer semanas si fuera necesario y acallar curiosidades con su sonido rotundo y mitológico.

—Me han recomendado la quietud de esta isla y largas caminatas —añadí con una resignada sonrisa.

—¿No será un mal diagnóstico? —intervino Tennyson. Ambos hombres, al contrario de lo esperado, parecían muy interesados ahora en mí.

—¿Hacia dónde se dirige? —preguntó el médico.

—Intentaba alcanzar la Bahía de Freshwater si me daban las fuerzas —sonreí.

—Acompáñenos —me invitó Tennyson. El tono de su voz bien modulada, grave y sonora no ofrecía alternativa.

Jamás habría imaginado que el gran poeta, Alfred, Lord Tennyson viviera amenazado por la epilepsia durante buena parte de su vida; una enfermedad que su padre padeció igual que varios de sus hermanos y que él temió asolaría su cerebro impidiéndole escribir la poesía sin la cual no se imaginaba siendo quien era. De seguro yo les parecería extrañamente sincero por reconocer un problema de salud como aquel cuando apenas nos decíamos los nombres, pero en esa isla aquella tarde, junto a la antigua tumba, los tres nos encontramos sin las formalidades y máscaras de la sociedad, libres para conocernos tal cual éramos. Peligrosas, pero también útiles pueden ser las mentiras. Conté experiecias de las que sólo había leído. Hablé sobre mis repentinos momentos de ausencia. Esa atmósfera inusual hizo que la conversación que emprendimos durante la caminata esquivara formalidades y se adentrara, de manera natural, en los asuntos profundos que a cada uno interesaban. Tennyson relató su alivio cuando tras años de creer que los trances que a menudo precedían los momentos más creativos de su imaginación derivarían en una crisis epiléptica, descubrió que no eran más que el anuncio de un ataque de gota.

—¿Cómo imaginar que la gota podría anunciarse así? —se preguntó, mientras con su bastón iba removiendo el pasto—. Si usted, como dice, nunca ha tenido un ataque de epilepsia, sino esas extrañas ausencias de la realidad, bien podría deducir que su dolencia, como lo fue la mía, ha sido simplemente mal diagnosticada. —Sin más se comprometió a brindarme las señas de su médico en Inglaterra. Hamilton fue quien me puso al tanto de que el poeta había comprado una casa en la isla atraído por la quietud. Él, en cambio, había residido en Wight desde la infancia. Sólo sus estudios de medicina en Cambridge lo habían apartado de allí.

—Alfred le recomienda un médico en Londres aun teniendo uno a mano —sonrió—. Si no tiene inconveniente, yo mismo puedo hacer ese diagnóstico. Será cuestión que se siente conmigo por unas horas y repasemos su historial.

Le di las gracias efusivamente. Me conmovió su disposición de ayudar a mi persona ficticia. Pensé que tendría que adentrarme en los libros de la biblioteca de Pitts Place para urdir una historia que satisficiera su curiosidad.

—Si apretamos el paso, Emily nos preparará el té —dijo Tennyson—. Se alegrará de ver caras nuevas. Creo que Hamilton y yo la aburrimos con nuestras conversaciones. Ella es francófila y escuchar de Francia le alegrará el día.

—Y usted, ¿está casado? —preguntó Hamilton.

—No —dije—, siempre le he temido al matrimonio.

Se rieron los dos.

—Lo entiendo —dijo el poeta—. Yo tardé trece años en decidir casarme con Emily, y quizás jamás lo habría hecho si la poesía no me hubiese al fin mostrado sus frutos. Ha de saber, amigo, que nadie se casa con poetas paupérrimos y yo lo fui por mucho tiempo.

—Por suerte, su Emily es una mujer tenaz y esperó —sonrió Hamilton.

—El doctor aquí es un viudo fiel a su memoria —sonrió Tennyson. Hamilton tan sólo asintió y no dio detalles pues la dueña de la casa salió en ese instante a recibirnos.

Lady Tennyson era alta y delgada, pero se inclinaba o alzaba graciosamente según el tamaño de su interlocutor. Poseía unos redondos y asombrados ojos color ámbar, una nariz fina de ventanas menudas y una boca de labios delgados siempre dispuesta a sonreír. Era femenina, pero carente de los frívolos encajes de la feminidad. Sus manos alargadas no vacilaban ni en el saludo, ni en la manera de servir el té. Era interesante ver la erudición y aires del poeta desinflarse como globos en su presencia. Que ella había conseguido domesticarlo y tornarlo en un ser simplemente plácido y contento era evidente. En el salón de su residencia de Farringford, ella nos atendió con un set de bellas tazas y nos convidó a deliciosos pasteles. Me contó que la casa tenía diez habitaciones y que lo más difícil para ella había sido reconstruir e instalar las tuberías. Emily hablaba francés con un ligero acento, pero el uso de la gramática en sus frases y conversación era impecable.

¡Ah, las mujeres!, todas tienen un olfato canino. Yo hice lo posible por lucir relajado y jovial, pero hablé lo menos posible temiendo que aquel ambiente refinado donde podía sentirme a mis anchas, tarde o temprano me hiciera hacer alusión a referencias o anécdotas que delataran que yo no era lo que aparentaba ser. Lady Tennyson, sin embargo, apenas lograba disimular su empeño en conocer mi historia y procedencia. Preguntaba sin cesar al tiempo que comentaba sobre los eventos que sucedían en Francia y su preocupación de que el rey Luis Felipe no lograse conservar el trono.

—Muy agudo fue al proponerse como modelo de un rey «ciudadano». Yo sentí mucho entusiasmo por su figura después del patético Charles X. Sólo la historia de las andanzas de Luis Felipe, cuidando caballos, impartiendo clases de francés en Boston, apoyando la revolución para luego ver a su padre en la guillotina. *By God!* —exclamó con genuina admiración—. Pero restringir el voto y sólo conceder ese derecho a los terratenientes es una aguja metida en el corazón de toda la burguesía. Sabe de la Campaña de Banquetes, ¿no? ¿Qué le parece?

—Yo apoyé la Revolución también —sonreí—, pero ya ve lo que sucedió. Una monarquía de poderes limitados es lo que Francia necesita. La burguesía se mostró incapaz de ejercer el poder con la cabeza fría. Terminaron guillotinando a sus autores intelectuales, a sus héroes.

—¿O sea que usted es *royalista*?

—No, no me mal interprete —me corregí—. Soy republicano. Libertad, igualdad y fraternidad son conceptos que secundo, pero creo que los franceses aún no estamos listos, al menos para la igualdad.

—¿Tiene hijos? —preguntó ella.

—No —respondí—. Aún no. Algún día espero tenerlos.

Debo haber sonreído con melancolía pues me sentí como Pedro negando a Jesús. Tennyson no era en balde poeta e intervino para librarme del asedio de su bien informada e inquisitiva esposa.

—Ya, mujer, déjalo tranquilo. Háblale de la casa, de los rosales. Nuestro huésped ha venido a la Isla en busca de reposo no de zozobra.

Creo que Lady Emily, una mujer sensible, de superior inteligencia y con una habilidad poco común de sintonizarse con los deseos del marido, se percató de que su preocupación por el inestable clima político de Francia se traduciría en inquietud para cualquier francés. De inmediato trocó su curiosidad en discreción y a fin de cuentas terminé favorecido, porque, a manera de compensación, me condujo a conocer la casa. La mano segura y sin pretensiones de esta mujer había logrado que una vieja casa de 1806, construida originalmente al estilo georgiano y más adelante incrustada con toques y torres de estilo gótico, se convirtiera en un sitio a la vez sobrio y acogedor. Tennyson contaba que alquilaron primero la casa para los veranos. Un solo verano bastó para que su esposa empezara en su mente y en sus cuadernos a reconstruirla e imaginarla como el lugar donde ambos se sentirían a gusto el resto de sus vidas.

—La casa —me dijo— era como un verso en blanco, capaz de convertirse lo mismo en una humilde cabaña que en una catedral. Posee el misterio de una obra clásica —sentenció—, se adapta.

Llegué a conocer Farringford bien y a entender lo que el poeta me quiso decir con esa frase que, en esa ocasión, más bien me pareció innecesariamente retorcida. Y es que, sin ser una humilde cabaña, ni tampoco una catedral, Farringford tenía elementos de ambas. Las habitaciones eran espaciosas, con amplias ventanas que daban a un parterre con rosales que rodeaba todo el perímetro, de manera que de cualquier ángulo uno podía mirar en primer plano rosas de distintos colores y detrás de ellas la simple belleza del verdor de un césped bien cuidado que cerraba una alameda de árboles altos entre cuyas ramas el horizonte y el mar se adivinaban. Al estudio se llegaba por una escalera de caracol, sus ventanas daban al jardín frente a la casa. Una escalera adosada a un mecanismo que permitía que rodara de un punto al otro permitía acceder a los volúmenes que rozaban el techo. La poltrona roja para leer, un escritorio de madera sólida, papeles dispersos, banquillos tapizados cubiertos de libros en desorden revelaban la agitada creatividad del dueño. Asomado a la ventana pude ver la hiedra subiendo y creando un marco verde para los ojos que miraran afuera. Un gato yacía en la poltrona. Era fácil imaginar a las Musas entrando y danzando por aquella estancia. Yo no era un hombre de letras, pero admiraba a quienes las cultivaban. Recuerdo que allí sentí por primera vez en mucho tiempo un fluido de lágrimas subirme desde el pecho. Pensé que una paz como la que exhalaba ese cuarto me estaría vedada quizás el resto de mi vida.

En ese recorrido por salas y estancias nos acompañó el Dr. Hamilton, quien disfrutaba del efecto mágico de la atmósfera sobre mí.

—No es una catedral, pero uno siente aquí la misma levedad de espíritu que inspiran esos edificios, ¿no cree? —me dijo—. ¡Y pronto conocerá a Julia Margaret Cameron!

La vecina de los Tennyson —explicó— era artista y fotógrafa. Vivía en Dimbola Lodge, una casa muy curiosa. Hamilton prometió que me llevaría a conocer a esa mujer-huracán-viento benévolo, cuyas fotos dejarían registrada la casa del poeta y sus visitantes para la posteridad. «Pocas personas tienen noción de vivir la historia, pero ella es una de las excepciones» —me dijo.

Capítulo 7

Regresé a Mottistone hacia las nueve de la noche. Ibrahim estaba al frente de la casa, preocupado por mi ausencia.

—¿Se encuentra bien? —me preguntó, saltando del muro donde estaba sentado.

—Muy bien, Ibrahim, muy bien —respondí—. He conocido al poeta, Alfred, Lord Tennyson y a su esposa y al Dr. Hamilton, su amigo. Creo que al fin me podré distraer en esta isla. —Sonreí para disimular que su preocupación me conmovía. —Tú también deberías buscar amistades por aquí, ya que según parece nuestra estadía será larga.

—Las amistades no son propicias para el anonimato, señor —me dijo, tomando mi sombrero y mi bastón.

—Pero ya ves, conocerlos me ha motivado a empeñarme en escribir la «leyenda» de mi vida que tanto me has aconsejado —le dije, intentando que su admonición no disminuyera el buen humor que el paseo había suscitado en mi ánimo.

Ibrahim llevaba razón, sin duda. Lo comprobé yo mismo en la conversación con Lady Tennyson en la que externé, no la opinión de George Desmoulins, sino la de Charles Theóbald. Peor aún, tenía ahora frente a mí la tarea de someterme a la mente científica del Dr. Hamilton. Esa labor quizás estuviera fuera del alcance de Ibrahim, pero no del mío, pensé. Y si la vida me brindaba la oportunidad de vivir no podía imaginar hacerlo como un recluso para siempre. Obvia decir que no compartí con él estos pensamientos. Nos separamos en la puerta de la casa. Él se dirigió a la cocina a ocuparse de mi cena y yo fui a lavarme y a prepararme para trabajar esa noche en la biblioteca. Junté mis lápices, saqué mi cuaderno de notas con la cubierta de cuero un poco tosca que Ibrahim comprara para mí, y me eché un rato hasta que los golpes en la puerta me anunciaron que ya estaba dispuesta la comida.

Tras el vino y el estofado con papas de la cena, pedí que me sirvieran el café en la biblioteca. Hasta entonces apenas conocía el contenido de los anaqueles. Según Wikeham, los distintos ocupantes de la casa iban dejando allí libros y más libros. Decía que su labor era procurar que cupieran, pero que Madame Adelaïde le sugirió que usara su criterio para regalar las obras de moda: novelas góticas y romances que una vez leídas no tenían nada más que decir. Wikeham las llevaba a Newport donde funcionaba una biblioteca muy popular desde hacía algunos años, hecha a imagen y semejanza de la famosa biblioteca de Charles Edward Mudie en Londres, donde por una guinea al año uno podía tomar prestada una novela al mes. Como los libros eran caros, el negocio de Mudie había florecido y se decía que contaba con 25.000 suscriptores, entre ellas la propia Reina Victoria. La biblioteca de Newport en Wight era más pequeña, pero el dueño, el Sr. Lancaster, era amigo de Mudie y como la reina pasaba largas temporadas en la Isla, Mudie y Lancaster se habían asociado para poner los libros al alcance de la ilustre clienta y su corte.

—Si necesitara un libro, se lo pedimos a Lancaster y él lo trae desde Londres en dos semanas —me dijo Wikeham.

Contar con esa alternativa me tranquilizaba, pues, aunque la sección científica de la biblioteca de Pitts Place no era despreciable al menos en cuanto a cantidad de volúmenes, me preocupaba que no existiese nada que me ayudara a construirme un caso creíble de epilepsia para describirle al Dr. Hamilton los síntomas de la dolencia como propios. Recorrí la habitación sintiéndome un poco abrumado. Yo me había preciado de ser un hombre honorable. Aunque podía admitir actuaciones censurables como mi *affaire* con Henriette, en la intimidad de mi vida privada, en la vida pública me preciaba de ser honesto como el que más. No tenía en mi haber robos y nadie podía achacarme ser causante de su desgracia o haber influido ante el Rey para defenestrarlo. Yo era conocido más bien por mi discreción, lo que algunos llamaban mi suprema indiferencia a las pujas internas del poder. No se trataba (¡bien lo sabía yo!), de que poseyera una bondad innata. Era tan sólo un privilegio más. Ser ético cuando no se carece de nada material es otro de los lujos inherentes al estatus, pues ciertamente que éste permite, con un poco de astucia, acumular poderes más codiciables que la riqueza material, pero nunca me vi tentado. Engañar a Hamilton me causaba un incómodo malestar, una sensación de vacío en el estómago. ¿Era perentorio que lo hiciera? Podía no volver a verlo ni a él, ni a Tennyson, evitarlos, como sugería Ibrahim, aceptar que el anonimato era más deseable en mi caso; pero si aceptaba esa premisa me estaría condenando a vivir el resto de mi vida como recluso. No podía imaginarlo. ¿Cómo calificar lo que estaba a punto de hacer? La mente es sin duda tortuosa en sus olvidos y en recurrir a imágenes engañosas. De pie en esa estancia me observé como si flotara por encima de mi cuerpo. Me reí de la falsedad de mi dilema. ¿Cómo podía detenerme siquiera en escrúpulos tan menores como aquél, yo que yacía en una tumba falsa al lado de mi esposa en Vaux-Praslin? Si había aceptado fingir mi propia muerte, ¿qué me impedía fingir una vida?

Al centro del cuarto se hallaba un escritorio angosto pero lo suficientemente largo como para acomodar dos personas, una en cada extremo. Era de una madera clara con incrustaciones de madera oscura que, desde el centro, irradiaban hacia los cuatro puntos cardinales como una rosa de los vientos. Toqué la superficie brillante y suave admirando el trabajo del artesano que supuse sería italiano. Luego caminé bordeando los estantes, pasando la mano por los lomos de los libros sin fijarme aún en títulos; moví las escaleras sobre los rieles, acaricié el terciopelo verde oscuro de la única silla que ocupaba el extremo derecho de la mesa-escritorio. Me senté un rato mirando a mi alrededor. Tenía no sólo que acallar mis escrúpulos, sino obligar a mi razón a fabular, oficio admirable para el que yo carecía de entrenamiento. Pensé en Alejandro Dumas y su prodigiosa inventiva. Cuando lo conocí era un joven escribiente en el despacho de Luis Felipe de Orleans en el Palais Royal, antes de que éste reinara. Era un conversador locuaz y chispeante que seducía por su agudeza para argumentar con brillo y su aparente desdén a las convenciones y opiniones ajenas. Recordé cuando empezó a publicar artículos y a demostrar su talento escribiendo obras de teatro. Su padre había sido hijo de una esclava haitiana y Alejandro tenía el pelo ensortijado de la raza negra y también el apellido de la abuela. Era grueso de talle, pero tenía unos ojos verdigris vivaces con los que, a juzgar por sus múltiples conquistas, lograba socavar las resistencias femeninas. Se le conocían múltiples amantes y aventuras. Al caer Charles X, regresó brevemente a la corte y celebró el ascenso al trono de Luis Felipe, su antiguo jefe, aunque más tarde se declarara un rotundo republicano. No recuerdo si para entonces —1830— ya había escrito *El Conde de Montecristo*, pero sí que tenía un séquito de sicofantes y admiradores que lo seguían como golondrinas por donde quiera que se movía. La celebridad del intelecto era la única que, de haber podido escoger alguna, hubiese codiciado para mí. Con la imaginación de Dumas yo podría inventarme una historia como la de Montecristo, pensé, figurarme un prófugo injustamente perseguido que regresa años más tarde a reclamar lo suyo, excepto que a mí ningún compañero de celda me ofrecería un tesoro.

Sobre la mesa del estudio, encontré algunos libros que Ibrahim, a pedido mío, se adelantó a buscar en la biblioteca. Creo que, conociendo mi curiosidad por lo inusual, el libro que coronaba la pequeña pila tenía no sólo el intrigante título *Trepanaciones*, sino la imagen asombrosa de una pequeña apertura cuadriculada en un cráneo humano.

El libro me atrapó desde la primera página pues se trataba de un volumen atribuido al célebre antropólogo francés Paul Broca, sobre el caso de la calavera inca encontrada en la zona del Cuzco en Perú por un personaje llamado Ephraim George Squire. Las trepanaciones eran bastante comunes en las culturas antiguas desde el neolítico. Lo que no estaba claro era si se realizaban para tratar las convulsiones producidas por la epilepsia, las fracturas de cráneo o para «abrirle una ventana de salida a los demonios alojados en la mente del paciente». En el caso de la calavera peruana, lo novedoso era, aparte del perfecto cuadrilátero abierto con una insólita precisión, que todo indicaba que la operación se practicó sobre un paciente vivo, que habría sobrevivido al menos una a dos semanas a juzgar por el tejido cicatrizante alrededor del orificio. El libro narraba cómo

Ephraim George se presentó en la Sociedad Médica de Nueva York con aquella calavera y dejó pasmados a sus colegas. El hallazgo provenía de la casa de una rica dama de El Cuzco cuya mansión palaciega en la plaza de la ciudad estaba llena de las más curiosas y valiosas reliquias y artefactos indígenas. La Sra. Zentino, ante el interés de George por la calavera encontrada en el cementerio del valle del Yucay, se la cedió para que la estudiara y la llevara a mostrar a Nueva York. El libro abundaba en información sobre el explorador. No sé por qué lo datos de su vida me resultaron tan subyugantes. Quizás porque inconscientemente yo mismo buscaba esa ventana, como la del cráneo del Cuzco, por donde escaparme de mi condición de fugitivo; quizás también porque de pronto me di cuenta de que existían empeños honorables y adecuados a mi condición social. Ser un explorador era una ocupación digna, y aquellas tierras lejanas de nombres exóticos: Honduras, Nicaragua, El Salvador podrían albergarme sin que me persiguieran sospechas. Allá quizás podría inventarme una vida como la que jamás habría imaginado tener a mi alcance. Años después, otro personaje, Squier, escribiría una serie de libros de viajes describiendo las culturas, las gentes y costumbres de Honduras, Nicaragua y el Perú. No sé si mis recuerdos me traicionan, pero en las fotografías éste lucía como un hombre de buen mirar, elegante y versátil pues era también periodista, político y el presidente Zachary Taylor llegó a nombrarlo Encargado de los Asuntos de Estados Unidos ante las Repúblicas de Centroamérica. Confieso que en ese entonces el continente americano no sólo me era indiferente, sino que apenas conocía algo de lo que sucedía en Estados Unidos y México. No sabía aún cuánto horizonte empezaría a crecer en mi imaginación a partir de la fortuita casualidad de leer sobre la calavera del Cuzco.

Capítulo 8

Desde joven tuve debilidades por las batas de casa. Las *robes de chambre* eran uno de los lujos que nunca dudé en darme. Tenía en mi armario de la Rue Faubourg St. Honoré una colección de creaciones de seda, y otras de lanas livianas o cachemira para el invierno. La primera *robe de chambre* que poseí me la obsequió mi padre al cumplir yo los quince años. Enfundarme en esa prenda para desayunar y pasar envuelto en ella buena parte de la mañana fue el anuncio para mí de la llegada de la edad adulta. Uno imita desde que nace.

Durante una semana, envuelto en mi *robe de chambre*, apenas salí de Pitts Place. Leí cuanto pude del Grand y Petit Mal. Envié a Ibrahim a Newport con la misión de obtener libros sobre el tema. Escribí con lujo de detalles mi falsa biografía. Hacerlo me resultó en extremo angustioso. Debo admitir que ser noble en Francia en la época tendía a adormecer el intelecto. Uno se atrincheraba en sus convicciones y conocimientos porque el revuelto medio circundante amenazaba cuanta certeza uno hubiese acumulado hasta entonces. Por más que me esforzaba apenas lograba obligar a mi imaginación a concebir una manera alterna de mirar el mundo. Con nueve hijos y Fanny, no había tenido tiempo de ahondar en los frenéticos cambios en mi entorno. Serle fiel a los míos y luego a Luis Felipe fue suficiente trabajo. En Mottistone la misión de reinventarme significó descubrirme como un ser rígido y acomodado en una historia escrita mucho antes que yo apareciese en el escenario de mi propia vida.

Mi colección de batas de casa, mi vestidor de innumerables trajes, pertenecían a un *dandy*, un caballero frívolo. El vestuario no se equivocaba. Aunque no carecía de ideas o personalidad, los egos monumentales que me rodeaban me persuadieron de que rendirme ante ellos sin batallar era la única manera de garantizar mi cómoda subsistencia. Así me relacioné con mis padres, con mi suegro, el mariscal Sebastiani y hasta con Fanny. De no haber aparecido Henriette Deluzy Desportes en mi casa, mi vida habría sido predecible hasta la tumba, algo que, tras lo ocurrido, yo consideraba un destino no por aburrido menos afortunado. ¡Ah! Pero Henriette con ese tino seductor que a menudo me dejaba sin habla, por lo exacta que resultaba ser su lectura de la realidad, se metió en el lado inquieto de mi psiquis y activó lo que de mi personalidad debía permanecer sonámbulo para que mi vida cupiera en ese entorno.

Cuando pienso en ella, es la perfecta forma de su boca lo que primero se ilumina en mi memoria.

Nunca vi una mejor delineada por la naturaleza. A la mitad del labio superior un «arco de Cupido» trazado con perfección de escultor era tan sensual que el resto de su fisonomía, los ojos tan abiertos, la nariz respingada, la tez lozana de muchacha de veintiocho años, eran más bien la advertencia de que uno no debía fiarse de la inocencia del conjunto. Más tarde ella admitió que mi mirada fija sobre sus labios la había incomodado durante la entrevista y que tuvo que hacer un esfuerzo superlativo para concentrarse en responder de la manera más coherente y concisa mis preguntas. Pero las respondió muy bien. Aludió a su abuelo, el Barón Félix Desportes, para darle lumbre a su ancestro, aunque más tarde me enteré de que el abuelo era un tacaño que siempre se negó a reconocerla por ser ella hija de un amorío de su madre, Lucille Desportes, con un hombre de la iglesia, monseñor Deluzy. Henriette era, sobre todo, una criatura solitaria. La orfandad y rechazo con que creció dotaron su temple de aristas punzantes y una dureza que disfrazaba de meticulosa eficiencia. Sin embargo, fue una hija dedicada que cuidó a la madre y la acompañó hasta que ella murió en la epidemia de cólera de París en 1832. Henriette dibujaba bien. Durante la entrevista abrió una carpeta y me mostró los delicados bocetos a plumilla de niños en patineta en las Tullerías, cisnes, el obelisco de la Plaza de la Concordia, casas de la Rue de la Paix. Me habló de su maestro Pierre Claude Delorme, de sus años en el internado de Madame Sellet, de su trabajo en el taller del grabador Narjeot en la Rue de Rouen. Luego me habló de Nina, la hija de Lady Hislop, su anterior patrona, una dama inglesa exquisita residente en Londres.

—Fueron cuatro años deliciosos —dijo, sonriendo, el arco de cupido de sus labios arqueado alrededor de la palabra «deliciosos».

La habría contratado en el acto. De ocho aspirantes era la más completa, pero no quise darle la impresión de que lograría fácilmente el puesto. Me deleitaba la idea de imaginarla en ascuas, esperando mi veredicto. Salió dejando conmigo una elogiosa carta de recomendación de Lady Hislop. Recuerdo cuando al despedirse se aseguró el bonete amarillo pálido bajo la barbilla tirando de las cintas que formaban un pequeño lazo y me sonrió. Tuve la intuición de que sabía sin ninguna duda que volvería a llamarla.

Su magia sobre los niños se operó desde el principio como un amor a primera vista. Sólo Gastón, el mayor, guardó cierta reserva, pero los ocho restantes se acoplaron a su rutina de estudios y actividades con lo que pareció un genuino deleite. Para mí el alivio de contar con su apoyo en el manejo de los asuntos relativos a mis hijos fue mayúsculo. Fanny siempre fue una madre desamorada y temperamental. Su mayor preocupación era la imagen de la familia, la ropa y modales de los chicos. Que aprendieran conocimientos útiles y educaran su intelecto la tenía sin cuidado. Era errática e imperiosa a tal grado que, tanto Henriette como yo, llegamos al convencimiento de que lo mejor sería limitar su interacción con los niños. Impuse límites explicables, como no entrar a verlos en medio de las lecciones, ni en las horas asignadas para la lectura, o interrumpir con súbitos viajes de compras las actividades planificadas para el día, pero Fanny en vez de comprender de lo que se trataba, se alzó en armas y delante de los niños empezó a emprenderla contra mí llamándome tirano, o queriendo ganárselos ordenando que les llevaran pasteles y chucherías a deshoras. Me desesperaba entrar y encontrar a Henriette sentada pasivamente mirando un punto perdido en el espacio, el cuerpo derrumbado sobre la silla, mientras Fanny, con una enorme caja de lazos, reía peinando a Luisa o Isabelle.

—Me es muy difícil inculcarles disciplina a los chicos con una madre tan decidida a interrumpir sus tiempos de estudio —se lamentaba Henriette—. Pero es su madre. No hay nada que hacer —sonreía dulcemente.

A tal punto llegó la situación que decidí prohibir la presencia de Fanny en el ala de la casa destinada a los niños. Elaboré un reglamento e hice que Fanny lo firmara. Será fácil *a posteriori* calificarme de cruel, pero para entonces yo vivía asediado por mi esposa. Sus celos injustificados, sus reclamos, su obsesión con recuperar un amor que ella misma se encargó, no sólo de extinguir, sino de trocar en repulsa, eran constantes en mi vida cotidiana. Sólo por mis hijos permanecía yo en aquel matrimonio cada vez más odioso e inaguantable. Nunca debí permitir el abuso al que me sometió Fanny. Me sometió a muertes innumerables y se encargó de envenenar lentamente mi existencia. Cuando Henriette apareció en nuestra casa en 1841, yo ya había abandonado toda relación marital. Bien recordaba la última vez que Fanny logró entre llantos meterme en su cama. Tonto de mí que caí en la trampa pues ella bien conocía su admirable fertilidad. El resultado fue mi hijo Raynard. Creo que sólo lo concibió para comprometerme más con ella.

Su relación con la maternidad me dejaba pasmado. No sé qué extraño placer le producía su estado de gravidez, o qué se alteraba en su sangre, pero sus apetitos de todo tipo se exacerbaban: comía ostras por barriles, enviaba por langostas y mariscos, se daba baños perfumados y hacía que Madame Deprez, la gobernanta entonces de los niños, le hiciera masajes con aceites perfumados. ¡Las risas de las dos en el dormitorio! ¡Las miradas entre ellas! Por más que yo me repetía a mí mismo que mis suspicacias eran debidas a que ignoraba lo que era la intimidad entre mujeres, verlas me causaba una rara mezcla de excitación y repudio. Aunque actuaran como transportadas a un espacio femenino en el que yo no tenía cabida, me daba la impresión de que Fanny al menos esperaba una reacción de mi parte. No sé si pensaría darme celos o sugerir juegos licenciosos. ¿Sería acaso una ninfómana solapada? ¿Usaba la maternidad, con su halo de nobleza y puros sentimientos, como mampara para dar rienda suelta a su insaciable deseo?

Su perfil abultado lo cargaba ufana como testimonio de una intensa vida sexual. La escuché murmurar a sus amigas: «¿Qué puedo hacer si él no puede acostarse a mi lado sin querer tocarme?» Aún en ese estado usaba mil trucos para que yo le hiciera el amor. Decía que le aliviaba el peso del vientre, que le quitaba los dolores. Cuando aún nos queríamos, yo reía. Creía en ella y no tenía problemas de vigor. Pero la creciente displicencia ante los recién nacidos me resultaba inexplicable. Cualquier mamífero era más maternal que ella. Echaba a los niños del vientre y les daba la espalda. No quería saber más de ellos, ni preocuparse por ellos. Los amamantaba o no según su humor. Tuve que conseguir nodrizas, luego gobernantas o institutrices. Yo fui la verdadera madre de mis hijos. Albergué terribles sospechas producto de su falta de criterio, sus manías e instintos vengativos. Temía cualquier cosa de ella. No era una mujer como cualquier otra, ya no estaba en sus cabales. No dejaban de amontonarse sus cartas en mi despacho o bajo mi puerta. No me arrepiento de las trabas que le puse para el trato con nuestros hijos. Sus obsesiones me hicieron conferir a Henriette absoluto control sobre los niños. Ella se encargaba de lo concerniente a su bienestar y respondía solamente ante mí.

He perdido el hilo de mis pensamientos hundiéndome en el pasado. Los días son cada vez más cortos y oscuros y no sé qué más aprender de la epilepsia para construir mi biografía para el Dr. Hamilton. La epilepsia es un mal difuso.

Uno puede haber padecido episodios de extrañas sensaciones, auras, luminosidades o éxtasis y eso considerarse parte del mal. *Petit Mal* le llaman, pero a ciencia cierta no saben ni los médicos de qué se trata. *Petit Mal* es la designación del misterio. Los santos místicos y sus trances podrían atribuirse a esta dolencia. Otra cosa era el *Grand Mal*. Aunque éste era el diagnóstico que compartí con el Dr. Hamilton, sabía ahora suficiente de la enfermedad para querer inducirlo a que me diera a mí un diagnóstico similar al que recibiera Tennyson en Londres. Esto no sólo lo complacería sino que me ayudaría a cimentar una identificación amistosa con él, el poeta y su esposa. ¡Otro caso igual! Sabía por experiencia cómo alivia saber que uno no es único en su padecer.

Leer sobre neurología, el cerebro, su delicada estructura y química, hizo renacer en mí la fascinación que desde joven me inspiró la fisiología. De no haber sido noble, siempre pensé que me habría gustado ser médico. Desde joven aprendí mucho de biología para compensar mi vocación frustrada. Con Hamilton podría adentrarme en otros conocimientos. Me intrigaba su bondad, sus grandes ojos, su rostro de anchos pómulos, su voz de timbre bajo y dulce. Si el poder y personalidad del poeta más bien me inhibían, con Hamilton me sentía cómodo, como si se tratase de alguien a quien hubiera conocido tiempo atrás.

Capítulo 9

Pesadillas. Terribles pesadillas. La sangre tiene una manera de permanecer fresca en la memoria. Siempre roja y fluida. La cantidad de líquido que produce una arteria como la carótida es inimaginable. Para quienes hemos visto alguna vez manar esa fuente por la que la vida se escapa veloz, la visión permanece sellada con lacre rojos en la memoria. No sé cuando empecé a gritar en el sueño, pero entiendo que lo hacía con frecuencia. Mis gritos eran espeluznantes y mi estado de sonambulismo, previo a despertar, producía una impresión terrorífica, según decían.

Una noche en que la velada tras la cena se prolongó hasta tarde, sugerí a Hamilton que pasara la noche en Pitts Place y así evitara el frío y la oscuridad de su viaje de regreso al otro lado de la isla. Aceptó y lo alojamos en la habitación de las visitas. En la madrugada Ibrahim corrió a llamarlo cuando no logró despertarme de la pesadilla que me poseía mientras yo clamaba y gemía. Fue así que desperté sacudido por Hamilton.

—George, George, regrese amigo, ¡regrese!

Regresé por supuesto. Siempre regresaba de mis sueños. Mi cuerpo se cubría de una capa de fría humedad. Mis ropas se embebían de sudor. Pero yo regresaba puntual a la vida a pesar de que en el sueño Fanny me ponía las manos al cuello, me abría la arteria carótida con una uña muy larga y me miraba a los ojos hasta que ya yo exangüe podía tirarme dentro del catafalco a su lado y yacer con los ojos cerrados, el traje ensangrentado y las manos cruzadas sobre el pecho. Entonces ella volvía a su lugar en la cripta y cerraba los ojos.

Esa noche, no sé si por el aura de bondad de Hamilton, o por su disposición a entender la naturaleza humana, su presencia me conmovió hasta las lágrimas. Sollocé sin control. La hondura de mi congoja me sorprendió. El llanto era desgarrado, ronco y sin consuelo. Sentí que en vez de ser un desahogo, un escape para mi pena y frustración, era una grieta que se abría despojándome de máscaras y escudos, un cauce desbordado aniquilándome. La vergüenza de revelar mi abismal desamparo me forzó a calmarme. Le pedí disculpas a Hamilton. Sufría de una pesadilla recurrente, mentí, en que veía morir en la guillotina a Camille Desmoulins desesperado por no saber qué suerte correría Lucille, su esposa.

—Me produce tal empatía esa historia, que en el sueño me convierto en Camille Desmoulins rumbo al patíbulo. Experimento su impotencia y desesperación.

—Pobres tipos, ¿no? No puedo ni imaginar lo que tiene que haber sido —dijo mirándome con pesadumbre.

—A Lucille la guillotinaron una semana después.

El médico me abrazó fuertemente. Él también se identificó con las grandes esperanzas suscitadas por la Revolución Francesa, dijo. Por lo mismo comprendía el horror que habrían sentido los protagonistas al ser víctimas de la venganza sin control de sus propios compañeros.

Creo que a los dos nos alivió hablar del sufrimiento ajeno y poner distancia con la repentina intimidad de mis pesadillas y congoja.

Hamilton me acompañó a desayunar y más tarde a una caminata que insistió me sería benéfica para el cuerpo y el alma. Anduvimos en el aire de la mañana ventosa y fría, bajo un cielo espesamente blanco que filtraba la luz del sol y borraba los perfiles del horizonte. Me impresionó su memoria fotográfica. Podría repetir de memoria pasajes enteros no sólo de la poesía, sino de la prosa de Percy B. Shelley, un poeta romántico inglés con cuya obra estaba deslumbrado. Su fama había crecido sobre todo después de su muerte trágica al hundirse el barco en el que viajaba en el Golfo de La Spezia en Italia.

—Shelley es quien mejor ha escrito sobre el ánimo que privó después de la Revolución Francesa. Yo nací en 1782 y era muy niño, pero recuerdo a mis 11 años, oír a mi madre y mi padre hablando y lamentándose de la saña contagiosa y las muertes durante el Terror. Creo que los franceses de esa época, por estar tan cerca del ojo del huracán, no lograron medir el impacto que esos sucesos tuvieron en el espíritu de la época. Shelley exalta las expectativas que desató la Revolución, el acontecimiento afortunado que cambiaría los destinos de la humanidad entera. Se auguraba el advenimiento de una sociedad en que la igualdad, la libertad, y la fraternidad se convertirían en la base de todas las relaciones humanas. Él reconoce que tanto bien se esperaba, que obtenerlo era imposible. Debería leerlo. Es el prefacio para un largo poema llamado «La Rebelión del Islam». Muchos de los adoradores de la Revolución, como él dice, quedaron moralmente arruinados por la «melancólica desolación de sus más enaltecidas esperanzas». Por eso vivimos en una época de «lúgubre misantropía», dice. Me encanta su descripción, las palabras que usa, como cuando afirma que encontramos «solaz en exagerar voluntariosamente la propia desesperación». —Hamilton citaba al poeta haciendo más grave su voz y gesticulando para indicar que hablaba con sus palabras. —Gran ensayista Shelley —continuó—, me declaro anonadado y maravillado cuando un escritor describe exactamente lo que sentimos tantos. Me pregunto cómo harán, ¿qué don los conecta con el resto de nosotros? Es como si nos escucharan pensar.

Sonreí. En tantas ocasiones la literatura pudo darme claridad sobre confusas percepciones o intuiciones. Escuchar a Hamilton me hizo percatarme de la poca conciencia que tuve yo y muchos como yo del efecto de la revolución sobre los ingleses, italianos, nórdicos, o los mismos americanos. Mi falta de imaginación se me hizo pasmosa. ¿Cuánto tiempo tenía de no ver más allá de mis narices? Para mí, Francia siempre fue el centro del mundo, de la civilización. Hasta la guillotina del Dr. Guillotine la consideramos un invento civilizador. Era una máquina de matar efectiva, rápida, limpia. Nada que ver con la historia de la cabeza de María Estuardo. El verdugo tuvo que dar tres hachazos para cercenarla del tronco. Ya despegada del cuerpo los labios de la reina continuaron rezando unos instantes. Esa historia y otras sobre la Torre de Londres, me inspiraban horror, me parecían el epítome de la diferencia entre la fineza francesa y la brutalidad inglesa.

El interrogatorio al que me sometió Hamilton unos días después para emitir su diagnóstico sobre mi mal, no fue agotador e inquietante como temí. Era un ser curioso, interesado por tantas facetas de la vida y la naturaleza, que su atención fácilmente saltaba de un asunto al otro. De manera que lo distraje insertando en nuestra conversación preguntas o comentarios que guiaban sus indagaciones hacia otros terrenos. La calavera de Ephraim George con su trepanación cuadrada fue motivo de su fascinación. Insistió en que debía ver las ilustraciones y leer él mismo el texto. Un fuego crepitante que Wikeham encendió ardía en la chimenea. Ibrahim nos llevó whisky y nos sirvió en cortos vasos de cristal.

Guardé silencio mientras él se entregaba a la lectura. Al terminar levantó los ojos.

— ¿No le parece, George, que su país y el mío son ya viejos y cascarrabias? En cambio, América, todo ese enorme continente, es un acertijo lleno de posibilidades. Imagínese, si la botánica, la geología, la investigación de minerales y especies en esta isla, merece tanto de nuestra atención, ¿cómo será entrar en contacto con selvas, montañas y parajes donde la ciencia apenas se ha posado con sus mediciones y microscopios?

—Creo que soy muy burgués para imaginarlo —sonreí—. Pero confieso que aquí mi curiosidad ha revivido. En Francia solía ir al campo, disfrutar la Naturaleza. Desde niño la botánica me interesó. Tuve un tutor que me despertó la vocación por ver más allá de la superficie de las flores y las plantas, pero después heredé los negocios de mi padre y ya no hubo tiempo para cultivar esas aficiones —mientras así fingía provenir de una vida ajena a la mía, pensé en Vaux-Praslin y en el fiel jardinero con quien me gustaba colectar setas y hojas singulares.

—Sí, claro. Nosotros en este Viejo Continente hemos dedicado siglos al estudio y pienso que hemos llegado a conclusiones más o menos exactas sobre nuestros ancestros. Los egipcios, los celtas, los griegos, los romanos, han ido paulatinamente entregándonos sus secretos, pero, ¿cuánto sabemos de los Incas, los Aztecas, los Mayas, esas grandes y herméticas civilizaciones? ¡Ah!, si volviera a nacer, a ser joven, nada me gustaría más que viajar, descubrir, hacer innumerables preguntas. He oído hablar de la búsqueda de una ciudad perdida en Los Andes; la mítica El Dorado. Hubo quienes la imaginaron en la selva Amazónica, pero se rumora que puede estar en un sitio elevado. ¡Qué no habría dado por vivir el momento de un gran descubrimiento!

—Pienso que ha vivido varios, Hamilton —afirmé—. Envidio sus conocimientos de anatomía y de botánica. Usted dio al traste con el uso de sanguijuelas en Inglaterra.

—Bueno, recuerde que Pasteur, después de la epidemia de cólera de 1832, nos hizo conscientes de la necesidad de la asepsia. No hice más que seguir la doctrina del compatriota de ustedes, Broussais, pero reconozco que fue una batalla convencer a los pacientes de que las sanguijuelas no eran la panacea para lidiar con una gran variedad de dolencias —sonrió—; admito que el asco que me inspiraban esas criaturas fue un aliciente para mis investigaciones —siguió diciendo Hamilton—. Esos animales se nutrían de caballos enfermos, ¿cómo pensar que podían curar enfermedades? Quizás en el futuro nos sorprendamos y vuelvan a aparecer como ayuda para infecciones y otras dolencias, pero vi tantas hemorragias y enfermedades de la piel producidas por el uso excesivo de esos especímenes, que luchar por desterrarlos se me volvió una misión.

—Fue un golpe para los criadores en Francia —dije—. Sólo en la Gironde hubo en algún momento miles de hectáreas dedicadas al cultivo de las sanguijuelas.

—Precisamente. Se comercializaron de tal manera que los negociantes empezaron a venderlas llenas de sangre para que pesaran más. Se llenó el mercado con sanguijuelas enfermas o deficientes. No, George, la medicina es una ciencia en la que mucho se especula. El cuerpo humano es un cosmos y es tan complicado como los astros. La ética médica no es compatible con el comercio.

—Y de la trepanación, de una trepanación como la practicada en quien fuera el dueño de esa calavera encontrada en el Cuzco, ¿qué piensa? Operar un cráneo tendría que requerir mucha precisión —dije.

—Los egipcios también hicieron trepanaciones. La pregunta es cuánto sabían quienes hicieron este perfecto agujero cuadrado en el cráneo del papel crucial del cerebro en el organismo humano —tamborileaba con su índice sobre la ilustración—. El cerebro, incluso hoy en día sigue siendo como la América, un continente apenas explorado. Y ahora debo marcharme. Otro día le hablaré de John Lloyd Stephens y de Frederick Catherwood. Si la historia de E. George Squire le parece fascinante, espere que descubra a estos dos exploradores de la civilización maya que registraron más de cuarenta sitios perdidos en la selva. Hallaron templos y pirámides fabulosas que Catherwood dibujó magistralmente. ¿Se imagina, George, encontrar pirámides al otro lado del mundo?

Su examen sobre mi condición física lo hizo concluir que, igual que el poeta Tennyson, yo sufría de un mal diagnóstico. No tenía el cuadro clásico indicativo de la epilepsia. Era un hombre contenido, nervioso, me dijo, y no exento de posibles ataques de pánico, igual al que él mismo atestiguó como producto de mis pesadillas.

—Personas como usted se benefician de un ambiente tranquilo y sin tensiones como el de Wight —sonrió el doctor—. Debería pensar en permanecer aquí el mayor tiempo posible. Pitts Place suele estar desocupada hasta el verano y seguro a su amiga no le importunará en absoluto que usted se quede estos meses de invierno por aquí.

—Sí, sí. Ella insistió en que me quedara cuanto tiempo fuera necesario.

—Los Tennyson tienen un grupo muy agradable de amigos. Ya conocerá a Julia Margaret Cameron de quien le hablé. Lo llevaré a Dimbola Lodge. Ella es amiga de tipos curiosos. Uno sobre todo. Está escribiendo una novela y parece muy apasionado con su historia, pero rehúsa dar siquiera una vaga idea del argumento. Quizás porque teme que le pregunten algo. Apenas abre la boca. Me he llegado a preguntar si tiene algún tipo de alienación mental. Es raro ciertamente.

Sonreí para mis adentros pensando que ése era precisamente el tipo de amigos que necesitaba, gente falta de curiosidad, pero me esforcé por no mostrar entusiasmo en conocerlos. Ibrahim tenía razón. Mi nueva identidad era frágil. No resistiría un acucioso examen. La alta sociedad inglesa era bien informada. Solía enterarse de los chismes del continente, sobre todo, los de la sociedad francesa.

—Debo decir que mi estancia en esta isla ha sido una excelente medicina —comenté mientras lo acompañaba a la puerta—. Aparte de mis pesadillas, he dejado de experimentar episodios de confusión durante el día cuando a ratos la realidad se me antojaba un espejismo y perdía la noción del tiempo.

Nos despedimos. Permanecí un rato más mirándolo caminar, viendo los faldones de su abrigo batirse en el viento.

No sé cuánto tiempo más estuve en la biblioteca, hojeando libros y leyendo sobre exploraciones. Pensé que quizás no se necesitaba juventud para hacer descubrimientos. Quizás solamente se requería la necesidad de perderse en selvas ignotas. México, Centroamérica, eran regiones exóticas que evocaban en mí sentimientos encontrados. No imaginaba que uno pudiera vivir en sitios así, lejos de la civilización, en medio de poblaciones de identidades confusas, seres colonizados, mitad españoles, mitad indígenas. No admiraba a los españoles. Rechazaba sus excesos religiosos. Sólo su literatura los reivindicaba: el *Quijote* de Cervantes, algunos poetas de su Siglo de Oro, pero consideraba que culturalmente Francia e Inglaterra eran superiores, otra categoría de país. Corneille, Racine, Molière, eran contemporáneos del Shakespeare inglés. El teatro, a mi juicio, era el supremo arte para reconocerse uno mismo o sus enemigos. En ese tiempo, sin embargo, la sensación eran las obras de Víctor Hugo. Yo amaba sus *Odas y Baladas*. Ese libro me acompañaba y *Le Dernier jour d'un condamné* tenía para mí especial resonancia.

La pregunta: ¿qué iría a ser de mi vida? volaba a mi alrededor como un murciélago infatigable.

Capítulo 10

Las conversaciones de esos días persuadieron a Hamilton de mi genuino interés por la medicina. Falto de alumnos con quienes desarrollar su casi fanática vocación por la enseñanza, me tomó como pupilo. Yo me plegué sin reticencias a su voluntad de enseñarme reacciones químicas, compuestos de hierbas con las que experimentaba, dibujos anatómicos para los que tenía una dedicación de monje miniaturista. Le gustaba probarme con ejercicios divertidos en los que nombraba síntomas para que yo adivinara de qué padecía el enfermo. Un buen día me pidió que lo acompañara al pueblo a visitar pacientes. Empecé a ayudarlo en sus menesteres. Me presentaba como su amigo George Desmoulins, «eminente biólogo francés».

Un hombre como Hamilton nunca antes existió en mi vida. Ya dije que emanaba bondad. Era de tal modo bueno que resultaba, a menudo, desconcertante. Me tomó un tiempo confiar en él, no preguntarme cuál sería su agenda ulterior, si dudaba de mí y aguardaba el momento para descubrir mi engaño, si sus preguntas sobre mis pasiones y mi pasado no eran dados cargados que me lanzaba mientras hervía sus instrumentos cerca del fogón con el delantal de cuero de sus experimentos anudado a la cintura.

Hamilton estaba convencido de que la medicina dejaría atrás para siempre la idea de los cuatro humores, los sangrados y las sanguijuelas. La manera de vivir afectaba la salud mucho más de lo que se aceptaba, sentenciaba. Era muy amigo del célebre epidemiólogo londinense, John Snow, con quien sostenía una copiosa correspondencia sobre la obsesión de ambos: el cólera. Snow logró demostrar que los barrios más afectados por la epidemia eran aquellos donde los pozos de agua estaban contaminados. Se opuso a la idea de que el cólera era una miasma, pero su teoría sobre la relación del agua o las comidas malsanas con la infección provocaba intensas polémicas y debates entre la comunidad médica. Hamilton, tan certero con la pluma como con el escalpelo, libraba por su amigo batallas epistolares validando sus ideas en diarios y academias. La colaboración de Hamilton y Snow se extendía a otros aspectos de la ciencia médica. También descubrieron las propiedades anestésicas del cloroformo. Snow se lo administró a la reina Victoria en el parto de su octavo hijo, y desde entonces se empezó a usar liberalmente en las cirugías. Pero eso sucedió después que me marché de la isla. Previamente, Hamilton y yo experimentamos con los efectos del cloroformo. Comprobamos la pérdida de la conciencia, el sueño profundo y las náuseas posteriores. Varios de los amigos del grupo, entre ellos Tennyson, también insistieron en probarlo. La idea de un sueño inmediato y profundo nos atraía a todos, pero también nos atemorizaba. El doctor Hamilton muy responsablemente decidió que hasta no saber más de los potenciales problemas del anestésico no debíamos seguir ensayando esa clase de escape de la realidad. Yo guardé en una pequeña botella ámbar unos cuantos c.c. Aplicar unas cuantas gotas de cloroformo a mi pañuelo para ausentarme del escenario de mi mente por un corto tiempo, era un lujo exquisito.

Mi realidad poco a poco empezaba a llenarse de otros rostros e historias ajenas a mi pasado, pero mi mente registraba lo nuevo como imágenes sobreimpuestas a un trasfondo de sombras agazapadas. Henriette y Fanny nunca estaban muy lejos del primer nivel de mi corteza cerebral o lo que constituía mi consciente. A menudo despertaba sobresaltado pensando en los menesteres urgentes que debía atender en la vida a la que jamás regresaría.

Hamilton, Tennyson y yo tomábamos el té al menos dos veces por semana. Recuerdo a Lord Alfred con los pies sobre su escritorio, fumando una pipa y mirando hacia la línea del horizonte que apenas se delineaba entre los árboles visibles desde su ventana. Uno de sus temas de conversación preferidos era el período de once años en que su impulso artístico se paralizó debido a las críticas ácidas y sarcásticas que recibiera su antología de 1832, cuyo título era la escueta descripción del contenido: *Poemas*. ¿Qué convertía a los seres humanos en peleles?, se preguntaba. Él tenía una vívida memoria de la mañana de abril en 1833 en que leyó el devastador comentario de Croker en *The Quarterly Review*. Afirmaba que llevaba impreso en la memoria el recuadro en la parte baja derecha de la página, el tamaño y estilo de las letras del titular.

—Este patán de John Wilson Croker aceleró la muerte de Keats con su crítica de *Endymion* —afirmó—, pero compararme a mí con un poeta *cockney*, etiquetarme como imitador de Keats, insinuar que mi poesía, así como mi devoción y amistad con Arthur Hallam revelaban una sexualidad obtusa y confundida, me marcaron como si una epidemia de viruela hubiese deformado mi rostro. No quería salir a la calle. Por Croker me refugié en el anonimato. Me escondí. Pero no fue esto lo más grave: durante once años mi mano se negó a recibir los dictados de mi imaginación. Pensaba en la insidia de críticos cuya fama proviene del alcance de sus escupitajos, o del humor de sus cáusticas frases y me poseía un estado de rabia y frustración que sólo disminuía cuando lanzaba libros por la ventana de mi estudio —sonrió—. Ver a Emily salir a recogerlos me causaba una vergüenza infantil. Los comentarios de esos tipos, como si provinieran de un olímpico mensajero disipaban toda mi energía y deseo de seguir vivo. Aún reacciono con igual ardor. No importa que reconozca la inquina y la mal colocada intención del autor del insulto, las palabras negativas se inscriben en mi memoria como pústulas supurantes que nadie puede sanar. Algo muere para mí —decía Tennyson, con el cabello largo desordenado, gesticulando—. Sé que no lo entienden. Yo mismo, como dije, no dejo de insultarme, de considerarme un pelele por atribuir esa importancia a las palabras de otro, pero veamos: ¿qué somos sino palabras? ¿Cómo no medir el bien y el mal en palabras? ¡Mi salvación es mi maldición! ¿Por qué no pude aceptar el criterio de John Stuart Mill sobre el mismo libro, su generosa mirada atribuyéndome un genio indiscutible, y en cambio aprendí de memoria el ataque salvaje que me dispensara ese Croker, ese apologista de la Revolución Francesa, ese político irlandés metido a literato?

—Debes reconocer, Alfred, que Croker te afecta así porque aún te habita el demonio crítico de tu padre —dijo Hamilton—. Oír ese discurso desde fuera de la familia pensaste que validaba cuanto oíste desde niño en tu propia casa.

—No tienes idea del sentimiento, porque nadie ha criticado en público un escrito que tú consideras es lo mejor de ti mismo —tronó Tennyson.

—Ciertamente, en eso te doy la razón.

Ninguno de ellos experimentaría jamás el ser conocido como un asesino, el asesino de la propia esposa, de la madre de sus hijos. Los observaba y escuchaba, pero el tono de sus palabras me encaminaba a mí por derroteros que ellos jamás adivinarían. Recordé la incredulidad con que la sociedad francesa recibió la noticia del crimen, los reportajes en que se leía el asombro que un Par de Francia, un personaje con mis señas y características pudiese haber sido capaz de la saña horrenda de matar a puñaladas a la pobre Duquesa. No pude continuar quieto en mi silla. Pedí que me excusaran. Debía marcharme. Me dolía la cabeza.

Esa noche, muy tarde, desperté y leí el poema nuevo que Tennyson nos entregó a Hamilton y a mí para que lo leyéramos por nuestra cuenta. Lo guardo igual que haría con un pan en una hambruna mortal, y lo muerdo a veces cuando me descorazono. El poema habla de Ulises, ya de regreso en Itaca y aburrido de la vida cotidiana. Reúne a sus marineros y parte de nuevo. Me sé de memoria un fragmento del final:

Venid amigos
Todavía no es tarde para salir en pos de un mundo
                                              [nuevo
Levad las anclas, acomodáos y acompasados
Hundid el remo en los surcos sonoros del agua
Pues no es otro mi propósito que navegar

Allende del crepúsculo y de los mares que bañan
todas las estrellas de occidente, hasta la muerte.
Quizás nos hundan las corrientes
Quizás arribemos a las Islas Venturosas
y veamos de nuevo al gran Aquiles.
Tanto hicimos pero mucho queda por hacer.
Y aunque nos falte la fuerza que en otros tiempos
movía cielo y tierra, no hemos dejado de ser
esto que somos: heroicos y atrevidos corazones
ablandados por el tiempo y el destino pero
impulsados por la incansable voluntad
de persistir, buscar, hallar y no cejar.

Finalmente conocí a Julia Margaret Cameron. Hamilton hablaba de ella con enorme entusiasmo y planeó nuestra visita a su mansión de Dímbola Lodge pues insistía que era un personaje digno de mi atención, una mujer fascinante que estaba revolucionando la fotografía.

—Además, tienes que ver la casa, una casa llena de gente y de sol. Es casi un país —decía Hamilton sonriendo.

La casa era ciertamente, además de muy grande, muy extraña. Con la mitad cubierta de hiedra parecía un rompecabezas para niños pues constaba de cuatro idénticas unidades que sobresalían de la fachada, mientras que en el centro del conjunto un rectángulo vertical alojaba la puerta de entrada. Aunque carecía de elegancia arquitectónica pues era una versión de *cottage* inglesa aquejada de gigantismo, por dentro era un laberinto que, por obra y gracia del espíritu juguetón y artístico de la dueña, encantaba y lo ponía a uno de buen humor no más traspasar el umbral. Buen humor, digo. Y eso fue lo que experimenté no más entrar y escuchar el sonido familiar de una casa grande con niños. Julia tenía nueve hijos pues además de sus seis adoptó tres más, me dijo Hamilton, mientras dejaba su sombrero y abrigo y me invitaba a hacerlo en un pesado y antiguo armario de puertas ojivales. La noticia de la llegada del doctor generó una conmoción. Aparecieron a saludarlo niños y niñas y jóvenes de estaturas y edades diversas. Las escaleras resonaron con pasos y se escucharon gritos de aviso entre las habitaciones. En mi recuerdo, Julia Margaret fue la última en llegar al recibidor. Justo después del inicial deleite que me produjo volver a escuchar la algarabía juvenil, ver los vivos colores de los muebles, los ventanales, los jarrones con plantas, el tubo de bronce para depositar los paraguas, las graciosas sillas austríacas, la profusión de pinturas y fotos en las paredes, me poseyó la nostalgia de que jamás oiría los ruidos de mis hijos, de mi casa en mejores tiempos. De las memorias felices pasé de sopetón a la comprobación de mis circunstancias. Un peso se desplomó desde mi garganta hasta el fondo de mi estómago, mi corazón dio un golpe contra las costillas y una cascada de agua hirviente descendió por mi torrente sanguíneo. Conocía la sensación. Perdía por instantes la capacidad de pensar o de hilvanar palabras y debía sujetarme de algún mueble para que la realidad no me llevara con ella a los infiernos. En ese estado me encontraba cuando apareció Julia Margaret. Mientras intentaba recuperarme del vahído, la observé saludar afectuosa a Hamilton. Su sencillez no hacía sino resaltar unos rasgos, no bellos, pero sí interesantes, porque la cara alargada, la nariz fina, los ojos grandes, el color muy blanco de su piel, el pelo dividido al centro y recogido en un moño flojo en la nuca, eran en conjunto la síntesis de su determinación. Julia Margaret Cameron poseía el don de la atención. A Hamilton le dedicó el tiempo necesario para enterarse de sus más recientes curaciones y compuestos. Cuando se fijó en mí enfocó sus cinco sentidos en una indagación que supongo sería su *modus operandi* pues esta mujer, fotógrafa tardía, era una especie de antropófaga; daba la impresión de querer beberse a sus sujetos, grabárselos en la mente, como un preludio de la acción de grabarlos en los ácidos y placas de sus fotografías. Su interés por mí procedía también de su genealogía. Julia era la hija del Chevalier Antoine de l'Etang, que había sido paje de María Antonieta y luego oficial de la guardia personal de Luis XVI. Su madre, Therese Blin de Goncourt, nacida en la India, también era hija de aristócratas franceses. Julia hablaba francés fluida y correctamente, con apenas acento. Mientras me informaba sobre su familia y sus estudios en Francia, nos condujo a una mesa redonda con un mantel impreso con pájaros, de la que removió libros y papeles. La sala tenía demasiados muebles, pero la aglomeración de revistas, knick-knacks, frazadas perfectamente dobladas y cojines, producía un efecto agradable, la sensación de estar en un sitio sin protocolos para relajarse y disfrutar del ambiente. A estas alturas, su rotunda presencia hizo que me recuperara milagrosamente.

—Mi casa es mucho más quieta la mayor parte del tiempo —dijo explicando las idas y venidas que resonaban como ecos—, pero hijas, hijos y nietos han llegado para celebrar el cumpleaños de mi esposo en unos días.

—Es una casa muy animada siempre, Julia —dijo Hamilton—. Cuando no son tus hijos son tus amigos. Es la algarabía de una vida feliz. No debes excusarte en absoluto.

—Confieso que la soledad me abruma y sólo la aprecio en su justo valor dentro de mi cuarto oscuro —dijo esbozando una sonrisa de graciosa aceptación de los cargos que le imputaba Hamilton.

Julia habría sido una persona con la que, en otro tiempos, me habría gustado comparar notas sobre nuestras familias y conversar sobre la India y Francia, sin embargo, me esforcé en responder a sus preguntas con monosílabos y dejar que Hamilton, cuya preocupación por sus amigos a menudo lo hacía hablar por ellos, relatara detalles de la muerte de Camille Desmoulins, los vestigios de la revolución en mi memoria y mis temores sobre los peligros que asediaban a Luis Felipe de Orleans. Mientras él hablaba, observé a Julia Margaret con deleite y tristeza. Tenía el rostro y, sobre todo, la personalidad de alguien con quien a mí me habría resultado delicioso intercambiar confidencias. Me hizo recordar el tono de certeza con que Henriette daba sus opiniones. Pero en Julia Margaret la duplicidad no existía. Su rostro se iluminaba por la pasión de las ideas. Caí en la cuenta, creo que, por primera vez, de mi debilidad por las mujeres inteligentes. Fanny incluso poseía, dentro de sus equivocadas cualidades, dotes nada despreciables para la escritura que ella malgastó en su maníaca obsesión por mi amor. No hacía mucho Ibrahim me había mostrado en uno de los periódicos parisinos una nota donde se anunciaba la futura publicación de los diarios y la correspondencia de Fanny. Insólito que alguien quisiera leer muchas páginas de quejas y elucubraciones dictadas por los celos obsesivos. No celebraba estar muerto a menudo, pero en el caso de esa noticia, saberme en «la tumba» me reconfortó.

Julia Margaret nos paseó por su casa para mostrarnos sus fotografías enmarcadas y colgadas por todas partes. Por primera vez vi la mano de una artista intentar ir más allá de la mera reproducción de rostros o instantes de la vida. Julia usaba la oscuridad de una forma especial, como un velo que, al ocultar, revelaba. Sus montajes de escenas de la literatura o la mitología eran un poco rígidos, pero también admirables por originales y sobrios. Tenía varios retratos buenos de un Tennyson adusto, de seguro en alguno de sus períodos de melancolía, pero consciente de que el retrato lo sobreviviría.

La actividad de seguirla por la casa mirando habitaciones, camas desordenadas o recién hechas, ropas dobladas; oler la presencia de sus hijos, percibir el olor de ella misma, me llevó a considerar el alivio que experimentaría confesándoles a ambos el lío en el que estaba metido y solicitando sus consejos. Sentí el deseo abrumador de volver a ser quien era, de poder volver a ser el Par de Francia, el Duque, un hombre con historia, con alcurnia, no aquel mediocre burgués que torpemente encarnaba. La inconformidad, la culpa, la imaginación me hacían percibir en Julia Margaret y Hamilton una íntima superioridad que exudaban por los poros. Conocía la sensación. Ellos se reconocían miembros de una casta exclusiva a la cual me permitían temporal acceso gracias a sus ideas liberales. Les complacía convencerse de que eran capaces no sólo de usar su libertad, sino de practicar la igualdad y la fraternidad. Así como los gatos perciben el peligro erizando los pelos del lomo, yo, como noble que era, conocía demasiado bien el tono, las miradas, con que una clase pretende estar cerca de otra. Tendría que haberme hecho reír, pero en mi caminata del día siguiente, reconocí que era inútil negar la profunda incomodidad y amargura que su silenciosa y discreta distancia me produjo. Mis ancentros, los rostros de las galerías de retratos de Vaux-Praslin, adquirieron un rictus de enojo y reproche. Sin duda serían más benevolentes con un crimen que con mi nueva identidad burguesa.

Capítulo 11

Con Henriette Deluzy-Desportes traicioné mi estirpe.

Mienten quienes afirmen que fui un Don Juan. Hubo aventurillas con *coquettes* intrascendentes. Desahogos de la carne tras *soirées* prolongadas donde el vino abundaba. Cierto que envidiaba a colegas y amigos con amantes hermosas y vivaces cuya exclusividad aseguraban estableciéndolas en apartamentos lujosos que ellos visitaban como parte de su rutina cotidiana. Mi amante era mi castillo de Vaux-le-Vicomte, Vaux-Praslin. No habría tenido energías para ocuparme de otra casa. Lo cierto es que contraté a Henriette en el peor momento de mi matrimonio, cuando no tuve más esperanzas de reconciliación con Fanny. Viviríamos bajo el mismo techo forzados por las convenciones sociales y el honor de la familia. El cese del vínculo amoroso no mermaba el compromiso de continuidad que adquirimos al casarnos. Ese estado de cosas era común en nuestro entorno.

Me resigné a una vida sin otros gozos sentimentales que los logros y hazañas de mi prole. La dedicación a mis hijos me acercó a Henriette. Compartíamos gustos por la pintura, la literatura, y pasiones políticas semejantes. Ella tenía un sentido del humor sarcástico, cuyo filo me sorprendía con frecuencia. Me hallé sosteniendo prolongadas y divertidas conversaciones con ella, caminando largos trechos por el jardín cuando viajábamos a Vaux-Praslin. Igual que a mí, el castillo la seducía. Tenía ideas sobre plantas ornamentales, fuentes y, a falta de esposa con quien compartir mis planes, tuve en ella un oído atento y un sentido estético suficiente como para sugerir con discreción acentos y colores. ¡Qué sé yo si los tomé en cuenta! ¡Era su interés el que apreciaba!

Nuestras charlas fueron inocentes al inicio, pero ella era una mujer atractiva, una mujer extrañamente indefinible, con un sentido práctico admirable y en contraste un romanticismo que afloraba a su pesar. Acerca de sí misma era huidiza, dubitativa, hasta hermética. Poco a poco fue abriéndose, tomando confianza, dejándome ver su lado más leve. De señor a institutriz, nuestra relación pasó a ser de hombre y mujer arrojados juntos a esa isla extraña que eran mi casa y mi existencia en ese entonces. Era inevitable que un día nos rozáramos. La atracción se hizo magnética. Nos buscábamos desde temprano, salíamos juntos con los niños. Nos hicimos inseparables. Henriette fue revelándome aristas punzantes de su personalidad. Podía ser agresiva y modosa, despierta y lánguida, sensual y austera. A la postre sucedió lo inevitable y una noche amanecimos uno en los brazos de la otra. Para mí fue una escapada deliciosa. Para ella, una especie de toma del poder. Se me volvió difícil saber a qué atenerme con ella. Había días en que mis instrucciones eran recibidas con extrema complacencia y reforzadas con magníficas ideas. Otras veces, disposiciones sencillas se topaban con miradas dolidas, obedientes cabezadas, silencios, y un aire de hostilidad. Sus estados de ánimo eran imprevisibles. Quizás fue eso lo que me atrapó hasta la obsesión y la debilidad. ¿Con qué secretas honduras de mi psiquis emparentaban las variaciones del ánimo y tono de Henriette? De un día al otro, la que ayer me amaba, dejaba de amarme; la que me aborrecía, decidía de súbito que yo era el único y eterno amor de su vida. Yo cortejaba su yo amable y lúdico capaz de deliciosas impudicias, largas y rientes conversaciones y acertados y perceptivos juicios. Me ilusionaba por días pensando que al fin encontrábamos la armonía de un feliz equilibrio, pero tras esas jornadas de gozo, sin aviso, ella cambiaba su rostro amable por uno lleno de reproches. El castigo al que me sometía sin piedad consistía en no revelar la razón de que el encantado amor perfecto de tan sólo horas atrás se hubiese hecho trizas. Y, sin embargo, tras una tarde hostil, sin más explicaciones, aparecía como un fantasma, descalza y sigilosa en la noche de la casa, y se metía en mi cama, llorosa y arrepentida, borrando de un abrazo mi desesperación de pensarla perdida. Yo fingía indiferencia a sus estados de ánimo sin revelarle las zozobras que me hacía pasar, incluso cuando el tiempo me enseñó que tras sus poses vendría el acostumbrado y amoroso desenlace. Ahora me pregunto si ese comportamiento tenía por objeto mantenerme en vilo y obtener de mí el apasionamiento de un amante enfebrecido. Ciertamente, aquel tormento me enardecía y me pasaba horas pensando en ella, obsesionado por descifrarla, enamorándome más, mientras ella parecía alejarse.

El tiempo y lo acontecido me han llevado a pensar que en Henriette convivían una inseguridad mal disimulada (que le prestaba su encantador aire de vulnerabilidad), con una mente sagaz y calculadora, que era capaz de elaborar complicadas estrategias para lograr sus propósitos sin otra consideración que su propio interés. Cuando sus planes le fallaban, perdía el control de su comportamiento.

Nunca fue eso más evidente que en los días que siguieron luego de que mi suegro y Fanny la despidieran. Gracias a mi intervención decidida se le permitió conservar su posición hasta que los niños se recuperaron de un ataque de escarlatina. Se quedó un mes más y durante ese tiempo la vi aprovechar las ausencias de Fanny para entrar varias veces a su habitación. El día que la seguí, intrigado, la oí maldecir, llorar y por último aferrarse a uno de los pilares de la cama de mi mujer y sacudir el pesado baldaquín que la cubría, como si quisiera que se desplomara mientras ésta dormía.

Tiempo después me enteraría de que, cuando el cuarto de Fanny fue remodelado, los carpinteros dijeron que alguien había sustituido con cera tres de los enormes tornillos que sostenían el baldaquín en su sitio. Tras lo que sucedió, sé que fue ella.

Su comportamiento en ese período fue irascible y dolido. Me recriminó hasta la saciedad mi falta de hombría para imponerme sobre los deseos de mi esposa y mi suegro; me acusó de no amarla y de haberla usado como un pasatiempo para aplacar la infelicidad y el infierno que vivía en mi matrimonio. Yo me sentía acorralado. El escándalo de nuestra *liaison dangereuse* se comentaba en París. Temía los tentáculos largos y poderosos de mi suegro, así como caer de la gracia de Luis Felipe y su hermana Adelaïde. Con ambos me unían vínculos de afecto y lealtad forjados desde la infancia y la cercanía de nuestras familias. Cuando Henriette al fin se marchó, su desasosiego frenético la llevó a escribirme cartas de amor desesperadas, disfrazadas de cartas plañideras a mis hijas mayores Louise y Berthe. Eran mensajes inapropiados en los que narraba su desesperación al verse separada de ellas. Aducía incluso que su devoción y su cuido la hacían merecedora de que la consideraran su verdadera madre. Recuerdo una en que describía su dolor como el más desgarrador que jamás experimentara y decía que aún llorando de pena prefería estar en nuestros brazos que sentir la angustia de estar lejos. Añadía que sólo recurriendo a un enorme esfuerzo se contenía para no correr a suplicarnos que la sacáramos de la pensión donde encontró alojamiento.

Mis pobres niñas, inocentes y sensitivas, lloraban sin consuelo, mientras yo me preguntaba cómo Henriette decía quererlas tanto si por apelar a mi amor escribía aquellas frases que no hacían más que excitar las emociones de quienes no tenían ningún poder para cambiar su situación.

Admito que soy aprehensivo y desconfiado por naturaleza y que aún en mi pasión por Henriette, en los días más transparentes de nuestros sentimientos, paseando por los bosques ancianos y hermosos de Vaux-Praslin, nunca logré acallar el lado mío que dudaba igual de su rechazo que de su amor desenfrenado. Jamás, sin embargo, imaginé la energía con que intentaría regresar al lado mío y de mis hijos.

Mis pensamientos se tornaron confusos en ese período ¿Por qué las lamentaciones de Henriette me causaron tal rechazo? Detesté su manera de dirigirse a mí escondiendo mensajes subrepticios en las cartas a mis hijas. Nada quedó de la impecable discreción que yo admiraba en ella. Poco faltó para que les revelara el amorío entre nosotros, que hasta los pájaros parloteaban en las calles de París. Su desenfrenada actuación acalló mi carácter sentimental, que quiso reaccionar compasivo ante su circunstancia. Deseé solamente clausurar con lodo y piedras ese período de descalabro cuyas consecuencias no preví. El mariscal Sebastiani amenazaba con intervenir para que Fanny procediera con el divorcio.

Había arriesgado mi estabilidad y la de mi familia por una aventura sin futuro, por un placer carnal y una atracción que no merecían ningún riesgo.

El miedo tomó posesión de mí. Me vació de recuerdos dulces, de cuántas razones hubo para amar a Henriette como la amé.

Cobarde somos los que, como yo, renegamos prestos de la pasión. O quizás nuestras pasiones sólo en la memoria se agrandan y se convierten de velas en hogueras. Uno se miente tan a menudo. Yo lo hago, sin duda. Y temo que lo que permanezca sea la verdad que me invento.

Capítulo 12

Ibrahim me informaba puntualmente de los acontecimientos en París. Escucharlo me hacía temer por la suerte
de Luis Felipe de Orleans. De Rey Burgués, Rey Ciudadano,
había pasado a ser objeto de escarnio y crítica. La situación
política se deterioraba a ojos vistas, y yo me preguntaba qué
sería de mí si mi benefactor era destronado. Destronar parecía haberse convertido en un deporte francés.

Recordé nuestra última reunión en el Palais Royal. Allí
residía él temporalmente para vigilar la colocación en las
paredes y salones del palacio de la valiosa pinacoteca de su
familia. Su oficina era grandiosa. Las mesas italianas de madera incrustada estaban cubiertas de libros y mapas. De las
ventanas se veían los jardines y las galerías que albergaban
cafés, librerías y pequeños negocios, además de los teatros de
la *Comédie Française*. Típico de los Orleans abrir los jardines
y obtener rentas de alquiler de los pequeños establecimientos. Aquel espacio era sin duda el centro social de París. De
hecho, Camille Desmoulins pronunció subido en la mesa de
uno de aquellos cafés, la famosa arenga que desató la revuelta
de 1789.

—Mira, Charles, de aquí puedo casi intuir las intrigas de
París —me dijo sonriendo cuando me acerqué a la ventana.

Tú vives casi en el campo. ¿Todavía se oye cantar los gallos en la Rue Faoubourg St Honoré?

—Todavía —dije—, pero no será por mucho tiempo. Desde que se construyó el Palacio del Elysium, hay más nobles queriendo vivir allá y más gente visitando la zona. Me temo que pronto dejaremos de ser un suburbio de París.

Se tomó la barbilla y me miró con picardía. Era un hombre de setenta y tantos años. Sus mejillas ya flácidas le daban el aspecto de un benévolo y alargado sabueso. Tenía una larguísima nariz, la frente alta, el peinado moderno, partido al lado, abundante, rizado (Dumas bromeaba con él diciendo que eran hermanos de pelo), un mechón sobre la frente y otro en la patilla mostraban algunas canas. Cuando lo conocí, yo era un niño y él un adolescente. Después desapareció y sólo oí las historias de su deserción del ejército de Napoleón, su estancia en Suiza y sus andanzas por América. Fue profesor de francés en Boston, y prácticamente prisionero de los ingleses y españoles en La Habana, donde por un año permaneció atrapado, esperando zarpar, en medio de la guerra de Inglaterra contra España. Recién coronado rey, solía caminar solo por París, con un paraguas bajo el brazo. También se le oía cantar La Marsellesa desde su balcón en el Palacio. Era un tipo con una gran memoria. Viendo el uso que hacía de ella, me convencí de que era la cualidad esencial de un político exitoso. El efecto de llamar a alguien por su nombre, recordar el de su esposa o alguno de sus hijos, era digno de verse. Yo carecía de cualidad semejante. El Rey solía alabar mi discreción. Me buscaba para comentar sus dudas o hacerme confidencias, pero no aprobaba de igual manera mis sugerencias. No logré convencerlo de permitir que votaran todos los ciudadanos —conceder el llamado «sufragio universal» ya decretado en Inglaterra. Su primer ministro, Guizot, lo persuadió de que votaran únicamente los franceses dueños de tierras, riquezas, o algo que perder con el resultado electoral. Las simpatías de una masa apenas informada, sostenía, no podían ser las que definieran quién regiría los destinos de Francia. El Rey estaba convencido de que las mayorías carecían de juicio razonable y que votar debía ser un privilegio restringido a las clases con más educación.

¡Ah, Guizot! Por su culpa, de la vocación republicana del rey quedaba muy poco. Hizo prohibir, con actitud imperial, las reuniones públicas. De esa prohibición surgió la Campaña de Banquetes. Quienes se oponían al sistema electoral en vigor, se reunían para comer y por el precio del menú, escuchaban los rebeldes discursos de quienes abogaban por otra revolución, una «primavera del pueblo». Luis Felipe no atribuía a estas reuniones mayor importancia. Estaba satisfecho con las ideas de Guizot, a quien consideraba un hombre conservador pero hábil, comprometido con mantener la paz y evitar otra revolución. Con él, las relaciones con Inglaterra, tensas por siglos, alcanzaron un período de *detente* que auguraba que ambos países pasarían a ser fuertes aliados y no rivales como hasta entonces. Recuerdo que se puso de pie, se asomó por la ventana pensativo y sonrió retornando a sentarse.

—Después de años de prueba y error en los que creí que jamás lograríamos avenirnos entre los franceses lo suficiente como para progresar, Francia avanza por el camino correcto. Estamos creciendo económicamente a pesar de las malas cosechas de este año; ya somos parte de la revolución industrial y hemos hecho ferrocarriles que cruzarán el país. Por eso mismo me preocupa la impaciencia de quienes han decidido que nada vale si no votan todos. Guizot es un poco rígido, pero sólo cuando tomó su cargo e impuso cierta disciplina, logramos salir de años de inestabilidad política. Pero no hablemos más del asunto —dijo mirándome y acercándose hasta sentarse en un mullido sillón junto a la chimenea—, ¿cómo están las cosas por tu casa? He oído ciertos rumores acerca de una relación tuya con la gobernanta de tus hijos. Es mejor que seas precavido.

Me tomó por sorpresa. Creo que cambié de color.

—Habladurías —dije—. Mademoiselle Deluzy-Desportes es una señorita muy dedicada a mis hijos por la que siento gran aprecio.

—Mi padre confió nuestra educación a una mujer muy especial, Félicité de Genlis —dijo uniendo sus manos por las puntas de los dedos y mirando ausente, pensativo—. Con ella aprendí alemán, inglés, italiano y español. Una proeza —sonrió—, pero él y ella fueron amantes. Es muy común que se produzcan esos vínculos viviendo en la misma casa día tras día, pero corren tiempos más conservadores, Charles —me miró fijamente—. La nobleza está bajo la lupa de los republicanos. Perdona si me entrometo, pero sabes que te tengo gran aprecio.

Volví a asegurarle al rey que no tenía motivos de preocupación. No me gustó mentirle, pero no encontré la razón para revelarle mis intimidades.

En retrospectiva, tras el escándalo y su intervención para salvarme, lamenté no haberme sincerado con él. Seguramente cuando lo supo me lo reprocharía. Y sin embargo, le debía mi vida.

Me fui a la cama con una sensación de pesadez. Esa noche volví a tener pesadillas. Me vi atacado por el pesado armario de la habitación de Fanny en el que ella guardaba trajes y sombreros. En mi sueño ya no era ropa la almacenada allí, sino cartas. Miles y miles de folios escritos con su letra pulcra, redonda, de mayúsculas grandes y orladas, los puntos de las íes dibujados como círculos. La escritura cursiva, cuyos rasgos exagerados revelaban la dimensión teatral de su obsesiva personalidad, se lanzaba sobre mí como un enjambre de negros insectos zumbando sobre mi cara, entrando por mi nariz, mis orejas. Los folios y el armario se me echaban encima, mientras yo manoteaba e intentaba huir sin resultado. Las cartas filosas me herían las manos, como cuchillos en medio de un ruido ensordecedor. En el combate desesperado volvía a experimentar la rabia ciega que sentí cuando me enteré de que Fanny y mi suegro, el mariscal Sebastiani, habían echado a Henriette sin mi consentimiento. La rabia me llenaba de fuerza y a punto de perecer lograba emprenderla contra el armario y pasar del miedo a la sangre fría. Desperté jadeando por el esfuerzo, sudando y con el corazón desbocado. Había tirado las cobijas y las sábanas. Mi camisa de dormir estaba húmeda de sudor. Me senté en la cama. Apuré el contenido del vaso de whisky olvidado sobre la mesa de noche y a tientas fui al ropero y encontré una camisa de dormir limpia. Tenía las piernas flojas y me temblaban las manos. Sería inútil intentar dormir de nuevo. Abrí los postigos de la ventana de mi habitación. Afuera la oscuridad empezaba a rasgarse por la luz tenue del amanecer. La niebla que el mar soplaba a bocanadas sobre la isla lucía como una criatura fantástica iluminada por el blanquecino faro de la madrugada. Decidí vestirme y salir. Calcé mis botas, mis pantalones, me eché sobre la camisa de dormir el chaquetón de cazador que usaba para mis caminatas. Encontré sin dificultad mis guantes y el sombrero y bajé sigiloso las escaleras. El aire húmedo y frío me hizo lloriquear al salir. Respiré hondo y caminé de prisa para calentarme. No quería abandonar el perímetro de la casa y encontrarme con repartidores de leche o pan, así que me adentré en el amplio jardín que rodeaba Pitts Place. Al fondo había un estanque entre olmos y una banca donde solía sentarme algunas tardes. Me dirigí allí. El recuerdo de la furia de aquel día en mi casa cuando mi suegro y Fanny me notificaron su decisión, rehusaba abandonarme y me hacía resoplar. En un claro de mi memoria que hasta entonces logré ver, me percaté de la trascendencia que ese acto irreflexivo de Fanny, de hacer cómplice a su padre contra mí, marcó el principio del fin no sólo de la vida de ella, sino de la mía. Fui otra víctima de su asesinato, pues no podía llamar vida a esta existencia de fugitivo y fantasma que llevaba.

Esa mañana había asistido en la Cámara de los Pares a una sesión en que Guizot hizo gala de su terquedad. Regresé a casa extenuado y pesimista. Desde que crucé el umbral pude percibir la atmósfera tensa y silenciosa de los criados. Vi el coche de mi suegro en el patio interior y atribuí a su presencia el aire pesado que se respiraba. Decidido a no alterarme, subí con calma la gran escalinata que llevaba a los salones de recibo de la casa y a poco de llegar al descanso lo vi aprestándose para descender, intercambiando frases inenteligibles para mí con Fanny que lo despedía. Ambos se quedaron quietos cuando se percataron de mi presencia. Fanny apretó el brazo del padre y lo detuvo. Yo subí y los saludé con la frialdad con que acostumbrábamos relacionarnos, dejando entender que deseaba dirigirme al ala de las habitaciones de mis hijos. Con un gesto, Horace Sebastiani me frenó. Teníamos que hablar, dijo. Acompañé a ambos al salón recibidor, molesto ya por el aire solemne e imperioso de mi suegro y la actitud de hembra acongojada de mi mujer, quien se sentó al lado del padre como si necesitase su protección.

—Sabes que he intentado no intervenir en tu matrimonio —dijo Sebastiani—, pero por el prestigio de la familia y la salud de mi hija, me veo ahora en la obligación de hacerlo.

Los miré a ambos sin decir palabra , pero sin evitar que un gesto de irónico sarcasmo cruzara mi rostro al escucharlo aludir a la salud de Fanny que, rosada y regordeta, lucía el aire estudiado y dócil de una colegiala.

—Mi hija me ha puesto al tanto de las irregularidades de tu trato con la señorita Deluzy-Desportes, Charles. Debo admitir que a pesar de escuchar rumores en todo París sobre el asunto, pensé que, de ser ciertos, se trataría de una *liason* pasajera, pero Fanny me asegura que no es así, que esta situación lleva al menos tres años, que ha dañado irremediablemente el matrimonio a tal punto que ella ha estado considerando pedir el divorcio, ya que te niegas a responder sus múltiples solicitudes de dejar esa mujer y volver a hacer vida marital con ella.

—Su hija, mariscal, con todo respeto, padece de celos incurables —sonreí socarrón—, y además, pienso que ha equivocado su profesión, pues en vez de madre y esposa debió dedicarse a escribir romances y tragedias. Es lo que hace todo el día: escribir cartas. Tengo cientos de ellas, cada una más dramática que la otra. Si las leyera todas, tendría que abstenerme de cumplir mis obligaciones ciudadanas y paternales. En cuanto a su función de madre, hasta he tenido que limitar su intercambio con nuestros hijos, pues no es admisible que interrumpa sus lecciones y los someta a sus lloriqueos.

—Eres cruel e injusto —prorrumpió Fanny alzando la voz, su rostro dócil transformándose en el rostro iracundo que tan bien conocía yo—. Para que te des por enterado de una vez, mi padre y yo hemos despedido hoy a esa canalla que ha venido a destruir nuestro matrimonio.

Miré a Sebastiani. La calma que intenté mantener fluía fuera de mí y en su lugar un líquido hirviente empezaba a correr por mi cuerpo.

—¿Con qué derecho, Horace, ha venido usted a mi casa a disponer de mis servidores?

—¿Tu casa? —ripostó Sebastiani—. No olvides que esta casa es mía, que la cedí para que fuera el hogar de la familia de mi hija —siguió, conciliador—. Charles, hay muchas institutrices capaces y decentes en París, ¿por qué tiene que ser la señorita Deluzy la que ocupe esa posición? Si eres inocente de lo que se te acusa, no veo razón para que no aceptes sustituirla.

—Hay una razón muy sencilla —dije intentando ecuanimidad—: Louise y Raynard sufren de escarlatina. Han estado con fiebre por varios días. No vamos a ponerlos en manos de cualquier desconocida mientras están enfermos.

—De acuerdo —dijo Sebastiani, extendiendo su brazo para impedir hablar a Fanny—. Puede quedarse hasta que los niños sanen, pero ni un día más.

La trampa que urdieron era contundente. No podía, sin delatarme, exigir la permanencia de Henriette. Un divorcio y la maledicencia e influencia de Sebastiani, me aplastarían social y políticamente. No estaba dispuesto a sacrificar ni mi posición, ni mis hijos, por Henriette. Estaba perdido si no pretendía indiferencia y raciocinio.

—Está bien —dije—, aceptaré su decisión pero es una tremenda injusticia con una persona que ha sido como una madre para esas criaturas desde hace seis años. Serán ellos los que más sufran, pero claro, eso a su madre la tiene sin cuidado.

Como un animal enfurecido, vi a Fanny resoplar de rabia y hacer intentos por echárseme encima.

—Mire a su hija, Horace; es ella la que ha perdido la razón.

Dicho esto, me levanté sin más y salí del salón. Temía que de permanecer allí la habitación no alcanzaría para contener la ira criminal que me embargaba. La humillación, el abuso de disponer asuntos internos de mi casa, la arrogancia de Horace Sebastiani me carcomían. Me daba rabia que sacara a relucir su «donativo» de la mansión de Faubourg St Honoré, conociendo muy bien que mi falta de liquidez temporal se debía a las reparaciones que llevé a cabo en Vaux-Praslin, propiedad de mi familia y que debía ser uno de los palacios más elegantes y bien mantenidos de Francia. Pero ciertamente en esos días no tenía el dinero para dejar la casa en París, a menos que decidiera vender Vaux-Praslin, algo que no estaba dispuesto a hacer. ¡Y Fanny, la irascible Fanny, exponiéndome frente al padre! No me cabía duda de que había enloquecido. Pero no de amor ciertamente, sino del maldito egoísmo que le impedía ver más allá de sus narices. Ni por sus hijos sentía amor la desgraciada. Todo el amor que decía profesarme no era más que un engaño del que ella misma era la primera víctima. Era su escape para no afrontar su realidad de niña mimada y mal educada, que habría deseado un marido dócil, un pelele para sus ilusiones de ninfómana solapada. ¡Cómo la odié! Después de ese día nada más que odio hubo para ella dentro de mí. La dureza de mi corazón fue una coraza acerada con la que me envolví para protegerme. Recuerdo y me avergüenzo de mi arrogante soberbia. Por supuesto que Fanny llevaba razón. Eso lo veo ahora. Pero entonces me cegaba el amor propio. Jamás la habría asesinado, sin embargo. Jamás. Y menos con aquella saña, con aquella horrible torpeza.

Capítulo 13

Mi estancia en la Isla de Wight duraba casi un año. Desde los primeros meses de 1848 las noticias de Francia se tornarnos más y más alarmantes. Ibrahim viajaba a Newport dos veces por semana con el solo objetivo de comprar los diarios y hablar con los marineros que llegaban de Le Havre. El revuelo del caso de *Teste-Cubières* y la ola de rumores acerca del crimen cometido contra Fanny Sebastiani servían a la oposición para desacreditar y cuestionar el reinado de Luis Felipe. Se decía que el Rey, usando una serie de tretas, había facilitado mi escape. *El Reformista*, el periódico de la izquierda, argumentó que mi pretendido suicidio tenía como objetivo evitar que un noble fuese juzgado, lo cual demostraba que la justicia no era igualitaria en Francia. El artículo añadía que fuentes anónimas señalaban que el Duque de Choiseul Praslin se escondía en la Isla de Wight.

La ilusión de estar seguro en la isla desapareció de un zarpazo no bien conocí estas noticias. Mi primer impulso fue huir de nuevo, huir a cualquier parte. Leí también que Henriette Deluzy-Desportes tras su detención en la Conciergerie, había sido eximida de culpa por el procurador Étienne Denise Pasquier y zarpado hacia Nueva York, con un escritor de apellido Fielding, su amigo y protector.

—No creo que deba tomar decisiones apresuradas —aconsejó Ibrahim, flemático—. No creo que sus amigos aquí lean *El Reformista*.

—No me extrañaría que lo reprodujeran los diarios ingleses. Son aún más chismosos.

—Actúe con naturalidad. Si desaparece, confirmará cualquier duda que surja entre ellos.

Aludiendo dolores de huesos causados por el invierno, disminuí mis visitas a los amigos. Pero me costaba dejar de verlos del todo. Seguí asistiendo a casa de Tennyson dos veces por semana. Cuando él en su estudio nos leía poemas recientes, yo hurgaba con la mirada en las mesas y amontonamientos de papeles temiendo ver publicaciones en francés. Pero me cautivaba la voz de Tennyson; su poesía, magnética y elaborada. Su inglés era muy depurado con múltiples referencias clásicas, pero pleno de vigor, evocaciones y musicalidad. Sólo oír su voz grave, ver la pasión de la palabra reflejada en su fisonomía rodeada por el cabello largo, las barbas y el bigote abundante, nos ponía en una suerte de estado hipnótico. Me enternecía ver a Emily mirarlo con la dulce admiración del amor inmenso que le profesaba. Ella era una mente ágil y profunda inserta en un cuerpo débil y enfermizo, mal compañero de la fuerza interior que irradiaba. Yo la apreciaba, pero su aguda perspicacia me inspiró temor desde el inicio y más últimamente. Sentía sus ojos examinarme pensativos. Insistía en preguntar mi opinión sobre lo que sucedía en Francia, si conocía a Guizot, qué pensaba del Rey, si confiaba en la República, en la izquierda, los socialistas utópicos, ¿había acaso escuchado hablar sobre la expulsión de Francia del joven Marx?, ¿o leído su famoso Manifiesto? La dimensión de los acontecimientos en mi país, fijaba la atención en mí como referente. Debía medir mis palabras, ser el actor consumado que no olvida su rol. Las veladas agradables y amenas pasaron a convertirse en un sufrimiento. Los ojos grandes y redondos de Hamilton también seguían como sabuesos mis palabras. Me parecía escuchar sus sospechas, las preguntas que se haría Emily.

Julia Margaret Cameron, ocupada siempre en retratos de sus *tableaux*, era mi interlocutora más placentera. Nada del mundo político le interesaba tanto como la fotografía. Antes de casarse, y para consolarla del nido vacío, la menor de sus hijas le regaló una máquina fotográfica y así ella descubrió su potencial artístico.

Hizo frío esas Navidades y preferí permanecer en Pitt Place y excusarme de la cena en casa de Julia Margaret. Temí que la alegría de esa familia me rompiera el corazón. Invité a Wikeham y a Ibrahim a cenar conmigo. Compartí con ellos una excelente botella de vino y me retiré temprano a recordar una a una las caras de mis hijos, el olor a canela, pino y mirto de Vaux-le-Vicomte, el sonido de las ropas satinadas de Fanny y mis hijas al caminar. Veía esas escenas en mi memoria, y hundía mi rostro en la cama, buscando un imposible sosiego.

El año terminó con otra muerte inesperada: Madame Adelaïde. Afectada por el asma y un corazón debilitado, no resistió un ataque de influenza y murió el 31 de diciembre de 1847, mientras dormía una siesta en la poltrona de su habitación.

A raíz de su muerte, desasosegado por la noticia, Ibrahim me confió el mandato que ella le impartiera de permanecer conmigo el tiempo que yo lo necesitara. Me habló del gran afecto de ella hacia mí y de su largo disgusto con Fanny cuyas causas él ignoraba. Me confesó que Madame lo había provisto de suficientes recursos para nuestra supervivencia y le había indicado que el Rey, al tanto de la situación, tendría mi interés en mente en caso de que ella faltara. Me sorprendió la confianza depositada en el sirviente. Imaginé entonces que ella, la más influyente consejera y confidente del Rey, habría sido la razón de que yo siguiera existiendo. Supe entonces que el favor de Luis Felipe no me faltaría, pero me preocupó lo que sucedería al faltar ella de su lado.

Mi inquietud no fue infundada. Luis Felipe de Orleans fue derrocado el 24 de febrero de 1848, dos meses después de la muerte de su hermana. A insistencia de Guizot, su mano derecha, el Rey prohibió los banquetes que eran utilizados por la oposición para hacer campaña contra su gobierno. Como reacción, el 22 de febrero empezó un alzamiento popular. Obreros, trabajadores, el populacho, marchó por las calles de París exigiendo el sufragio universal. Sintiéndose respaldado por las numerosas tropas de la Guardia Nacional, Luis Felipe decretó el estado de sitio, y como señal conciliatoria destituyó a Guizot de la presidencia del consejo de ministros. Muchas tropas, sin embargo, estaban de parte de los ciudadanos y el caos culminó con una masacre en el Boulevard des Capuchines. No se supo quién disparó primero, pero los soldados respondieron. Como resultado de la trifulca hubo sesenta y cinco muertos y más de ochenta heridos. El 24 de febrero, la gente enardecida saqueó comercios, incendió edificios y alzó más de mil quinientas barricadas. La muchedumbre llegó hasta el Palacio de las Tullerías donde el mariscal Bugeaud se dispuso a cortarles el paso sin misericordia. Fue en ese momento, y para evitar mayor derramamiento de sangre, que Luis Felipe abdicó dejando como sucesor a su pequeño nieto el Conde de París, de apenas nueve años. La Duquesa de

Orleans, nombrada regente, se dirigió en coche con el niño a la Asamblea Nacional, pero los republicanos y la izquierda se negaron a reconocerla y proclamaron la II República, bajo el mando del prestigioso defensor del liberalismo, el viejo Dupont de l'Eure. A sus 81 años, bajito y requeneto, con un peinado similar al de Napoleón, era un tipo que todos respetaban. Esto hizo que fuera aceptado como Jefe del Gobierno, aunque el poeta Lamartine era quien de hecho manejaba las riendas del poder. Ese gobierno provisional llamaría a elecciones tras establecer el sufragio universal.

Sin la protección de Madame Adelaïde y del Rey, supe que no tardaría mucho en verme obligado a dejar la Isla de Wight.

CAPÍTULO 14

Pocos días después, Ibrahim regresó agitado de Newport. Me pidió que fuéramos al jardín para evitar a Wikeham, que como un espíritu en pena deambulaba por la casa arreglando y limpiando.

Empezaba a oscurecer y hacía frío. Me abrigué echando un mantón sobre mis ropas de invierno y me calcé gorro y guantes. Traté de fingir parsimonia, pero el rostro de Ibrahim, usualmente plácido, lucía crispado y pálido.

Apenas nos adentramos en el jardín, entre las sombras de la tarde, empezó a hablar.

—El Rey se encuentra en Londres —me dijo—. Ha llegado con toda la familia y se halla bajo la protección de la Reina Victoria y el Príncipe Alberto.

—*Mon Dieu!* —exclamé—. ¿Y sabes en qué lugar se alberga?

—Lo han hospedado en Claremont House —me dijo—. Hablé con los marineros que lo trasladaron desde París. Volvían de Londres. Me dijeron que está muy abatido. ¿Qué haremos, señor? No tendremos ya quien nos proteja, ni nos pague las cuentas y tendremos que dejar Pitts Place —añadió mirándome con inquietud.

Guardamos silencio. Sentí el esternón contraérseme, y opuse resistencia a la sensación de desamparo e incertidumbre que intentaba paralizarme. Me acerqué a la banca y me dejé caer. Tenía que pensar de prisa, dominar el miedo.

—Creo que la policía de la II República intentará encontrarlo, Monsieur —dijo Ibrahim, sabiendo que agregaba otro fardo a mi espalda.

—Me debieron dejar morir, Ibrahim —dije—, hundiendo la cabeza entre mis manos.

—No diga eso, señor Duque. Al contrario, la vida que ha ganado demanda que usted la conserve. Fue muy difícil devolvérsela —sonrió.

Fiel Ibrahim. Era admirable su lealtad. Incomprensible para mí, hasta cierto punto. Son extraños los vínculos que se construyen en las urgencias de la vida. Ibrahim guardaba una gratitud desmesurada hacia Madame Adelaïde. Que ella lo encargara de mí era suficiente para que él no escatimara esfuerzos para cuidarme y ocuparse de mis necesidades. No sé si nuestra cercanía lo persuadió de que yo no era un mal tipo. Pensé en mi mayordomo, Augusto, que me sirvió muchos años, y con el que, sin embargo, jamás sentí aquella devoción callada pero sólida de Ibrahim.

—¿Nunca has deseado volver a Marruecos, Ibrahim? —pregunté.

—No, señor Duque. Allí sería tendero o conduciría camellos a través del desierto. Lo que yo he visto en París, jamás lo hubiese visto.

—Deberías regresar a París.

—Quizás, pero no es el momento de ocuparse de mí, señor. Debe usted pensar en lo que hará de ahora en adelante.

—Tienes razón. Debo marcharme de la isla. Ya lo había pensado. Creo que mis nuevas amistades, incluso el bueno del Dr. Hamilton, me ven con recelo. Sospechan. No los culpo.

—Habrá que encontrar la manera de que usted se entreviste con el Rey. Ir a Londres desde aquí no es difícil.

—¿Dices que están en Claremont House?

—Así es. En Esher, un pequeño poblado en las afueras de Londres. Yo podría acercarme a la casa y arreglar la visita. Viajaríamos a Londres y luego en coche a Esher. Usted esperaría en una posada cercana las instrucciones que el Rey me daría para recibirlo discretamente.

—Me apena la idea de presentarme ante Luis Felipe. La última vez que nos vimos no le dije la verdad.

—No tiene importancia ya. No sé si se alegrará de verlo, pero no me extrañaría. De todas formas, él es el único en estas circunstancias que puede ayudarlo a salir de aquí.

—Nueva York —dije de pronto.

—No es mala idea —sonrió Ibrahim.

—Henriette partió hacia Nueva York —reconocí.

—Usted sabrá si es el mejor motivo. De todas formas, Nueva York es buen sitio para el anonimato, para que usted haga una nueva vida.

De un momento a otro la idea de volver a ver a Henriette y saldar cuentas con ella tomó forma y me proveyó del aliciente que me hacía falta. Debía hablar con Henriette. No por el descarriado amor, sino para librarme del arsénico que me carcomía ya no el cuerpo sino el alma.

Convine con Ibrahim que haríamos lo que él sugería.

Tres días después, me invitó de nuevo a pasear por el jardín.

—He hecho averiguaciones. La ruta que más nos convendría sale de Newport hacia Gosport. De Gosport a Londres hay una ruta por tren. Los pasajes son costosos y por lo mismo no hay muchos pasajeros.

—¿Gosport, dices? Creo que fue allí donde la Reina Victoria recibió al Rey Luis Felipe hace ya tres o cuatro años. Existía la estación, pero no el servicio de trenes. ¿Así que ahora ya funciona? Los ingleses nos han tomado la delantera. ¡Nosotros sólo tenemos ferrocarril de Saint-Étienne a Lyon! En cambio, aquí los ingleses… ¿dices que tienen ya servicio de trenes del sur de Hampshire a Londres?

—No sé cuánto tiempo nos llevará, pero sin duda será más rápido y más seguro que viajar en el coche de postas, que nos obligaría a pernoctar en una posada o dos.

—Y vernos con el peligro de asaltantes en los caminos. No se diga más. Iremos en tren. Tengo vagas memorias de la estación. Acompañé al Rey, pero los recuerdos se me confunden.

Acordamos marchar al día siguiente. Debíamos prever que el Rey no permaneciera en ese palacete, o que se dificultara el acceso a su persona. Ibrahim me acompañó a la habitación a preparar mi maleta. Llevaría poco equipaje. Después de todo no tenía más que un reducido vestuario. En Londres también vestiría como un burgués comerciante, con mi saco y pantalones oscuros, mi mantón de lana y mi sombrero.

—Hará más frío que aquí —dijo Ibrahim mientras sacaba ropa de mi armario y la depositaba en una maleta de cuero y madera. ¿Cuántos años tendría? Su tez mostraba los efectos del sol y la arena del desierto, pero sus movimientos eran ágiles y su cuerpo flexible y enjuto; difícil saber si era la genética de su raza o su aversión a la vida sedentaria.

Me asomé por la ventana. La noche estaba sumida en una neblina densa. Al amanecer, cuando partiéramos, lo haríamos adentrándonos en ese mundo fantasmal de la niebla que nos ocultaría de los curiosos.

—Le he dicho a Wikeham que prepare el té, y traje unos panecillos para su desayuno. El cochero vendrá puntualmente a las cinco de la mañana.

—No sé qué habría sido de mí sin ti, Ibrahim —dije—, haciendo una leve presión con la mano en su hombro. No era muy dado a demostraciones de afecto, pero la quieta devoción de aquel hombre, quizás por incomprensible, me resultaba hondamente conmovedora.

Él sonrió complacido. Dijo que no tenía nada que agradecerle. No era la primera vez que debía salvar a alguien de la muerte o la persecución.

—Soy de una especie eternamente rodeada por peligros simlares —me dijo—. Yo mismo, si estoy aquí, es porque tuve quien se apiadara de mí.

—Algún día me contarás —sonreí. No lo animé a más confidencias. Estaba sumamente cansado. Me excitaba la idea del viaje del día siguiente, pero también me fatigaba enfrentarme con rostros y lugares desconocidos y amenazantes. Fantasmas sin identidad como yo, se alojan en casas abandonadas y cementerios. Huyen del día y de las miradas de los demás.

No tuve pesadillas durante la noche. Caí en un sueño profundo, silencioso, sin imágenes, ni sonidos. Habría deseado quedarme allí, en ese no existir que tan rara vez me regalaba mi cuerpo cuando se cerraba como una ostra en la oscuridad.

Ibrahim me despertó. Eran las cuatro de la madrugada en mi reloj de leontina, el único objeto del pasado que aún conservaba. Bajamos las escaleras con la maleta. Tomé el té con los panecillos que unté de abundante mantequilla. Mientras comía en el grande y solitario comedor, donde Ibrahim insistió debía desayunar, imágenes de mi infancia me cruzaron por la mente. El sabor de la mantequilla era uno de mis favoritos. Mi madre decía que comía mantequilla con pan y no pan con mantequilla. Recordé el comedor de Vaux-Praslin. ¿Cuántas imágenes de lo vivido quedarían fijas ahora que había abandonado la familiaridad de mi entorno para ser otro? No es lo mismo recordar desde la identidad propia, que hacerlo desde la identidad fabricada. Esta última debe más bien erradicar con esmero aquello del pasado que pueda delatarla. Sin duda quien logra encarnar con maestría a otro personaje, tendría también que hacerse de recuerdos imaginarios. Confieso que, pese a los temores que me inspiraba enfrentar al rey destronado, la noción de no tener que fingir me reconfortaba. Recuperaría, no importaba si brevemente, mi nombre y mi alcurnia. Una tontería. ¿A quién le importa lo que ha sido, cuando ya ha dejado de serlo? Yo era un árbol talado, sin raíces. Continuaba viviendo, pero ya no era útil. Ninguna soledad era comparable a la noción de nulidad, de inexistencia. Inmerso en esos pensamientos, con el sabor de la mantequilla disolviéndose en mi boca, monté al coche de caballos, acomodé la cabeza en la esquina de la ventana y envuelto en neblina partí esa madrugada hacia Londres, sin saber si Luis Felipe de Orleans, podría auxiliarme.

CAPÍTULO 15

No se alzaba aún la neblina cuando llegamos a Newport. El cochero me miró con cierta curiosidad. Lo atribuí al tratamiento ceremonioso de Ibrahim; cuando estaba preocupado o ansioso parecía perder el don de la palabra y lo sustituía con gestos de una gentileza y cortesía extremas. Me fingí extrañado de sus atenciones y le guiñé un ojo al cochero, que sonrió complacido de que lo incluyera en mi confianza, y se marchó tan pronto recibió su paga. Los muelles alrededor de Newport, acogían sobre todo pequeñas embarcaciones a vela. Se navegaba un corto trecho sobre la desembocadura del Río Medina. En Cowes, en la punta de la isla, se salía a mar abierto. El Solent, el estrecho que separa la isla de la costa inglesa, es particular porque posee dos mareas. En la baja, una larga extensión se torna en un banco de arena. Los barcos zarpan en marea alta y navegan a buena velocidad gracias a la corriente. Dos o tres años atrás, se había inaugurado un servicio de «puente flotante», un barco a vapor de grandes dimensiones en el que los pasajeros viajaban sobre cubierta, mientras que en el interior se guardaban coches y carga. Para el abordaje, desde la quilla del barco se abría un puente levadizo que se extendía sobre el muelle. Para el zarpe, éste se alzaba y se aseguraba hermético. Ibrahim habría querido que hiciéramos el trayecto en ese monstruo marino, pero lo convencí de tomar el transporte más tradicional: un velero que nos dejara en Gosport. No me habría sentido seguro en una embarcación de madera con una hoguera ardiendo en su interior. Reconozco que me comporté como un provinciano. ¡Si hubiese sabido entonces que cruzaría el Atlántico en un barco alimentado por carbón!

El velero que abordamos tras unas cuantas negociaciones que efectuó Ibrahim, mientras me paseaba por los muelles, era un *cuter* llamado *Arabella*. Tenía un solo mástil y tres velas. Navegaba a buen paso. Me satisfizo saber que éramos los únicos pasajeros. El *Arabella* continuaría hacia Portsmouth y era allí donde encontraría clientes para el retorno a la isla. El capitán debía tener mi edad. Era un hombre muy bronceado, vestido con un traje azul impecable. Su cabello oscuro empezando a mostrar listones blancos. Su aspecto me inspiró confianza. Yo odiaba los que presumían de «viejos lobos de mar», fumaban sin parar, y olían a ron. Abundaban en los muelles. Eran ellos y sus sucias tripulaciones quienes infestaban la marinería y convertían los puertos en sitios malsanos. Yo no era amigo del mar. Tenía un estómago nervioso y el oleaje me enfermaba. Sin embargo, la estética del agua me hacía pensar en Dios. Ver la luz cambiante sobre esa melena líquida que enrojecía o perdía todo color para reflejar el acerado cielo era un asombro que nunca se repetía igual. De mí podía afirmarse que era un duque, puntilloso, conservador, formal, estirado y amante del orden, pero ese ser albergaba otro que amaba la Naturaleza. Sería por haber crecido en Vaux-Praslin. Los bosques, la tierra, las plantas, eran mi elemento.

El capitán Carlin zarpó exactamente a las 7:30 de la mañana de Newport y nos informó que la travesía sería agradable. El mar estaba en calma. La noticia me alivió. Me propuse impedir que mis temores me mortificaran y disfrutar el corto viaje. Con el mar quieto arribaríamos a Gosport para almorzar.

Durante la travesía, el primer oficial de a bordo, que era muy parlanchín, nos contó en voz baja que el capitán Carlin provenía de una familia notable de Portsmouth, pero al contrario de sus hermanos, todos hombres de negocios, había optado por el mar. Lo consideraban la oveja negra de la familia, pero a él eso lo tenía sin cuidado.

—Fue tripulante de un ballenero en Nantucket en su juventud —dijo—, pero acabó detestando cazar ballenas.

Cruzamos el Solent a media mañana. La Isla de Wight se tornó borrosa en la bruma, y las costas con sus bahías y pequeños pueblos se hicieron visibles a medida que el sol dispersaba la niebla y nos acercábamos a tierra firme. El *Arabella* era cómodo y estuve largo rato sentado en el puente de mando, en una de las bancas a ambos lados del timón. El capitán Carlin era hombre de pocas palabras y a mis preguntas contestaba con monosílabos. Desistí de intentar conversar y me dediqué a mirar el mar. Él sugirió que yo estaría más cómodo en la cabina interior, pero sabía que si bajaba las estrechas escaleras podía sufrir de mareo. Opté por quedarme quieto y observarlo manejar el timón. Las olas de vez en cuando nos zarandeaban ligeramente, pero él, impávido, seguía aferrado a la rueda y miraba al punto fijo de nuestro destino. Hasta hacía poco, si bien me había empeñado por obtener conocimientos y ser una persona de amplia cultura, nunca me había destacado por interesarme en mis semejantes. El hermético capitán Carlin, con los ojos azules fijos en la anchura del mar, y su impecable traje azul, debía guardar sin duda una historia novelesca de contradicciones familiares y dolorosos, o furiosos rompimientos. ¿Qué lo habría llevado a dejar su posición en una familia de alcurnia e irse a Norteamérica a enrolarse en un barco ballenero, con seres con los que no tendría nada en común? ¿Sería masculino dejar las indagaciones de ese tipo a las mujeres? A los hombres nos criaban para proveer, trabajar y encargarnos de las necesidades materiales de la familia. La responsabilidad de suplir esos menesteres era abrumadora. Y, sin embargo, en los últimos meses, yendo por Mottistone con el Dr. Hamilton, no me fue duro vencer mi mutismo e interesarme por las vidas de los moradores del pueblo a partir del tema de su salud. Era pasmosa la facilidad con que hablaban de sí mismos, de sus ancestros, el tiempo y la política, sin detenerse a tomar aire. Rara vez sentían la necesidad que yo reciprocara dando cuenta de mis cosas. Fue a partir de esa experiencia que empecé a disfrutar las historias de los demás y a sentir deseos de saber cómo se las ingeniaban para vivir.

También me gustó adueñarme de mis opiniones sin temor a represalias.

Las velas del *cutter Arabella* chasqueaban en el ventarrón, pero el sonido era plácido, sostenido. Hermoso era ver el mástil y las hinchadas telas surcando el agua azul verdosa del Solent. El estrecho se perdía hacia el oeste de la isla apenas adivinada en la distancia. Nos acercábamos a Gosport. Desde el agua, vimos otros veleros y la línea de la costa. Al tiempo que sentí el alivio de que la travesía hubiese transcurrido sin incidentes, experimenté el sobresalto de la jornada que me esperaba. En unas horas más de viaje llegaríamos a Londres. No sería fácil ver al Rey Luis Felipe sin delatarme. Ibrahim tenía la idea de obtener una peluca y ropas que me hicieran irreconocible. Era de esperarse que el Rey hubiese viajado con parte de la corte, además de su familia. No sería de extrañar que hasta Pasquier, mi juez de la Corte de Pares, estuviese acompañándolo y huyendo a la vez de la furia de las masas. Pensar que yo tendría una entrevista privada y secreta con el Rey era fantasioso. Pero no existía otra alternativa. Mi futuro dependía de la protección y generosidad de Luis Felipe de Orleans.

Llegamos al muelle de Gosport. Me encasqueté el sombrero, me cubrí con el mantón. Ibrahim sacó nuestro equipaje del interior del buque. Nos despedimos del misterioso y callado capitán Carlin y del primer oficial.

—Un placer, señor Desmoulins —me dijo este último.

Les dediqué a ambos una media sonrisa. No sabría nada más de ellos. Aquel día no fue propicio para fraternizar con mis semejantes.

Un joven con una carretilla se encargó de cargar las maletas y acompañarnos a la estación. No me interesó el pueblo, ni la gente. Con la mirada puesta en mis zapatos y en las calles empedradas, avancé detrás de Ibrahim hasta que alcanzamos la estación del ferrocarril. No bien vi la construcción —el parapeto frontal que más parecía el frontispicio de una iglesia, y la serie de gráciles arcos continuos que encerraban un buen trecho de las vías del tren— rememoré otros detalles de mi viaje con el Rey y el encuentro allí mismo con la Reina Victoria y el Príncipe Alberto. Ahora eso parecía tan lejano.

Un buen número de pasajeros se aprestaba a abordar los vagones bajo el artístico artesonado de hierro que cubría andenes y trenes. En la estación se respiraba la rara excitación de los viajes. Los pasajeros, desconocidos entre sí, se hermanaban alrededor de maletas, despedidas y el trajín de la multitud.

All aboard!, exclamaron los porteros, reconocibles por sus trajes verdes de ribetes rojos y las gorras planas con el mismo ribete en la visera.

Me acomodé en el asiento. El interior del vagón era cómodo, casi igual al tradicional *cabriolet* jalado por caballos. ¡Ah! Pero una vez que la locomotora alcanzaba la asombrosa velocidad de veinte kilómetros por hora, sólo el pifar de la caldera y el resbalar de las ruedas se dejaba escuchar; el cuerpo agradecía el fin del movimiento de los caballos o las bruscos interrupciones de cualquier endiablado cochero. Disfruté un rato la novedad de viajar en tren, pero el paisaje invernal demudado y pálido, y el sonido constante de las ruedas corriendo sobre los rieles no hizo más que exacerbar el sueño rezagado que cargaba de la noche anterior. Me recosté contra la ventana y me quedé profundamente dormido.

Capítulo 16

Una hora más tarde, Ibrahim me sacudió. Estábamos en Fareham. Allí debíamos cambiar al tren que transitaba desde Southampton a la Waterloo Station en Londres. LLegar a destino nos tomaría otras dos, tres, quizás cuatro horas más de camino. Me sentí aturdido por la súbita interrupción del ritmo del tren, la actividad histérica de los pasajeros descendiendo, reclamando sus bultos y maletas, el sonido de los pistones de la locomotora, los anuncios a voz en cuello de los porteros instruyendo a los pasajeros salientes y entrantes.

No logro recordar casi nada del tren que tomamos hacia Londres, o el viaje más largo hacia la estación de Waterloo, pero me parece que los vagones eran cerrados y más cómodos. No logro recordar porque mi mente entró en un estado febril en que elaboraba escenarios y se preguntaba qué pasaría, si esto o lo otro. Mi angustia aumentaba a medida que nos aproximábamos a nuestro destino. Tendría que encontrar una manera de reafirmar mi inocencia frente a Luis Felipe de Orleans, sin involucrar a Henriette, ni revelar exactamente lo sucedido aquella noche terrible. ¿Cómo explicar las treinta estocadas en el cuerpo de Fanny? ¿La arteria carótida a medio cortar en el cuello, la lucha feroz de ella por encontrar la salida de la habitación, los golpes con la cacha de la pistola en su cabeza y el golpe de gracia en el cráneo propinado con el pesado candelabro? Sabía que mi culpabilidad había sido deducida por varias indicaciones: las manchas de sangre en mi *robe de chambre* que traté de limpiar con agua, los papeles y trozos de tela que quemé en la chimenea de mi habitación, el cuchillo de caza en mi cómoda, la cacha de la pistola de mi propiedad con sangre y cabellos de Fanny. Si hubiese existido una manera de discernir las huellas de las manos u otros rastros que revelaran la identidad de otros sospechosos, la resolución del crimen habría dado otros resultados, pero esas técnicas eran aún fantasía detectivesca. Las pruebas, producto de los equívocos y horrores de aquella noche, me señalaban a mí.

La estación de Waterloo estaba llena de andamios y trabajadores que laboraban en su construcción. Sólo tenía dos andenes cubiertos por una estructura metálica de triángulos continuos que daban la impresión del fuelle extendido de un acordeón. Mujeres vestidas con largos y pesados abrigos con cuellos de piel y sombreros de *velvet* con plumas, hombres con altos sombreros de copa, y trajes bien cortados, pululaban por la entrada principal. Ibrahim avanzó entre la gente abriéndome paso, cargando las dos maletas. Llegamos a la calle y allí contratamos el coche que nos llevaría a Esher, en Surrey.

Tomamos el camino a media tarde. Bancos de niebla se alzaban de vez en cuando obligando al carruaje a atenuar el paso sobre la superficie empedrada. A diferencia de la ciudad donde abundaban los coches, sólo nos cruzamos con unos cuantos en el tramo hacia Esher. Nos alejamos de Londres a través de barrios con casas de dos pisos de ladrillos con fachadas planas de pocos adornos. Dejamos atrás las calles donde aquí o allá se alzaban hermosas construcciones imitando portales neoclásicos. Íbamos ateridos de frío.

Esher era un villorrio pequeño y plano, con cabañas de techo de paja tejidos y compactos —los *thatched roofs* ingleses—, que parecían sombreros marrones sobre las casas rústicas de paredes blancas y grandes vigas visibles de madera. Al entrar a Esher pasamos por Claremont. Vi de lejos la residencia construida en medio de un parque. Era una casa estilo Paladio. Al centro de la fachada de ladrillos destacaba una suerte de templete truncado, altas columnas y un friso triangular adosado a la fachada. Carecía de estilo. Quizás el interior compensaba la fealdad de su exterior. Al llegar a la posada, una antigua casa convertida en alojamiento para huéspedes, me sentía agotado por el viaje. Ibrahim también lucía un tanto desvencijado. Dijo que le dolía la espalda. Se quedó a acompañarme mientras la mujer del posadero me servía una sopa de cordero con vegetales que me recordó lo mal que comían los ingleses, pero tenía hambre y bebí la espesa cocción sin rechistar, ayudado por una buena hogaza de pan. Ibrahim hizo otro tanto, sentado con el posadero. Imaginé que lo estaría interrogando sobre la llegada de Luis Felipe y las particularidades del pueblo.

La posada llevaba el nombre de C&L. Extraño nombre, pensé. Esa noche el posadero me informó que era su homenaje a la pareja real, Charlotte de Gales y Leopoldo de Bélgica, quienes habitaron en Claremont House. La historia era romántica y trágica, porque el matrimonio de jóvenes hermosos y enamorados sólo logró vivir un año de felicidad. Al año, ella, de veintiún años, murió de parto.

Escuchándolo pensé en Fanny que fue madre nueve veces sin otro problema más que la corpulencia pues llegó a pesar doscientas libras. No era justa la vida.

—Dice Mr. Tate que Esher ha revivido estos días con la llegada de los huéspedes franceses —me comentó Ibrahim, ya en la alcoba pequeña pero cómoda donde me instalé para pasar la noche—. Han contratado un sinnúmero de personas para servir en Claremont House —añadió—. Mañana me enteraré de los detalles. Usted descanse.

—Eso haré, no te quepa duda.

Dormí de un tirón, agotado. Hacía mucho que no lo hacía sin que los sueños y el olor de la sangre de Fanny me despertaran con una sensación de asfixia. La noche reparadora me hizo levantarme temprano con la intención de dar una caminata por la campiña inglesa, que desde la primera vez que la conocí me pareció una de las más pastoriles y hermosas de que guardara mi memoria. El desayuno inglés era lo más tolerable de la cocina británica de manera que tomé dos tazas de buen té y comí unos deliciosos *scones* con mantequilla y mermelada. Curiosamente me sentía de buen humor. Pensé que respiraba más aire tras salir de la pequeñez de la Isla de Wight. Sólo pasar por Londres me renovó el espíritu. Me percaté cuánto extrañaba los ruidos y movimientos de una gran ciudad. Subí a mi habitación por mi abrigo y sombrero. El posadero me indicó la vereda que me llevaría al bosque. Salí al aire limpio y frío de la mañana y apretando el paso me dirigí al sendero. Algunos pinos sobresalían siempre verdes en medio de los troncos sin hojas del paisaje invernal. La bruma empezaba a disiparse. Los rayos del sol entraban perpendiculares en el bosque lejano. Un chico a caballo pasó a mi lado y alzó su gorra en saludo. A medida que andaba me volvía al cuerpo la agilidad y energía. La tensión de los últimos días me abandonaba. Miré los espesos setos a ambos lados. Por el invierno lucían como intrincados muros, llenos de ramas torcidas y secas. No bien entrara la primavera, se vestirían de verde y embellecerían las líneas divisorias entre las diferentes propiedades. No tardé mucho en adentrarme en el bosque. Mis pasos apenas resonaban sobre la capa de deshechas hojas muertas. Disfrutaba mi paseo. La memoria me remontaba al silvestre parque de Vaux-Praslin que tanto amaba. En dirección contraria vi aproximarse a otro caminante y eso puso fin a mi tranquilidad. Quien se acercaba llevaba una capa roja cuya rica textura se adivinaba en la distancia y el sombrero tricornio de los militares franceses. Sentí una alerta inmediata encenderse en mi interior: ¿y si era un francés huésped del Rey? Mi impulso de salir de la posada a dar un paseo por los alrededores me pareció entonces un atrevimiento irreflexivo, producto de mi deseo de normalidad, de pensarme libre como el común de los mortales. ¿Qué haría si se trataba de un miembro de la corte de Luis Felipe que pudiese reconocerme? Mi liviandad me cobraría un precio que no alcanzaba a medir. Con disimulo, fingiendo frío, me subí el cuello del abrigo y acomodé la bufanda para que cubriera la parte inferior de mi rostro. Caminé con los ojos bajos rogando que el hombre no se detuviera y siguiera su camino.

—Good morning, Monsieur —me saludó el desconocido, levantando apenas su sombrero y deteniéndose. No me quedó más que detenerme a mi vez y responder su saludo. Su inglés tenía un fuerte acento francés.

—Live in the town? —preguntó, inquiriendo si vivía en el pueblo.

Asentí con la cabeza, sin mirarlo.

—Nice woods —dijo él. Sí, eran lindos los bosques, asentí, esquivando sus ojos.

—Nice morning. Linda mañana —añadí, cuidando de sonar tan inglés como pude.

Apenas lo había mirado, pero me di cuenta de que no era nadie que yo conociera.

—Taking care of the King? —le pregunté si era del servicio del rey, animándome.

—Oui —dijo, afirmando.

—Good morning then —dije levantando la mano en señal de adiós para indicarle que debía seguir mi camino.

—Au revoir —dijo él finalmente.

Apuré el paso. En mis oídos escuchaba el ritmo de mi corazón acelerado. Súbitamente me poseyó el pánico y una sensación de asfixia. El aire libre que hacía poco disfrutaba se tornó amenazante. De no ser porque decidí esperar a que el gendarme abandonara el sendero, habría corrido de regreso a la posada a esconderme. Me senté sobre un tronco. Respiré hondo. Me recriminé por comportarme como un niño asustado. Recuerdos de miedos infantiles, de noches en que experimenté la certeza de que el fantasma bajo mi cama me tomaría del tobillo si me levantaba a orinar en la bacinilla, lograron al fin permitir que riera de mi propio miedo. Me calmé, llegué hasta el borde del bosque, incapaz ya de apreciar la vegetación. Esperé un tiempo prudencial y volví a la posada tan rápido como mis piernas lo permitieron.

CAPÍTULO 17

Por el temor de toparme con alguien de la corte de Luis Felipe que me reconociera, permanecí esos días en mi habitación de la posada fingiéndome enfermo. Ibrahim me llevaba potingues insípidos a la hora de las comidas. Había regresado de Claremont House con información sobre sus ocupantes. Efectivamente, con el rey estaba su familia y un contingente de guardas que pronto marcharían de regreso a Francia. De Guizot se rumoraba que sería invitado a impartir clases en Oxford, pero nada de eso se había materializado. El Duque Étienne-Denise Pasquier, presidente de la Cámara de los Pares y fiscal de mi caso, se había retirado al campo en Normandía, a escribir. No debía temer entonces toparme con ellos, pero, según opinión de Ibrahim, cualquiera de los gendarmes podía reconocerme. Toda precaución era aconsejable, me dijo, dados los rumores que corrían en Francia y que acertadamente alegaron que me encontraba con vida, oculto en la Isla de Wight.

No concebía presentarme ante el Rey bajo un disfraz, como aconsejaba Ibrahim, o aparecer de pronto en su camino saliendo detrás de un seto en el jardín de Claremont House, o usar algún otro recurso novelesco. Sufría el dilema de si hacer o no el ridículo para protegerme. Una reunión como ésta implicaba riesgo. No quería causarle nuevos problemas al rey, pero las alternativas no abundaban. Decidí optar por la solución más sencilla: escribir una carta que Ibrahim se encargaría de entregar, utilizando su amistad con Euphemie, quien fuera dama de compañía de Madame Adeläide, antes de que ésta muriera.

Las palabras son inadecuadas para expresar mi agradecimiento. Soy un vasallo suyo y estoy dispuesto a actuar como me indique. La Isla de Wight ha sido un excelente refugio, pero los rumores empiezan a perseguirme hasta allí. Necesito ir más lejos, pero soy un fantasma sin recursos. Si usted, Majestad, me permitiese un rato de su tiempo, quisiera expresarle mi gratitud de modo personal y discutir la manera en que mi hermano Edgard podrá resarcirle del préstamo que me veo obligado a solicitarle para desaparecer de una buena vez de su vida.

Sellé la carta con laca roja, usando la cacha de mi bastón. Una cacha anodina, sin escudo de nobleza, ni nada que pudiese delatarme, pero que aseguraba que nadie que no fuese su Majestad, tendría acceso a su contenido. Ibrahim salió a entregarla al día siguiente.

Luis Felipe respondió unos días después. Me pedía que esperara a que marcharan los gendarmes. Una vez que estuviese solo con su familia, podría recibirme.

La solicitud de acercarme a Claremont House llegó al poco tiempo. Ibrahim preparó mi camisa y me vestí cuan dignamente pude con las ropas de burgués, las únicas con las que contaba.

Pensé que Luis Felipe me recibiría solo en su despacho, que mi aparición sería tratada con sigilo y discreción. Me encasqueté un sombrero de bombín, me eché encima la capa gruesa de invierno y, acompañado por Ibrahim, nos personamos en Claremont House poco después del atardecer. Ibrahim había recibido instrucciones de tocar a la puerta principal. Para mi sorpresa y asombro, Antoine de Orleans, duque de Montpensier, el hijo menor del rey, fue quien salió a recibirme. Era un joven de rostro afable y grueso bigote, alto, apuesto y con el don de gentes del padre. Me abrazó afectuosamente pues me conocía desde que era un adolescente. Me quedé paralizado.

—¿Quién iba a decirnos que nos reencontraríamos en estas circunstancias? —Sonrió. —Es usted como un Lázaro —me dijo con ironía—. Pase, pase, lo estamos esperando para cenar.

Asentí y sonreí sin atinar a decir nada, aturdido al percatarme de que Luis Felipe les había confiado la falacia de mi muerte. No podía comprenderlo y no tenía la presencia de ánimo, atrapado en esa situación, de evadir mi forzada resurrección, o de reprocharle a nadie que revelara mi buen guardado secreto. Lo seguí como sonámbulo. Ibrahim se retiró discretamente, no sin antes transmitirme con los ojos cuán absurda y desacertada le parecía la decisión del rey.

La casa era una mansión sobriamente decorada, con grandes espejos y jarrones y una escalinata ancha que llevaba a los pisos superiores. Entramos al comedor. El rey aún no estaba en el salón, pero la usualmente callada Reina Marie Amélie me dijo al oído cuando me acerqué a saludarla.

—Charles, perdona al rey; está un poco alterado por lo que ha sucedido. Nada parece ya importarle, pero no te preocupes. He hecho jurar silencio a cada uno de los que están aquí.

Las mejillas me ardían. Seguramente las tendría rojas. Me embargaba una profunda vergüenza. Acalorado, sin otra alternativa, di vuelta alrededor de la mesa. Saludé a la esposa de Antoine, la Infanta Luisa Fernanda de España, a la Duquesa de Nemours, Victoria, esposa de Luis de Orleans, el segundo hijo del rey, y la bellísima Princesa Clementina de Orleans y su esposo el Príncipe Augusto. Tanto Victoria como Augusto eran primos hermanos de la Reina Victoria de Inglaterra. Ellos me explicaron más tarde que Claremont House era una de las casas favoritas de la Reina. Había pertenecido a su tío preferido, Leopoldo. Cuando éste fue nombrado Rey de Bélgica, dejó la casa a la joven Victoria, quien había pasado allí muchos veranos. Que ella se la cediera a la depuesta familia real francesa demostraba el afecto cercano que les profesaba.

Extraña es la mente y la vida. Luego de mi consternación, mi vergüenza y pánico inicial, sentí un enorme alivio. Podía ser yo otra vez. No tenía que fingir. Desde mi salida de París, no tenía la oportunidad de estar en compañía de otros nobles. La mesa estaba exquisitamente servida, con la vajilla de la casa de Sajonia, velas en candelabros de plata y un mantel que supuse sería de alguna casa de bordados de Brujas en Flandes. Al tiempo que una parte de mí se regocijaba de estar de nuevo en mi pasado, la incongruencia de esa escena con mi vestimenta y mi actual situación me causaba una discordancia interior que me llenaba de torpeza. Oír que me llamaban Charles o Theóbald, saber que en todos flotaba la pregunta de si yo era o no culpable, pensar que arderían de curiosidad por saber los detalles de la aciaga noche en que muriera Fanny, me causaba gran inquietud. Hice un esfuerzo por disimular mi nerviosismo y actuar con naturalidad. Después de todo, pensé, también se estarían acostumbrando a una circunstancia desconocida. Éramos todos náufragos de una Francia que nos había echado de su seno con violencia. Ellos venían de vivir una revolución que los había arrojado fuera de la vida cómoda y poderosa que hasta ahora disfrutaran. Yo podría encaminar la charla en esa dirección, preguntarles por su experiencia, obligarlos a rememorar sus miedos ante la plebe salida de curso que se acumuló frente a las Tullerías y que obligó a Luis Felipe a decidirse entre perder el poder o no sé cuántas vidas que hubiesen perecido a una orden suya.

—Siéntate, Charles —me pidió la reina, adivinando mi desconcierto. Me senté al lado derecho de la Princesa Clementina, quien se encontraba a la diestra del sitio aún vacío del rey en la cabecera. Terminaba de acomodarme cuando hizo su entrada Luis Felipe. Nos pusimos todos de pie. Él se acercó a mí directamente y me abrazó efusivo y sentimental.

—Mi amigo, Charles Choiseul de Praslin —dijo mirándome mientras conservaba sus manos en mis hombros y me examinaba—. Te veo repuesto. Lamento que nos volvamos a encontrar como soldados derrotados en territorio extraño. Ya me contarás cómo han sido tus meses en la Isla de Wight. A la Reina Victoria debemos todos estos refugios donde podemos ser nosotros mismos con dignidad. Charles Theóbald me acompañó en la primera visita que hice a la Reina Victoria —añadió, dirigiéndose a los demás—. ¿Recuerdas, Charles, el vagón de su tren en Gosport?

—Por supuesto —asentí, sonriendo.

—Ha pasado tan poco tiempo desde esa ocasión —suspiró el rey—. ¡Cuánto ha cambiado desde entonces!

Comprendí las palabras de la reina. El rey estaba desolado, ausente de sí mismo. La necesidad de sentir un poco de normalidad, parecía haberse impuesto sobre su racionalidad.

Mientras comíamos un delicioso lechón con trozos de manzana, y mis papilas disfrutaban el buen vino y el pan crujiente, me relajé y puse en práctica mi estratagema de hacer muchas preguntas. Supe, con alivio, que mi suegro había trasladado a mis hijos a Vaux-Praslin. La conversación se llenó de anécdotas sobre los últimos días de la monarquía. Nada es más seductor que invitar a los seres humanos a dibujarse como víctimas o héroes. Hablaron al detalle de esos días de los que recordaban vívidamente rostros, sonidos, la hora del día en que esto o aquello sucediera. La Princesa Clementina contó cómo ella y el Príncipe Augusto, vestidos como paisanos parisinos, pasaron varias horas apretujados en la Plaza de la Concordia, escuchando los encendidos discursos de royalistas y jacobinos, subidos a las fuentes, atacándose mutuamente.

—Aunque debo decir que estaba aterrada comprobando cómo se contagia el furor entre las multitudes, me dio por pensar en Jacques Ignace Hittorff —rio la Princesa Clementina— y lo que él sufriría de ver sus fuentes convertidas en tribunas de los insurrectos—. Hay que ver los pensamientos ridículos que pueden aparecer de improviso en las peores circunstancias.

—Sus fuentes —intervino la Reina Marie Amélie— son una versión a colores de las de la Piazza Navona en Roma.

—Ya deja con Italia, Marie Amélie, gracias a mi eficiente Prefecto del Sena, Rambuteau, que me convenció de instalar doscientos kilómetros, doscientos —subrayó— de tuberías y 1.700 grifos, ésas fueron las primeras fuentes que se concibieron con el solo propósito de adornar París, y no para suplir de agua a los parisinos.

—Menos mal, papá —dijo la Princesa Clementina—, porque ese día al menos creo que hubo *clochards* que usaron las fuentes para deshacerse de sus pútridos interiores.

—¡Clementina! —intervino la madre, mientras los demás nos reíamos de su desparpajo.

—Pues sí —continuó ella—, no sé si alguno de ustedes se habrá atrevido jamás a confundirse entre la multitud, pero Augusto y yo logramos ponernos a salvo semejando ser parte de ellos. Y papá sabe qué importante fue que lográsemos llegar a Versalles a sacarlo y llevarlo a la embajada inglesa para que se refugiara allí.

—Recuerda que fue mi esposo, tu hermano Luis, quien comandó las tropas que retuvieron la entrada de la plebe a las Tullerías, para dar tiempo a que el rey pudiese abdicar y ponerse a buen recaudo —intervino la duquesa de Nemours—. Me dijo que evitar allí una masacre fue una de las misiones más difíciles de su carrera militar.

—A mi valiente hijo —añadió el rey— el populacho lo separó de Helena cuando llevaba al conde de París a la Cámara de Diputados a proponerlo como mi sustituto. Se vio en peligro de ser linchado. De no haber sido por un Guardia Nacional que le prestó su uniforme, no sabemos qué tan maltrecho, o hasta muerto hubiese terminado ese día.

—Eso es lo más importante —dijo la reina—. No hemos tenido que lamentar la muerte de ninguno de nosotros o nuestros allegados. No podemos olvidar que, dentro de todo, estamos juntos y acogidos con afecto por la Reina Victoria. ¡Bendita sea su Majestad!

—Yo salí de la Embajada inglesa en París en un coche haciéndome llamar Mr. Smith, sin que nadie me reconociera

—dijo el rey con una sonrisa irónica—. Como tú, Charles, hice el trayecto de La Havre a New Haven, disfrazado.

El almuerzo llegó a su fin con un soufflé que se deshacía en la boca. Comí con deleite, consciente de que sería quizás la última vez que degustaría comida cocinada al estilo francés. A pesar de que el rey y su familia contaran las anécdotas de su escape de Francia con el tono de quien se ríe de sí mismo, me encontré conmovido de tal forma que tuve que fingir un acceso de tos para disimular mis ojos llenos de lágrimas. Si yo que había sido duque y heredero de los ilustres Choiseul de Praslin, lograba con dificultad adaptarme a la vida del común de los mortales, sólo podía imaginar lo que sería para ellos. Por supuesto que seguirían siendo quienes eran, usarían sus nombres y recibirían, aun en Inglaterra, el tratamiento reservado a la realeza, pero era una pobre compensación. Habrán imaginado que la vida sería más generosa con ellos.

Pasamos a tomar té y licores a uno de los salones de la mansión. La reina, los príncipes Clementina y Augusto, la duquesa de Nemours, Antoine y su esposa Luisa Fernanda, me miraban mientras llevaban las pequeñas tazas o copas a sus labios. La reina dio fin a los relatos del 25 de febrero, contando del desmayo que sufrió al salir del Palacio. Cuatro ayudantes tuvieron que cargarla hasta el carruaje que la condujo al puerto y al exilio.

Tras la relación de sus cuitas, se me hizo evidente que los allí presentes esperaban que yo les relatara mi infortunio en aras de la reciprocidad.

Durante la cena, me resultó imposible no pensar en los sirvientes ataviados de libreas que atendieron la comida. Tras tantos meses de ocultarme, tenía clara conciencia de cuán expuesto quedaba mi secreto. La seguridad innata que da la clase y la alcurnia no me pertenecía ya. Lamenté desoír el consejo de Ibrahim de aparecer de improviso ante el rey durante uno de sus paseos. Ahora era inevitable que tendría que responder a la expectativa del grupo y aclararles las dudas sobre mi culpabilidad; una culpabilidad que, como era obvio en su comportamiento, optaban por descartar prodigándome el mismo tratamiento cercano y afectuoso que me dispensaran en Francia durante la larga relación de nuestras familias.

El salón contaba con una ancha chimenea de mármol en la que crepitaba el fuego. Me serví una copa de cognac. La servidumbre nos dejó solos. Todos los ojos me asediaron a preguntas.

—El fantasma de un elefante está entre nosotros —dijo sin ambages la princesa Clementina, quien, entre todos los hijos de Luis Felipe, era la más atrevida y directa.

La miré y luego miré a los demás uno a uno, consciente de que una mirada fija tiene el poder de insinuar una conciencia limpia.

—Lo sé —respondí—. Y antes que nada debo invitarles a que se pregunten ustedes, que bien conocen mi carácter, si me creen capaz de haber asestado treinta estocadas sobre Fanny. «Treinta» —repetí—. Eso dijo el forense; un número sádico de puñaladas—. Bajé los ojos. Me tapé la cara con las manos. No fingía. Cada vez que pensaba en ese número, me perturbaba.

La reina intervino.

—*Mon ami*, no nos debe usted ninguna explicación, por favor.

—Pero, mamá —intervino Antoine, duque de Montpensier—, Pasquier presentó tantas pruebas que yo al menos quisiera escuchar la defensa de Charles.

—Si creyéramos en su culpabilidad, no habría nada que preguntar —dijo la Princesa Clementina—. Yo quiero creer en su inocencia. Pero usted, ¿acaso no siente la necesidad de refutar lo que alegó Étienne Pasquier?

Luis Felipe me lanzó una mirada sin energía. Tendría curiosidad, pero, como bien decía su esposa, poco le importaba el caso después de perder un reino. Los otros, en cambio, encontraban, luego de días de desasosiego, un objeto sobre el que centrar su atención, algo que les recordaría los últimos días de murmuraciones en la Corte.

—No es fácil lo que piden —dije—. Agradezco a su Alteza el querer evitarme la reconstrucción de algo tan doloroso. Sin embargo, ya que no logré defenderme ante la Cámara de Pares de Francia, me gustaría hacerlo frente a quienes considero mis pares, queridos testigos de mi vida.

—Coincido con Charles —dijo el rey, enderezándose apenas en el sillón—. Escuchémoslo. Mi querida hermana Adeläide y yo hemos tenido razones para saberlo inocente. Yo pagué un alto precio por el escándalo y los rumores que suscitó.

Antes de empezar, miré a mi alrededor. Quería sobreponerme a la incoherencia de la escena, el salón neoclásico, con altos espejos, cuadros de caza, jarrones llenos de flores, mesas redondas de mármol con libros de arte y objetos de plata, un bello mapa esférico del globo terráqueo montado sobre un pedestal de madera, la pareja de perros afganos tamaño natural de porcelana a los lados de la chimenea, y quienes esperaban atentos mis palabras. La reina Marie Amélie, con sus ojos pequeños, su larga nariz, su cara angulosa, el pelo castaño claro atado en un moño, lucía pálida y sumamente inquieta; la princesa Clementina, la duquesa de Nemours, y el duque de Montpensier, los jóvenes del grupo, hablaban entre ellos en susurros. Luis Felipe, sentado en una silla barroca, con tapizado de rosetas azules, lucía desvencijado, perdida la solidez de su columna vertebral. Tenía las piernas abiertas y las manos sobre el regazo. Comencé mi relato.

—La noche del 17 de agosto, toda la familia retornó a París desde Vaux-Praslin. Pedí que tres coches nos esperaran en la estación. La duquesa, mis dos hijos y su tutor montaron en uno; yo monté en otro con mis hijas que insistían en visitar a Mademoiselle Deluzy, que estaba residiendo, desde su despido de mi casa, el 17 de julio, en la Pensión Lemaire. Madame Lemaire quería que mi esposa le diera una carta de recomendación a Henriette para que ella pudiese optar a una posición como maestra. Dudaba que Fanny quisiera dársela, pero le dije a Mademoiselle Deluzy, que llegara al día siguiente a las 2 pm a tratar de convencer a la duquesa de escribirla. Hay testigos de que eso dije. ¿Lo habría dicho si estuviese planeando asesinar a Fanny? La familia iba a dormir en París una noche. Al día siguiente teníamos programado salir hacia Dieppe, a la playa, a reunirnos con los Sebastiani que nos esperaban. Teníamos reservadas habitaciones en el Hotel Palais Royal. De nuevo, ¿sería congruente hacer todos los preparativos? Quizás. No es un buen argumento para eximirme de culpa. Lo sé. Nada más lo menciono. Y quiero que tomen nota de la fecha: 17 de agosto. Un mes exacto de la fecha en que Mademoiselle Deluzy dejó nuestra mansión en la rue Faubourg St Honoré. (No era mi intención incriminar a Henriette, pero yo mismo no me percaté sino hasta entonces de esta coincidencia. Para mí fue muy reveladora). Eufemia, la dama de compañía de la duquesa, me informó que ella había cenado un trozo de ternera y un té y se había quedado leyendo en su habitación. Era una noche muy calurosa. París en agosto. No tengo que extenderme sobre el clima. Yo me cambié en mi habitación, di las buenas noches a mi ayudante de cámara, Augusto, me eché encima mi *robe de chambre* y me puse a hojear los diarios echado en la poltrona. Me quedé dormido profundamente. Había sido un día agotador. *Mon Dieu!* Cómo iba a imaginar que sería mi último sueño tranquilo —dije, luchando contra el recuerdo que me envolvió: el olor de la noche de París, olor a humedad, a sudor; no un olor agradable, pero un olor familiar que mis sentidos reconocían, olor a mi hogar, a mis hijos, a mi bata de casa. Recuerdo encaminarme esa noche a mi habitación en medio de las lámparas tenues y el silencio de la casa cerrada por el verano, los muebles cubiertos, los candelabros cubiertos. Era una casa que dormía, que esperaba el regreso de la familia de la playa, el comienzo del otoño, el invierno brillante de nuestra ciudad, Augusto esperándome por la mañana, Simon, el cochero que me llevaba a la Cámara de Pares, al Palais Royal, a almorzar al Café le Procope.

»Hacia las 4:30 am, me despertaron de mi profundo sueño el ruido y los gritos en la habitación de Fanny. Corrí hacia allá. Sólo la luz de una vela estaba encendida. Ella yacía al lado del *chaise longue* de su habitación llena de sangre. La pistola que yo cargué como precaución, estaba en mis manos cuando toqué su cabeza. De allí que contuviera rastros de sangre y de su cabello. Cuando me acerqué, mi *robe de chambre* se manchó con la sangre que manaba como fuente de su cuello. Le quité de las manos el cordón con que intentó llamar a su dama de compañía y despertar a la servidumbre, y lo metí, sin pensar en mi bolsillo. El terror y desasosiego que me poseyó apenas lo puedo explicar. Me encerré en mi habitación, sin saber qué hacer. La verdad que en ese momento no sabía aún si Fanny estaba viva o muerta. No había tenido el valor de acercarme más, y ella estaba inmóvil y ensangrentada. La sangre, el olor de la sangre me produjo un vómito terrible. Me limpié con un pañuelo. El hedor, unido a los otros olores, me desesperó. Sentí un frío glacial. Prendí la chimenea y quemé allí el pañuelo sucio. Alimenté el fuego mecánicamente, sin pensar, con la ropa que Auguste, mi mayordomo puso sobre mi cama. De esos detalles: de mi bata de casa —que intenté limpiar con el agua de la garrafa de mi habitación, pensando que tendría que irle a dar a los niños la noticia— el cordón que guardaba en mi bolsillo, el fuego que hice en la chimenea, la policía elaboró las pruebas para acusarme. Prefirieron obviar el hecho de que la pequeña puerta que da al parque y que tiene acceso a nuestras habitaciones, estaba abierta. Estoy seguro de que por allí se introdujo el asesino. Yo tomé una daga de mi colección poco después, cuando ya estuve un poco más calmo, y salí al jardín para ver si encontraba huellas. De más está explicarles el estado de agitación en que me encontraba. Al volver del jardín me tropecé y caí de las escaleras. De allí las contusiones que atribuyeron a mi lucha con Fanny. ¡Por favor! ¿Con qué corazón iba yo a perseguirla por toda la habitación frenético, asestándole golpes y cuchilladas, una y otra vez hasta terminar con ella?

»Sí reconozco que me desconcertó y enfureció el hecho de que el detective Allard me interrogara de la forma en que lo hizo, incriminándome con cada pequeño detalle, sin reparar en el estado de conmoción y confusión de mi mente. Opté por el silencio, dejé que pensara lo que quisiera. Me di cuenta de que, dado el escándalo reciente de Mademoiselle Deluzy-Desportes, las amenazas de mi mujer de divorciarse de mí, los cientos de cartas reclamándome mi indiferencia que encontrarían en mi *boudoir* y en el suyo, no habría defensa que me eximiera de culpa. Pensé entonces sólo en mis hijos, en aliviarles la vergüenza de un largo juicio donde hasta ellos serían llevados a declarar y en donde actuaciones horrendas y bochornosas de Fanny saldrían a luz. El arsénico, curiosamente, me lo había suplido la misma Fanny. Después de un intento de suicidio meses antes, yo hice una revisión exhaustiva de su habitación y encontré el vial con olor a ajo en un compartimento secreto de su *nécessaire*. Lo guardé temiendo que volviera a intentar quitarse la vida.

Cerré los ojos y eché para atrás la cabeza sobre el sillón. Me sentía exangüe. La pierna derecha temblaba involuntariamente. Rogué a la Virgen de la Curiosidad que acallara a la princesa Clementina, la única que durante mi narración mantuvo los ojos fijos en mí con aire de incredulidad.

—Es suficiente —dijo el rey, mirándolos a todos—. Espero que hayan satisfecho sus dudas.

—Permíteme, papá, que haga una sola pregunta —dijo la princesa Clementina—. Entonces, señor duque —dirigiéndose a mí—, ¿quién la mató?

El silencio que siguió me dejó apabullado. Sólo yo sabía lo que realmente había sucedido. Confiaba llevarme ese secreto a la tumba conmigo.

—«*That is the question*» —respondí, sonriendo con triste ironía—. Al culparme a mí no hubo más averiguaciones. La Policía no hizo su trabajo. Hubo tantas personas esos días rodeando la mansión. Turbas sedientas de venganza, gente que se regodeó al pensar que un noble debía ahora ser llevado a juicio y quizás condenado a la guillotina. Se interrogó al servicio, a los mirones, al tutor con quien yo había quedado en reunirme ese día, pero Allard y Pasquier me condenaron desde el primer momento.

—Un crimen perfecto —aseveró el duque de Montpensier.

—Mademoiselle Deluzy fue llevada a la Conciergerie —dijo el Rey—. Se la puso en una celda incomunicada, para aislarla de cualquier cosa que pudiese ayudarle a construir una coartada.

—¿No sería ella? —aventuró a decir la reina—. ¿No tendría ella un cómplice? Habrá pensado que muerta Fanny, ella podía tomar su lugar.

No pronuncié palabra. Miré a la reina, con expresión de impotencia. No estaba dispuesto a especular, ni a continuar ahondando en una conversación que pensé debía concluir a riesgo de convertirse en un peligroso laberinto.

—Deséenle suerte a M. le Duc —dijo el Rey, poniéndose de pie—. Posiblemente no lo volverán a ver. Yo debo arreglar ciertos asuntos con él en mi despacho. Y ya saben, su secreto debe quedar entre nosotros solamente. Revelar que vive, es deshonrarme a mí.

El grupo se puso de pie. Fue una despedida solemne y fría. Flotaba en el ambiente el relato de un crimen terrible, sin solución, que a todos había afectado de una manera u otra.

Sólo la Reina Marie Amélie fue afectuosa. Se me acercó al oído y me susurró: «lo sabía, Charles, sabía que eras inocente. Que Dios te proteja»

El estudio del Rey estaba iluminado con un candelabro y tres o cuatro bellas lámparas de aceite de ballena. Era un cuarto esquinero, con cuatro altas ventanas, dos miraban hacia el frente de la casa y las otras dos al oeste. Una de las paredes contenía anaqueles de madera repletos de libros provenientes de la biblioteca de su antiguo habitante, el rey Leopoldo de Bélgica. El escritorio era de origen veneciano con un dibujo circular hecho en *intaglio*, incrustaciones de diferentes tonos de madera. Era el mueble más grande y hermoso de la habitación. En la esquina se hallaban dos sillones para leer.

Allí tomamos asiento.

—Puedo identificarme tan bien contigo —me dijo, encendiendo una hukha que pronto llenó el ambiente con el aroma del sándalo—. A ti te culparon por un crimen; a mí por todos los males de Francia. Hubo muchas muertes también en esta última «revolución» —dijo sonriendo con ironía ante la palabra—. Somos un país implacable con los suyos —añadió—. Estamos entrando a tiempos oscuros. Desde el Terror, se perdió el respeto a la nobleza, a la tradición; se perdió la confianza en la conducción de los soberanos. De nada le sirvió a mi padre apoyar la Revolución de 1789, despojarse de su título nobiliario, pasar a llamarse Phillipe Egalité. Murió en la guillotina, y yo tuve que exiliarme. Ya habrás tenido una prueba de lo duro que es el destierro. Yo supe lo que era ser pobre, pero fueron años formativos. Nunca habría logrado ser buen rey de no haber vivido sin privilegios esos años. No me arrepiento. A ti te tocará ahora aprender a ganarte la vida, Charles. Debes pensar en adquirir tierras, cultivar. Te gusta la Naturaleza. En eso llevas ventaja; pero deberás marcharte lejos. Ni a ti ni a mí conviene que se revele que sigues vivo. Perdona mi indiscreción de hoy, pero pensé que le haría bien a mi familia saber de tu boca lo sucedido. El crimen de Fanny empañó el último año de mi reinado. Me acusaron tanto de dejarte escapar, como de haberte suplido el arsénico para que una muerte prematura impidiera que fueses llevado a juicio.

Tu caso y el soborno de Teste-Coubieres, sumado a la intransigencia de Guizot, fueron como polillas que debilitaron los pilares de mi reinado. Sobre la sangre de tu Fanny y el fallido intento de suicidio de Teste, montaron los liberales y los fanáticos de la República la famosa Campaña de Banquetes. Cuando Guizot prohibió el que estaba programado para el 22 de febrero, los líderes azuzaron a la gente a que se rebelaran en masa. Increíblemente, un buen grupo de guardias nacionales los apoyaron. Esto me convenció de pedirle a Guizot que renunciara. El 23 la situación empezaba a calmarse cuando unos disparos en el Boulevard des Capuchines suscitaron una respuesta desmesurada de las tropas que resultó en una masacre. Sesenta y cinco personas murieron. Ese incidente solivió a las masas. París amaneció sembrado de barricadas al día siguiente y una multitud se dirigió a las Tullerías, azuzada por los republicanos y mis enemigos. Me aconsejaron que entrara al frente de mis tropas y reconquistara París. Yo rehusé acallar la sangre con más sangre. Pude haberlo hecho, ¿sabes?, pero los militares me daban la espalda y temí que, al dar la orden, éstos se echarían contra mí. La multitud se había desbordado en su furia, fuera de toda lógica y proporción. No tuve más que abdicar y nombrar sucesor a mi nieto, el conde de París. Debí sospechar que las Cámaras no lo aceptarían. ¡Ah, cómo me duele la Francia, mi amigo!

Sentí compasión por este rey que, a mi juicio, había sido uno de los mejores reyes franceses. Era la viva imagen de la derrota. Parecía que el esqueleto rehusara ya servir de soporte a su cuerpo ligeramente obeso. Estaba cansado igual que yo. Era ya tarde, cerca de las once de la noche, cuando me entregó una gruesa bolsa llena de monedas de oro y joyas. Acordamos que él recibiría de Edgar, mi hermano, regulares cantidades. Ya veríamos la manera de hacérmelas llegar. Le dije que planeaba zarpar hacia Nueva York y luego decidir allí el rumbo que tomarían mis pasos.

Me aconsejó no regresar a la Isla de Wight, tomar pasaje en Liverpool, en uno de los buques de la Línea Cunard. Eran los más seguros, me dijo.

Nos abrazamos. Jamás volveríamos a vernos. El Rey Luis Felipe murió dos años después en la misma mansión en que, por una noche y por última vez, volví a ser Charles Theóbald Choiseul de Praslin.

Capítulo 18

Igual que el rey, Ibrahim se mostró renuente a retornar a la Isla de Wight. Para mí, en cambio, no regresar, cortar de un tajo y sin que mediara despedida alguna o explicación de mi partida con los Tennyson, Julia Margaret y sobre todo Hamilton, me llenaba de congoja, no me parecía un comportamiento digno de un caballero, por muy burgués que fuera.

—Lo asediarían a preguntas. Usted mismo me ha comentado de las suspicacias de Lady Tennyson.

—Lo sé, lo sé, Ibrahim. Pero el poeta y ella son personas especiales, de esas que uno encuentra sólo una vez en la vida. Me parece tan descortés desaparecer simplemente. Y además, ¿no crees que se presta a que imaginen exactamente lo que nos preocupa? Además, ¿cómo retribuir así la compañía y el consuelo que me brindó el doctor Hamilton? ¡Me enseñó tanto de medicina que creo bien podría ejercerla!

Daba zancadas de un lado al otro de mi habitación ante la mirada levemente alarmada de Ibrahim, para quien no existían dudas de que el curso más recomendable era el que Luis Felipe había indicado: dirigirnos a Liverpool para zarpar de allí a Nueva York.

—Ha olvidado cuan angustiado estuvo las últimas noches, pensando que ya lo habrían descubierto —dijo Ibrahim, quien con parsimonia se encargaba de acomodar mi ropa en el pequeño baúl de viaje—. Usted aún conserva los hábitos de su alcurnia, Monsieur, pero no debe permitir que la gentileza lo haga correr riesgos innecesarios. Puede escribirle una nota antes de partir al Dr. Hamilton, si tanto le mortifica no despedirse, pero desaparecer es lo más conveniente. De ahora en adelante, desaparecer simplemente tendrá que ser la mejor solución cuando se vea usted acorralado, o a punto de ser descubierto. Mire que es muy probable que, ya sin la presencia del rey, las autoridades de la *Sûreté* revivan su caso y reanuden las pesquisas. No se puede confiar. El rey especialmente me recomendó que lo protegiera. Me comprometí. —Hizo una pequeña reverencia. Había terminado de empacar mis cosas y me solicitó permiso para retirarse.

—Buenas noches, Ibrahim —dije—. Mañana te informaré mi decisión de si partimos a Wight o a Liverpool.

Me eché en la cama aún vestido, sin quitarme siquiera los zapatos. Estaba emocionalmente exhausto, pero dentro de mi cuerpo una energía nerviosa recorría mis músculos como un fluido tensando piernas y brazos. Con los ojos cerrados, veía la escena en Claremont House. ¿Qué habría pensado la familia? Recordé la mirada de la princesa Clementina, su vestido blanco de cintura ajustada y el escote del corpiño mostrando la piel alabastro y la división entre sus pechos sobre la que descansaba la parte inferior de una cruz de lapislázuli que colgaba de su cuello, como señalando el camino. Hacía meses que ni aún en la soledad me sorprendían los deseos carnales, pero el escote, los brazos, las manos de Clementina de Orleans, unidos a su fogosidad y hasta desfachatez, habían logrado agitarme. En sus ojos registré claramente, cuando me miró para despedirse, el desafío a la veracidad de mi historia.

No me creía. Se daba cuenta de que algo quedaba por revelar, algo que los demás optaban por obviar, si es que acaso lo habían percibido. Su actitud me hizo pensar en Henriette, en esas mujeres de mente aguda y temible perspicacia. Auguste, el marido de Clementina, era tan apagado. La princesa no padecería por falta de amantes. Era imposible evadir su sensualidad, y no imaginarla dejándose llevar por sus instintos sin ninguna modestia. Creo que le complacía saber las fantasías que inspiraba, y con ese secreto conocimiento, aparecer en público majestuosamente impertérrita. Le dediqué a la princesa Clementina y a mis recién despiertos alzamientos varoniles, cierta atención. Pensé que eso me haría dormir, pero me equivoqué. No lograba quitarme de la cabeza la obligación que sentía de despedirme de las amistades de esos meses en la Isla de Wight. Me preguntaba si habría tenido la misma necesidad si se hubiese tratado del boticario o la florista. ¿No era el aura que rodeaba a Tennyson y su esposa, a Julia Margaret Cameron, a Hamilton, lo que me empujaba? ¿Acaso no aspiraba a que me recordaran, que escribieran sobre mí, o dejaran incluso notas donde mencionaran nuestras conversaciones al atardecer? *Vanitas vanitatum et omnia vanitas*, pensé, recordando a mi tutor en Vaux-Praslin, quien así resumía sus críticas a las emperifolladas señoras de la corte que visitaban a mi madre. «Vanidad de vanidades, todo es vanidad». ¿Qué hacía yo sin mi vanidad? Era parte de mí. Me era fácil admitirlo, pues pensaba que nadie, ni el más humilde, carecía de ella. La identidad se construye sobre esa piedra angular del edificio de nuestro yo. Nombres, apellidos, oficios, riquezas, proezas, la mujer que desposamos, los hijos que procreamos, las casas que hollamos, todo forma parte de ese cuerpo, esos gestos, esa forma física con que andamos por la vida. Me parecía contra mi naturaleza desaparecer como un ladrón, un fugitivo. Aceptar que era exactamente un proscrito. Cuando esa realidad se me revelaba contundente como el latigazo de un rayo en la oscuridad del cielo, se me comprimía tanto el pecho que temía morir. Podía sentir mi cerebro empequeñeciéndose y estrujándose dentro de mi cráneo; experimentaba el absurdo impulso de querer abandonar mi cuerpo, de ser un ectoplasma y salir de ese cascarón, mudar de piel ahora que la mía era indeseable, un riesgo, una amenaza. No puedo explicarlo. Quería rebobinar el tiempo, hacerlo retroceder. ¿Cómo era posible que meses atrás, envuelto en mi *robe de chambre*, fumaba los puros pequeños y aromáticos de la tienda de Madame Duchamp, en mi mansión de Faubourg St Honoré? Pasaba una que otra mañana echado en la poltrona bajo la ventana, viendo el otoño tostar las hojas del tilo centenario del jardín, leyendo a Balzac o Hugo. ¿Cuánto tiempo había transcurrido desde la última vez que mi cochero me dejara en la puerta principal del Teatro de la Comedie Français? ¿Cuánto desde que, tras aplaudir a Molière, me reunía con amigos en el Café de Foy?

Me levanté y salí de la posada para no empezar a aporrear las paredes, a patear el piso, a dejarme llevar por la desesperación.

Era inútil resistirme. No podría despedirme de los Tennyson, del Dr. Hamilton, de Julia Margaret. Hasta no haberle agradecido a Wikeham su paciencia y sus servicios me mortificaba. Esas cortesías ya no serían parte de mi vida. No me restaba otra cosa que cruzar el Atlántico, arribar a Nueva York y buscar a Henriette. Me movía un rencor nuevo que contenía la rabia por mi vida perdida. Pocos tenían como yo, la oportunidad de rabiar su propia muerte.

Capítulo 19

Al día siguiente partimos en coche. El tren que nos llevaría a Liverpool, salía de una estación temporal, Midland Goods Shed, en la zona de King Cross en Londres. ¿Cómo se las ingeniaba Ibrahim para saber siempre dónde ir? Alrededor mío era silencioso y formal, pero con posaderos, cocheros, mayordomos y personas de oficios como el suyo, se comunicaba y entablaba relaciones con una fluidez que me dejaba pasmado. Después de la cena de la noche anterior y el tropel de incertidumbres y recriminaciones que me acosaron hasta la madrugada sólo tenía energías para dejarme llevar. Recuerdo los bosques, el ritmo del coche, la conversación ininteligible de Ibrahim y el cochero acomodados sobre el pescante. Apenas empezaba a anochecer cuando topamos con el aire espeso y sucio de King Cross. El humo liviano que flotaba sobre las calles y edificaciones era precursor de la niebla densa que cae sobre Londres tragándoselo todo. Me asomé curioso a la calle. Hamilton me había descrito ese lugar con lujo de detalles. A su juicio, desde la finalización del Regent's Canal, King Cross era la antesala del infierno que amenazaba a Londres por la ambición desmedida de los industriales. Al sur del Canal, la Compañía de Gas y Carbón operaba los Talleres Pancras. Otras fábricas de altas chimeneas productoras de nubes de humo negro crecían sin freno de nadie. «Sufren por la niebla y no se dan cuenta de que es hecha en casa», decía Hamilton, gesticulando con sus largos brazos. También afirmaba que King Cross era un sitio histórico pues en esas tierras, la reina guerrera Boudica había librado su última batalla contra los romanos. «Está enterrada allí, pero te aseguro que construirán el ferrocarril sobre sus restos. El dinero no respeta la historia, ni los huesos de los héroes.»

A mi alrededor circulaban un buen número de coches y cruzaban hombres y mujeres de variados aspectos, unos de librea y sombrero de copa, otros desarrapados. Adiviné, por el aspecto y gestos de algunas mujeres en las esquinas de los portales, que por la noche funcionaban allí casas de placer y fumaderos de opio. Vi asiáticos con camisas sin cuello y sombreros piramidales, negros fornidos y elegantes, mendigos andrajosos muy rosados, rubios y pecosos. El cochero avanzaba lentamente pues la multitud impávida carecía del reflejo de apartarse del camino de los caballos. Esa noche dormiríamos en Londres. El tren a Liverpool salía al día siguiente, si es que lográbamos pasaje. Con la afluencia de migrantes que se embarcaban allí para América, era predecible que tuviésemos que pasar un tiempo de espera, si no en Londres, en Liverpool. La diversidad y novedad del ambiente tuvo el efecto de sacudirme el letargo y la melancolía. Me gustó la manera en que hombres y mujeres nadaban en el torrente del ajetreo y la humareda, despojados de identidad, sin distinguirse unos de otros. Lo mismo si vestían ricas ropas o harapos, el afán de los rostros, la tensión que les daba moverse bajo la ilusión quizás de que compartían un mismo propósito, los unificaba; eran como partes de un gran mecanismo al que todos servían. Apuré al cochero. En la posada del Halcón nos recomendaron hospedarnos en el Gran Hotel del Norte. Hacia allá nos dirigimos. Apenas apartado del bullicio, era una construcción sólida detrás de una presuntuosa fachada neoclásica. Una alfombra larga, que reconocí por su tejido como una auténtica muestra del arte del Oriente, y la pulida superficie de madera de la recepción suplían la nota de alcurnia que permitía olvidar lo raído de los muebles y las cortinas. Me dije que esa noche prescindiría de Ibrahim, haría que me dejara solo. En ese vibrante desorden de las calles la idea del anonimato me atraía. Pasaría felizmente desapercibido y podría disfrutar de una noche de exploraciones, sin preocuparme que al día siguiente alguien comentara mi recorrido nocturno.

Después que terminó de acomodar mi equipaje en la grata habitación espaciosa y elegante, le anuncié a Ibrahim que me retiraría temprano y le recomendé hacer lo mismo. La jornada del día siguiente, si lográbamos sitio en el tren a Liverpool, significaba de doce a trece horas de viaje. Ibrahim asintió y se retiró tras desearme buenas noches. Cerré la puerta. Me tendí un rato. Luego me eché agua en la cara seguido de colonia para reanimarme. *Mon Dieu*, pensé, ¡cómo he envejecido en tan corto tiempo! Las canas diluían lo oscuro de mi pelo. Gracias a la pesada comida inglesa, y a los *scones* de la hora del té tenía unas libras de más. Se notaba en mis facciones, las mejillas redondeadas y la comisura de los labios más profunda. Observé nuevas arrugas alrededor de los ojos y en el entrecejo. En poco menos de un año, mis cuarentas lucían como cincuentas. Sentí pesar por mí mismo, por mi rostro despojado de todo asomo de complacencia y seguridad y donde el brillo de mis ojos era una mezcla de miedo y agitación. El conjunto tenía algo de animal alerta y listo a alzar vuelo como cualquier asesino que se ha evadido de la justicia, y teme.

Me envolví en mi mantón de lana, tomé mi bastón, mi sombrero de copa y salí del Gran Hotel del Norte a la calle, lo más sigilosa y velozmente que pude, rogando que Ibrahim estuviese dormido y no me siguiera. Llevaba oro bien asegurado en un bolsillo oculto en mi cintura. La noche era oscura pero iluminada por farolas de gas. Me sentí libre. Dejé que la idea del anonimato me sedujera. Si me animaba y lograba considerar mi nueva situación como una oportunidad para deshacerme de lastres y proveerme de una existencia más genuina y menos determinada por los dictados de clase, alcanzaba a elevar mi espíritu. Como un globo se elevaba mi imaginación, pero no volaba más que un corto tiempo: de las habitaciones más íntimas de mi alma salían sin falta los lamentos. ¡Qué falaz y ridícula la idea de imaginar una vida remotamente parecida a la que había perdido! Extrañaba con furiosa nostalgia a mis hijos, sobre todo a Louise y a Raynard, la mayor y el más pequeño.

Calla, calla, me dije. Me detuve en medio de la acera. Si la idea de mi paseo iba a echarse a perder tan pronto, mejor retornaba al hotel. Pero no quería regresar a la habitación amplia y solitaria. Decidí concentrarme en lo que sucedía a mi alrededor y prestarle toda mi atención. Caminé un rato detrás de una figura femenina que despertó mi interés pues llevaba una falda de raso marrón y una blusa blanca holgada a través de la cual se adivinaba una *camisole*. El pelo atado en un moño de bucles rojizos se escondía bajo un pequeño sombrero, un *fascinator*. No veía la cara, pero no me importaba. Sería un inocente entretenimiento preguntarme qué hace aquí, quién es, dónde vive, a qué se dedica. Me gustó su manera de andar, pisando fuerte sobre los talones. Caminé detrás de ella media hora hasta que se detuvo ante un portal con un discreto rótulo tallado en madera que leí y que rezaba: «The Curious Cat Club».

Ella entró. De perfil, vi que era una mujer relativamente joven, tenía un escote que dejaba ver dos pechos altos, nácar, sobresaliendo del cuello ancho de su blusa de seda. ¿Sería una casa de citas? Mi curiosidad me llevó a subir las gradas tras un tiempo prudencial. Di varios golpes en la puerta y me abrió un hombre alto, negro, imponente, vestido con librea oscura y un chaleco rojo,

—Estoy de paso —dije—. Vengo de Francia y mi amigo el duque Ramonoff me habló de que aquí podría tomar un cognac en este frío febrero.

El hombre me miró con desconfianza, pero yo sabía usar mi porte de noble y moverme con una arrogancia ajena a las negativas. Me deslicé a su lado, obviando su papel de gendarme.

Pasé dos puertas tras pesados cortinajes de velvet rojo vino. Por dentro se oían risas y el sonido de conversaciones, de vasos, de personas moviéndose ágiles. Al abrir la última cortina, se develó un interior de lujo. Paredes totalmente cubiertas de espejos creaban la impresión de un sitio sin fin. En el techo colgaban dos bellos candelabros de cristal con cientos de velas encendidas. En una esquina brillaba un piano abierto, negro reluciente. Sillones y *banquettes* cubiertos con telas de seda de dibujos dorados acomodados con cierta anarquía daban calidez al conjunto. Cinco o seis de estos rincones estaban ocupados por hombres de varias procedencias, algunos sumamente elegantes y otros con aspecto de comerciantes de telas o vino. Junto a ellos, mujeres con ropas que las delataban como prostitutas bien cotizadas, coqueteaban y sorbían licores de color verde y ámbar en pequeñas copas. Me dirigí sin detenerme a un sofá al lado izquierdo de la estancia. Cuando estuve sentado, pude mirar mejor la concurrencia. Desde Henriette, desde mi muerte, no visitaba a ninguna Madame, ni gozaba mi vista con mujeres hermosas. Mirarlas era cuanto me atraía aquella noche. No tenía necesidad de sexo. Con quedarme allí sorbiendo un cognac de buena marca, me podía declarar feliz, tan feliz como lograba serlo cuando algo fuera de lo común atraía mi atención y me permitía olvidar la trastienda de mi mente y sus esqueletos. Los burdeles no me eran ajenos, pero nunca fui asiduo de sus chicas. Orgullo quizás. Me molestaba la idea de pagar el sexo. Nadie era del todo inaccesible en París cuando se contaba con recursos, un título nobiliario y un físico presentable. Pero el sexo podía resultar un juego feroz. Cuando llegó el camarero, un joven rubio, delgado, con rostro de efebo, pedí un cognac y mientras deslizaba una propina sustantiva en la manga de su camisa blanca, le dije que quería estar solo y que se encargara de que las chicas no se acercaran a menos que yo se lo indicase.

—¿Prefiere que sea yo quien lo acompañe? —sonrió.

—No. No se trata de preferencias en este caso. Simplemente quiero estar solo.

El *garçon* hizo un mohín, excusa e incredulidad a la vez, y se retiró. Desde mi puesto de observación, sorbiendo el asedado licor, vi de lejos a la mujer que, sin proponérselo, me guiara hacia aquí. Quizás se percató de mi discreta persecución, pues me miraba a menudo. Tenía un rostro curioso de altos pómulos y una palidez que era más llamativa por los labios sin *rouge*, el cabello rojo y los grandes ojos azules. La mirada revelaba la picardía y contento que los clientes esperaban. Reía con grandes carcajadas y era el timbre histriónico y falso de su risa lo que dejaba entrever que cumplía con su rol. Su compañía consistía en dos hombres, uno de ellos con una barriga protuberante, barba y modales bruscos. El segundo era más joven, delgado, bien vestido. Lucía incómodo. Sospeché que estaba allí para complacer al más viejo.

Entretenido en contemplar el intercambio de los tres, me recosté en la cómoda silla. Me relajé. En mi mente aparecieron imágenes vívidas de arrebatos sexuales luego de aquellos juegos. La mujer y los dos hombres se levantaron y vi que ella los conducía por la escalera que llevaría a las habitaciones. ¿Harían un *ménage à trois*, o el viejo miraría mientras ella y el joven copulaban? Sentí calor en la ingle y la erección abultándome el pantalón. Imposible dejar de imaginar la escena; la mujer pálida, la piel nacarada, los grandes senos, la angosta cintura, el pelillo sobre el vientre brillando como la superficie del durazno bajo la luz de la vela, el vello púbico, rojo quizás, abundante y el muchacho en trance mientras ella lo guía para que, despacio, la despoje de la ropa. ¡Ah! Si el joven perdiera la timidez, podría hundir el rostro entre los pechos de ella y oler allí el sudor liviano, oír en el roce de sus oídos con las redondeces de su piel las vacas mugiendo a lo lejos —me reí cuando el rumbo erótico de mis pensamientos se desvió al recuerdo de la pequeña Berthe, que al ver a la madre amamantar a Raynard, quería saber si por las noches yo escuchaba a las vaquitas mugir dentro de su mamá. Agradecí que el recuerdo de mi hija me trasladara de la fantasía a la realidad. Decidí no esperar a la joven pálida, que me habría gustado conocer. Subí a las habitaciones con una muy alta y delgada, estatuesca e irlandesa, de pelo castaño, más bien ralo y liso, que dijo llamarse Sinead. El cuarto era pequeño de paredes color albaricoque y un espejo negro sobre un menudo hogar donde ardían unos cuantos leños. No me tomé mucho tiempo. Sinead era hermosa pero torpe. Me prestó el cuerpo de forma mecánica y así actué yo. Fue sólo un desahogo. No me importó. Le pagué y salí.

De regreso en la calle, seguí las instrucciones del camarero del prostíbulo para encontrar el fumadero de opio que me recomendó. Había muchos por allí, me dijo con sigilo, pero el de Wan Kin era el más seguro y limpio. Fumar opio en Londres era una de las razones por la que amistades parisinas cruzaban el canal de la Mancha. Prefería hacerlo allí que en el puerto de Liverpool donde los fumaderos de opio, los *opium dens*, eran menos lujosos, porque sus clientes eran marineros y más recientemente, irlandeses que sin duda querrían no despertar.

El hachís me era conocido, pero el efecto del opio superaba por mucho al de cualquier otra sustancia. Uno podía tener alucinaciones pasajeras con el láudano, pero el sueño del opio, según los conocedores, era una experiencia trascendente. Confieso que dejarme llevar por ensoñaciones me inspiraba igual dosis de terror que de curiosidad.

El mapa que el chico dibujara en una servilleta fue útil y en dos o tres calles arribé a Victoria Street «Al lado del *pub* La Sirena Ebria», eran las instrucciones. Caminé por la calle apenas iluminada, pero muy traficada. Del *pub* entraba y salía gente, en la acera varios hombres, sentados, en sus overoles de trabajo fumaban cigarrillos. Chicas de maquillaje exagerado, faldas con muchos vuelos que dejaban ver coquetos botines, bromeaban con un grupo de marineros en una esquina. Pasé al lado de la Sirena Ebria. Busqué la entrada oscura con las escaleras que descendían. No la encontraba. No la hubiese encontrado si no es porque de pronto un chino con una coleta larga salió de una puerta y vi detrás de él el hueco de las escaleras. Me acerqué de prisa antes de que alcanzara la calle.

—*Client* —dije—, *Me. Client.*

Me miró. Tenía una barba de unos cuantos pelos grises y los ojos tan rasgados que parecían terminar apenas un poco antes de la línea del cabello. Me miró y dudó un instante sobre si regresar o descartarme. Al fin, se encogió de hombros y me indicó que lo siguiera. Abajo, al traspasar la puerta del den, me envolvió la neblina de las pipas. El chino llamó a una chica de pelo negro peinado en coletas, vestida con un traje amarillo de seda y botines de raso. Ella me habló en inglés con leve acento. Me hizo pasar. *First time?* Sí. Era mi primera vez. A medida que nos adentramos en el fumadero, fui viendo más claro las anchas bancas de madera dispuestas a cada lado y al medio de la estancia. Ligeros biombos separaban los nichos de los fumadores. El diván al que me condujo la chica estaba un poco apartado de los demás. Sería para los primerizos. De un pequeño armario, alto y angosto, sacó una pipa larga que al medio llevaba una especie de pomo de puerta.

Dentro del pomo, que era en realidad una diminuta vasija de bronce, calentó la mezcla verde oscura y la fue compactando hasta convertirla en una menuda pelota. Me indicó que, si era derecho, debía yacer sobre el lado izquierdo; si zurdo, al contrario. Me recosté sobre mi lado izquierdo y ella me explicó que la pipa era larga para protegerme del calor que despedía la lámpara de bronce en cuya llama debía yo de calentar el opio. Así éste se vaporizaría y penetraría en la pipa y en mis pulmones. Me dio otro objeto que serviría de sostén para la pipa, se alzó de mi lado, hizo una pequeña reverencia y me dejó tendido sobre el diván. Durante largo rato no hice más que mirar a mi alrededor y absorber el olor —extraña mezcla de perfume floral y grasa animal— mientras me animaba a dar mi primer toque. Intentaba perder el temor de sumirme en un sueño de pesadilla en el que afloraran las imágenes que con bastante eficiencia había logrado suprimir. Recordé algunos de mis sueños en la Isla de Wight, recordé despertar llorando con Hamilton a mi lado. Sentí náuseas. La joven regresó a mi cubículo justo cuando yo llegaba a la conclusión de que sería mejor marcharme, pero ante ella no quise reconocer el miedo casi femenino que sentía. Atenta y servicial, me ayudó a reclinarme y se quedó conmigo hasta que me vio aspirar las primeras inhalaciones. Lo primero que sentí fueron náuseas, la sensación de que mis entrañas luchaban por voltearse de adentro hacia fuera. Luché denodadamente por no vomitar, y de pronto me sumí en un sueño inenarrable: los colores sentían; la compasión, la paz, la ira o la repugnancia oscilaban entre expandirse fuera de mí o estrujarme los huesos. Nubes púrpura flotaban en mi garganta o descendían a los intestinos. Los colores eran entes con personalidad, tenían un lenguaje intuitivo que revelaba el alma de las cosas. Floté y me dejé acariciar y susurrar afecto por el rosa, el verde, el amarillo y el azul. Púrpuras, rojos y negros se alojaban en mis piernas temerosos, buscando pasar desapercibidos.

Al abandonar el fumadero aún veía aureolas iridiscentes envolviendo un farol o un transeúnte. Pensé que descifrar el *anima* de los colores que vislumbré tomaría mucho tiempo, toda la vida quizás. Regresé al hotel cuando empezaba a amanecer, me eché en la cama vestido y dormí.

Ibrahim me miraba cuando desperté. Parecía un gigante adusto, irritado, los brazos doblados sobre el pecho, de pie junto a la cama. Pude haber seguido durmiendo, mi cerebro no reconocía el día de la noche, pero abrí los ojos y me senté en la cama.

—¿Alguna emergencia, Ibrahim?

—El tren hacia Liverpool sale en una hora. Dudaba si despertarlo, pero decidí hacerlo porque el hotel tiene un buen desayuno. En el tren, en cambio, no puedo asegurar nada.

—Hiciste bien, por supuesto —la mención de la comida me produjo hambre de inmediato.

Una hora resultó ser el tiempo justo para empacar, vestirme y desayunar. Llegamos a la estación justo a tiempo para movilizarnos en medio de la multitud que se aglomeraba en los andenes. Los tipos subían a los vagones tras despedirse de mujeres con sombreros anudados al cuello, abrigadas de un frío que todavía cortaba la piel. Ibrahim y yo atravesamos el bullicio de la plataforma, los pequeños grupos que parecían no querer partir sino quedarse allí con los amigos engañando el tiempo, pero ya el conductor del tren jalaba la cuerda que activaba el silbato y los pistones despedían humo. Ibrahim y yo alcanzamos a entrar al vagón antes de la premura súbita del último adiós. El tren era más cómodo del que tomamos para ir de Portsmouth a Londres. Ibrahim y yo tomamos puestos al lado de las ventanas y nos dispusimos a resistir con paciencia las cinco horas que tomaría arribar a Liverpool.

Viajábamos de lado a lado de Inglaterra. Aquel era un país de setos, de tierra cuidadosamente utilizada y cuidada, la campiña era hermosa a pesar del invierno y del uniforme gris. Algunos árboles siempre verdes formaban alamedas rectas y bien pensadas. Era como si alguna raza de gigantes se hubiese sentado con una maqueta a planificar el campo, así era de perfecto, de armónico. Muy diferente a Francia, pensé y sentí un dolor repentino en el pecho. Cuando uno salía de París la campiña era más bien desolada hacia el norte. Hacia el sur era un poco más amable con la vista, pero los franceses éramos gente de ciudad, aunque laboráramos en el campo. Nuestras casas estaban en pequeños pueblos, no en medio de la nada como éstas de los ingleses con sus techos de paja prensada fabulosamente duradero y encantador. Compartía con Ibrahim mis observaciones. Él me miraba divertido de escucharme tan inusualmente dicharachero. Era el opio. Estoy seguro. Se me había aflojado el pecho, la mandíbula, el centro de la piel del cráneo, que no me dolía por primera vez desde el día de la muerte de Fanny. El estupor de la droga, sin embargo, no me llevó a revisitar el crimen, cosa que me pareció curiosa. Supuse que la sustancia no traspasaba las barreras del autocontrol y que a eso se debía la mansedumbre de quienes se sometían a esos sueños. No oí en el fumadero gritar o quejarse a nadie. Abundaba la paz de hombres soñando. Durante el trayecto compartí con Ibrahim mi aventura. Inicialmente no lo tomó con levedad. Se quejó de que no lo hubiese despertado para acompañarme. Era peligroso. No debía haber ido solo, pero finalmente escuchó mi relato con atención. En el desierto donde él había crecido, me dijo, se drogaban con té de arroz.

—Es un té que pasa por varias cocciones y se va reduciendo hasta quedar amargo. Se toma despacio y conduce a un estado de hipersensibilidad. El desierto toma dimensiones amables y suaves y uno puede soportar el calor del día, el frío de la noche, la carencia de suficiente agua y las pequeñas raciones de comida.

—Para mí fueron los colores los que tomaron cualidades humanas —sonreí.

Eso fue lo que vi y sentí, pensé; los colores hurgándome solícitos, interactuando en una danza como si se tratara de un lento huracán que se mecía y me atravesaba con largos filamentos vaporosos cada uno de un color distinto.

—Colores maternales, Ibrahim. Maternales, fraternales, afectuosos. Muy extraño.

Ibrahim sonrió.

—Yo he visto danzar las dunas del desierto —dijo.

Capítulo 20

Anochecía cuando llegamos a la estación de Lime Street en Liverpool, en el centro de la ciudad. Teníamos reserva en el Waterloo Hotel en la calle Ranelagh, muy cerca de allí, pero debíamos tomar un coche para llevar el equipaje. Al salir a la calle percibimos de inmediato que era una ciudad marcada por el mar. Olía a brea, a marineros, a desorden y a personas rudas, para quienes la vida difícil acarreaba rabias y anulaba cualquier rastro de paciencia o tolerancia. Después del rechazo inicial a los modales de los cargadores y los cocheros, los preferí a los dependientes de Londres, cuya cortesía linda con lo servil, quizá con la intención de hacer creer a los visitantes que todos están entrenados para atender a la aristocracia.

La calle Lime era la arteria central de Liverpool. Desde el lugar donde esperábamos el carruaje podía ver las dos altas columnas que el pueblo había bautizado «los candeleros» (*candlesticks*) y dos inmensos leones de piedra que flanqueaban las escaleras de un edificio de ladrillos. Ibrahim contrató el coche entre varios que esperaban por pasajeros en la estación, y partimos hacia el hotel. Los golpes secos de los cascos de los caballos sobre el empedrado de las calles sutituyeron el sonido del tren que persistía en mis oídos.

Me entretuve mirando la agitación de las aceras. Distinguí hombres corpulentos con el físico de estibadores; abogados con sus bombines y paraguas; madres o nanas empujando coches; mujeres cargando bolsas de las que sobresalían manojos de rábanos. Me parecieron ratones corriendo a sus madrigueras antes que el sol se retirara. La multitud, la multitud. Eché de menos la Isla de Wight, mis amigos, esos que no vería más, y de los que, si por azar se cruzaban en mi camino, tendría que esconderme. Antes de embarcarme me propuse visitar alguna librería circulante y llevarme un libro de Alfred Tennyson para leer en el viaje hacia Nueva York.

—Ibrahim, recuerda mañana indagar en la conserjería del hotel dónde encontrar libros de nuestro amigo Tennyson. Debo llevar libros para el viaje.

—Espero que sea posible leer. He oído que sólo pocos resisten los mareos. Me recomendaron llevar limones y té en abundancia.

—Buscaremos esas cosas mañana. Tienes razón. Necesitamos ciertos artículos además de los libros, pero lo que más me asusta del viaje es la idea de no hacer nada por dos semanas.

Ibrahim me miró sin expresión. Al llegar a Liverpool tuve dudas sobre si vendría conmigo a Nueva York, pero él las disipó rapidamente cuando habló de comprar tiquetes para ambos. Me tranquilizó que no vacilara en acompañarme. A menudo me apenaba pensar que para mí era poco más que un esclavo. Vivía para mí, atendía todos mis requerimientos con una eficiencia deslumbrante. Era sumamente inteligente, de manera que, sin otro ser humano más cercano, me relacionaba con él con familiaridad, casi como un amigo. Estaba consciente que hacerlo era fantasioso de mi parte. Imposible y desaconsejable por demás. Alternaba entonces. Fue la solución que encontré. Le daba órdenes y en ocasiones lo incluía en mis pensamientos en voz alta, en mis conversaciones.

Descartó mi preocupación sobre el tedio del viaje.

—No será tan difícil —me dijo—. Se lo aseguro. El tiempo nunca deja de avanzar de prisa. Habrá otros pasajeros, además.

—Recuérdame comprar una baraja.

Llegamos al hotel. El farolero, un joven cuyas ropas mostraban el desgaste de muchas puestas, prendía las luces de gas. El hotel tenía aires de grandeza. Era el alojamiento preferido de los capitanes de barcos. Nos enteramos de que, en el salón principal, Mr. Lynn, el propietario, tenía retratos de setenta y dos de estos capitanes, varios de ellos desaparecidos en el mar. Este detalle me sedujo y fue la principal razón por la que opté por el Waterloo cuando Ibrahim repasó los anuncios de hoteles de los diarios de Londres. El lobby era amplio, con candelabros, alfombras persas de arabescos rojos, ocres y azules, paredes color crema que terminaban con un listón color vino tinto en el margen inferior. Los muebles colocados a lo largo del salón eran de ese mismo color. Me senté a esperar que Ibrahim revisara nuestras habitaciones, sin percatarme de la presencia, en un sofá a mis espaldas, de dos caballeros en animada conversación. Iba a levantarme sintiéndome intruso cuando oí que uno de ellos dijo la palabra *Sûreté*, nombre del servicio de inteligencia reorganizado por Luis Napoleón. Obviamente ellos tampoco se habían percatado de mi presencia. Me quedé clavado en mi sitio, casi sin respirar, para que continuaran hablando, y jamás imaginé oír lo que escuché. Una de las voces era agradable, enérgica, de timbre profundo y grave, la otra era aguda, ligeramente chirriante. Imaginé al dueño delgado y formal, mientras el de la voz grave se me hizo un hombre de buen porte y estatura. Llamaré al primero A y al segundo B, pues ignoraba sus nombres.

—¿Crees entonces que te dejarán conservar tu posición en la *Sûreté*? —preguntó B.

—Yo permaneceré. Mi padrc fue amigo de Vidocq —dijo A, con seguridad.

—¿«El» Vidocq? —preguntó B. El asombro que registró podría haber sido mío. Vidocq era el detective más famoso de Francia. Después de un pasado criminal, compró su libertad a cambio de espiar para la Policía. Era tan bueno que terminó fundando la *Sûreté*, la división de investigaciones criminales francesas que, por resolver varios casos complejos, adquirió una meteórica fama.

—El mismo —respondió A—. De sus primeros empleados, mi padre era el único sin historia delictiva —rio el interlocutor—, pero contaba las historias de Vidocq. Fascinante personaje. Pero volviendo a tu pregunta, no veo que mi empleo corra peligro. Luis Napoleón no me echará. La *Sûreté* está fuera del ámbito del ejército que están reorganizando. Eso está a cargo del mayor general Jacques Leroy de Saint Arnaud, previo comandante de la región militar de Argelia y miembro de la Legión Extranjera. Un tipo sin ningún escrúpulo al que el príncipe-presidente ha encargado, entre otras cosas, su venganza contra el Rey Luis Felipe.

—Luis Felipe condenó a Luis Napoleón a prisión perpetua en Ham. Tiene sobradas razones para vengarse.

—No exageres. No la pasó tan mal. Escribió su famoso libro, siguió publicando para periódicos y revistas, y tuvo dos hijos con la mujer encargada de lavarle la ropa.

Rieron.

—El asunto es que Luis Napoleón ha desheredado a los hijos de Luis Felipe y les ha prohibido ser dueños de tierras en Francia. Ha tomado en serio su venganza. Además, ha formado una comisión secreta para indagar la verdad de los escándalos de ese reinado. El suicidio de Choiseul de Praslin, por ejemplo, ¿acaso no piensas que ese suicidio fue sólo una salida conveniente para evitar la vergüenza pública de su gran amigo? ¿De dónde iba Praslin a sacar arsénico y tomarlo si estaba constantemente vigilado? Nuestro príncipe-presidente ha ordenado una redada para cazar al Duque fugitivo, y exponer las debilidades de Luis Felipe. Y está dispuesto a dedicar hombres y dinero para buscarlo.

No me moví. Me aferré a los brazos del sillón. Luis Napoleón era un tipo lúcido como su tío, y astuto. Escribió en la cárcel *El Fin de la Miseria*; con su programa populista, y su nombre, fue electo en las primeras elecciones francesas. No era un mal tipo, pero ganar la presidencia por cuatro años no le bastó. El golpe de gracia lo dio cuando a *manu militari* cerró la Asamblea Nacional, encarceló a buena parte de los diputados e impuso la censura de prensa. Tuve la sensación física, como en algunos sueños, de caerme por las escaleras, el instinto inmediato de levantarme y salir a la calle, dejar el hotel, a Ibrahim, todo. Un miedo frío me hizo titiritar. Me cerré el abrigo. Los hombres seguían hablando. No me atreví a mirarlos. En cambio, fijé la mirada en la puerta de cristales del hotel, en el día afuera, y los colores de los transeúntes reflejándose al pasar como un caleidoscopio indetenible.

—¿Dónde puede haber ido Choiseul de Praslin?

—Oí rumores que lo hacían en la Isla de Wight, pero claro, a estas alturas, más de dos años después del crimen sólo él sabrá dónde está. No creo que lo encuentren, si quieres mi opinión. Si lo hubiesen buscado cuando recién sucedieron los hechos, quizás, pero…

—Si estaba en la Isla de Wight, no será difícil saber cuándo, con quién, y en qué dirección partió.

—Hacia el continente o hacia Londres.

—¿Qué harías tú?

—Zarparía hacia América. Sí, creo que eso haría. Perdona, pero mi esposa está bajando por las escaleras. Le prometí llevarla a cenar. Hasta mañana, Horacio.

No me moví. Temí que las piernas no me respondieran. Mi pantorrilla izquierda temblaba. La pareja del tipo de la *Sûreté* se detuvo a saludar al otro interlocutor. No me atreví a virar para verles los rostros, lo hice cuando él y ella pasaron frente a mí. Registré un perfil anodino, corriente, del que sólo me quedó en la memoria un bigote muy oscuro y abundante, y el segundo plano de una mujer con facciones de pájaro.

Recuperé poco a poco la compostura, la máscara de normalidad.

Del lobby del hotel subí con Ibrahim a la habitación amplia y con balcón. Le relaté en voz baja la conversación que acababa de oír.

—No habría querido que se preocupara, Monsieur, pero ya sospechaba que eso sucedería. Debemos extremar precauciones. Quizás debe usted permanecer aquí hasta que zarpe el vapor. No perderá demasiado si no ve más de Liverpool. Según supe, el barco sale en tres días. Me han dicho que la Collins Line es más puntual que la Cunard y las comodidades a bordo muy superiores. He comprado entonces nuestros pasajes en el *Atlantic*, que hace el trayecto en once días, diez horas y veintiún minutos. En comparación, el *Britannia* de Cunard se toma doce días, diecinueve horas y veintiséis minutos.

—Está bien, Ibrahim, magnífico

—Y el *Atlantic*, Monsieur, es el único vapor transatlántico que cuenta con una barbería —sonrió maliciosamente.

—Veo que las noticias no te han amedrentado —dije.

—En lo más mínimo, Monsieur. Todo lo contrario. Creo que esto será un acicate para que usted acepte de una buena vez la importancia que tiene labrarse una historia detallada de su vida. De su capacidad para imaginarse, para encarnar a otra persona, dependerá su futuro. Se lo he repetido, pero hay cosas difíciles de aceptar, como creer que lo que les sucede a otros no nos ocurrirá, hasta que nos vemos confrontados con los riesgos.

—¿Qué será de mí, Ibrahim? Que me pensaran muerto me liberaba de angustias. Investigarán en la Isla de Wight. Interrogarán a mis amigos.

Ibrahim me tomó del brazo e hizo que me sentara.

—No le servirá gran cosa angustiarse ahora por eso. Por fortuna, sus amigos de la isla son *snobs*. Se ofenderán de que detectives franceses duden de su buen juicio e insinúen que hicieron amistad con un asesino. Relájese un poco. El mundo es muy grande. No desespere. Estamos a un paso de poner un océano de por medio entre su pasado y su presente. Descanse. Iré a procurarle una comida reconfortante.

Así era Ibrahim. De nada valía discutir.

Revisé la habitación. Constaba de una estancia pequeña con una cama ancha y otra habitación con una poltrona donde echarse a leer y un escritorio. Me dejé caer en la poltrona.

Más que cualquier represalia material, Luis Napoleón anhelaba asestarle un golpe moral a Luis Felipe de Orleans, ahora que, tras varios intentos de llegar al poder, incluyendo un fracasado golpe militar, al fin era la más alta autoridad de Francia. Imaginé la vergüenza y escarnio que tendría que soportar Luis Felipe y su familia entera si Luis Napoleón lograba mostrarme vivo ante Francia. Imaginé a los gendarmes vaciando mi falsa tumba en Vaux-Praslin y los reportajes y las caricaturas. Sería una fiesta para la prensa, para todo París. Y si por los oficios de algún maestro abogado, lograba yo evadir la prisión, qué vida podría hacer sino la de un recluso. Uno piensa estas cosas y mientras la mente fabrica el terror de la presa que se siente pronta a ser cazada, el cuerpo no permanece ajeno al miedo. La habitación se heló súbitamente. Me castañetearon los dientes. Me levanté y tiré de la manta de la cama para envolverme en ella. El estómago se me endureció con un doloroso espasmo. Cuando Ibrahim regresó con una bandeja bien servida con sopa de cebolla humeante y un trozo de pierna de cordero con papas, yo estaba hecho una piltrafa zarandeado por escalofríos, arropado con cuanto trapo pude echarme encima. El frío, el maldito frío, me atacaba y delataba mis estados de ánimo.

Ceremonioso, puso la bandeja sobre el escritorio y se paró con los brazos cruzados sobre el pecho frente a donde yo padecía el repentino invierno de mis miedos.

—Señor Duque Charles Theóbald Choiseul de Praslin, con todo respeto debo llamarlo a la cordura y la fuerza de carácter —dijo con tono grave, casi sacerdotal, que nunca antes le escuché—. Hombres como usted viven vidas cómodas. Comparadas con las nuestras, sus preocupaciones son apenas un desvío en sus rutinas de satisfacciones y deleites. Usted nunca supo hasta ahora lo que es ser uno más de la masa humana indistinta e irrelevante que se mueve como gran marea sobre esta Tierra, aceptando sin otra alternativa la suerte, casi siempre maldita, que el destino le sirve. Un día detrás del otro, las carencias de un tipo generan carencias de otro; la desgracia en el trabajo afecta el amor, el hijo. Se pierde el pan y se pierde la honra. Si a usted le angustia verse obligado a cambiar de identidad, imagine lo que es tener que hacerlo varias veces en la vida; imagine un alma noble y honesta obligada a traficar y hacerse acompañar de maleantes para sobrevivir. La sobrevivencia, Señor Duque, es la vela y el viento que empuja esta carne que somos, porque mientras siga prendido en el pecho ese fuelle que al respirar alimenta el pequeño motor encendido que se esconde tras el costillar, nada es más importante. Yo, que lo arranqué con mis manos de la muerte, lo conmino a que considere su vivencia como una suerte. ¿Qué sabe usted lo que le depara más adelante la vida? ¿Qué sabe usted si todo esto ha sucedido por alguna razón más allá de su comprensión? Ya le dije que el mundo, en su ancha geografía, es suficiente para albergarlo sin delatarlo, pero usted debe disponerse a ser más de lo que ha sido, debe retar su alma dormida y no cederle a la nostalgia su presente.

»Le deseo una cena agradable. Haga el favor de colocar la bandeja afuera en el suelo cuando termine. Buenas noches.

CAPÍTULO 21

Encerrado en la habitación como un presidiario de lujo, el terror de ser capturado y llevado a Francia a la más ingrata ignominia me debilitaba el estómago. No lograba comer. Dormí a ratos y volvieron las pesadillas. La sangre de Fanny borboteando; el cuarto, teñido de rojo, tomaba vida, y me gritaban las lámparas y los adornos, sus paraguas nuevos, los zapatos de seda, las repisas y el fuego de la chimenea. Despertaba sudado, pero apenas recuperaba la conciencia, el frío entraba en mi ropa mojada. En balde trataba de distraerme leyendo los *Cuentos de la Alhambra* de Washington Irving. Volvía a la lectura de *El Conde de Montecristo*. Su escape era lo que fantaseaba. Llegar a Nueva York, buscar a Henriette. Pasé horas imaginando mi encuentro con ella. Sabía por rumores del escritor norteamericano que la ayudó a llegar a Estados Unidos y la protegía. Fuera como fuera, estuviera con quien estuviera, Henriette me recibiría y tendríamos que arreglar cuentas. Volvía a mi mente la escena cuando el fiscal de la corona la llevó a mi presencia: yo echado en la cama traspasado de dolor, con mis entrañas desgarradas por el arsénico. Ellos pensaron que ponernos frente a frente, confrontar a Henriette con el amante moribundo les revelaría la verdadera naturaleza de nuestra relación. Me obligué a cerrar los ojos. Me consumía la curiosidad y el deseo de verla tras lo que nos había tocado vivir, pero no confiaba en mí mismo. La oí acercarse, la oí conmiserarse, adiviné el gesto con que se taparía la cara poniéndose las manos sobre la boca.

—¡No puede ser! —repitió negando y al mismo tiempo dejando abierta la posibilidad de mi culpa.

La memoria no llegaba sólo como el eco de aquello, sino que revivía atenazando mi estómago y mi corazón y causándome un sentimiento de asfixia. Se confundía en mí la sangre de Fanny y la sonrisa de Henriette, aquel gesto de «No puede ser», que vi sin necesidad de ver, tan de ella, tan ella; y yo odiándome por haberla amado, por haberla pensado célibe, casta flor que del jarrón de la inocencia saqué para alfiletearla en mi solapa, para llevarla como adúltero desvergonzado, como galán altanero, que así se trataba en París en ese tiempo al hombre que demostraba que una sola mujer no era suficiente para él. Sí que fui un cobarde negándome a mirarla. Ella se acercó al lecho donde me retorcía de dolor. Sentí el olor del perfume que encargué para ella en la droguería cuando su sonrisa me parecía tan elemental, blanca y embriagante, como el de las enredaderas de jazmín que subían por los balcones de Vaux-Praslin, cuyas flores, como dibujadas por un niño torpe, fascinaban a mi madre. Decía que su aspecto chato y sin adornos ocultaba el sortilegio del aroma agudo y flotante con que inundaba las habitaciones.

Tres días después, cuando las paredes del cuarto del hotel se me hacían fuelles inflándose para asfixiarme, llegó por fin el momento de zarpar a Nueva York. Ibrahim me compró caperuzas, sombreros, abrigos y unos lentes redondos de marco negro que me daban el aspecto de un profesor perdido en sus elucubraciones. Si prefería, me dijo, podría pretender ceguera y dejar que él me condujera como lazarillo al coche en el cual partiríamos hacia el muelle. No quise llevar la simulación hasta ese extremo. No sería buen actor y podría delatarme y agravar la situación. Acepté un bastón y ensayamos el paso de un viejo de huesos oxidados y rígidos. Así caminé con él por el vestíbulo del hotel, sin mirar más que al suelo, apoyado en aquel báculo cuyo pomo terminaba en la cabeza de un gato labrada en marfil. Nadie pareció prestarnos atención. Ibrahim me susurró que estuviese tranquilo. No vi en el *foyer* ningún sujeto cuya conversación me alertara. Salimos pues con naturalidad, aparte de un tropiezo al bajar las gradas para llegar a la acera, que supongo hizo más verdadera mi pretendida ancianidad.

Nos embarcamos el 10 de abril de 1850, un día de cielo encapotado. El invierno se resistía a marcharse y los días alternaban entre primavera e invierno causando la confusión de las damas, que vestidas con colores y telas primaverales se movían veloces por las calles, tiritando. Los árboles, sin embargo, con la confianza de su larga historia, lucían en sus ramas las yemas que a los pocos días les devolverían su verde personalidad.

El barco de la Collins Line que abordamos, era el *S.S. Atlantic* un magnífico ejemplar de barco de vapor y vela. Largo, bruñido, de madera, con ruedas de paletas a babor y estribor, constaba de primera y tercera clase. Según datos del capitán James F. Luce —rubicundo y fuerte, de manos enormes, barba roja y una risa estentórea de niño grande—

de la proa a la popa el *Atlantic* medía 284 pies, con un peso total de 2.856 toneladas. Sus dos motores a vapor generaban 1.000 caballos de fuerza. Cruzaríamos el Atlántico en once días, diez horas y veintiún minutos, aseguró.

El lujo y buen gusto de la embarcación me impresionaron. Los salones lucían alfombras persas y lámparas de cristal y de cobre, con sillones de cuero color vino oscuro, y muebles de maderas finas con bellos jaspes brillantes. El comedor para los viajeros de primera clase, constaba de cuatro mesas redondas, cada una de las cuales debía acomodar una docena de pasajeros. Las habitaciones eran pequeñas, pero bien presentadas, con toallas de grueso paño, dos escotillas por donde ver el mar, una cama individual con su mesa de noche y un espacio suficiente para almacenar el equipaje.

Afuera de mi pequeño cubículo se escuchaba gran algarabía. Por las escotillas observé la animación que reinaba en el muelle. Cientos de personas estaban congregadas despidiendo a los suyos, desde las desarrapadas y que parecían grises del pelo a los zapatos hasta grupos coloridos de mujeres y hombres acicalados, amontonados en el muelle despidiendo a otros, sus berlinas esperando para llevarlos de regreso a la ciudad. Escruté entre las caras, temeroso de reconocer a los personajes del hotel. ¿Cómo harían los gendarmes para encontrarme? Casi a diario zarpaban barcos para América. ¿Habría agentes embarcados en diferentes vapores asignados a la misión de localizarme entre el pasaje?

Me retiré de la escotilla. Me senté en la cama, forzándome a la calma. El miedo estaba alojado en mi cerebro como una rata que salía a comer mis sesos, o que se movía silenciosa por los laberintos de mi mente y cuando despertaba, mordía sin piedad.

El capitán comentó durante la cena que los periódicos en Nueva York, al ver zarpar al SS *Atlantic* la primera vez, lo calificaron como el «barco más estupendo construido por el hombre desde los antiguos días de Noé». Y rio con su enorme risa jovial.

Tras la cena, ya solos, mi criado y yo nos miramos y echamos a reír también. Me dejé caer sobre la cama aliviado, como si tras una arriesgada misión de contrabando hubiese llegado a un escondite perfecto. Frente al capitán fingí ser un individuo parco, un poco cegato, un personaje que no me costaría gran cosa encarnar por diez días, si acaso arribábamos a Nueva York sin mayores tropiezos. Llegar al barco a salvo, abandonar la angustia de Liverpool con sus multitudes y su trajín, la idea de la soledad de una travesía en la que el mar inmenso me alejaría de aquella vida que sólo dolor y persecución me ofrecía, me puso de mejor ánimo. El tiempo, pensé, el tiempo irá borrando lo que pasó. Después de confrontarme con Henriette, podría empezar mi otra vida.

Ibrahim se marchó a la habitación vecina. Me empeñé en que viajara, como yo, en primera clase. Pensé que protegería mi identidad pues no imaginarían que un noble habituado a los límites estrictos de mi clase, trataría a su inferior con esa deferencia. Ibrahim se mostró cohibido, pero lo convencí. Lo cierto era que tenerlo cerca me tranquilizaba, había desarrollado con él una dependencia de la que a ratos yo mismo me avergonzaba. Sabía que los dos años de reclusión y de flotar sobre la realidad esforzándome por asimilar el tajo que me separó de cuanto fui, no los habría soportado sin él. No sólo era el único que conocía el trasfondo de mi situación, sino que por una razón que yo aún no alcanzaba a comprender, tras superar el recelo inicial, decidió aceptarme y hasta sentir afecto por mí. Mi única explicación era el hábito nómada de Ibrahim, su obvia fascinación con la aventura, con el estar en ninguna parte y dejarse llevar por lo que la vida le ponía en el camino con un abandono envidiable. No me hablaba mucho de su vida, pero a estas alturas yo podía unir los fragmentos y hacerme la idea del largo trecho que lo convirtió de camellero y curandero, de transportista de seda y especias, además de contrabandista, a detector de venenos y proveedor de hierbas de la princesa Adeläide y más tarde salvador y protector mío. Cierto que la princesa había muerto. Ibrahim no contaba más con un puesto al que regresar, ahora que la familia Orleans se encontraba en el exilio. Yo me encargaba de pagarle bien, de mantenerlo, no con lujos palaciegos, pero sí con dignidad. Creo que apreciaba mi dependencia de él, que se tomaba a pecho ofrecerme su protección y empatía.

Apenas hablé durante los diez días que duró la travesía. Ibrahim y yo pretendimos ser comerciantes de sedas y alfombras y él se encargó de alertar a los otros pasajeros, con los que nos sentábamos a la hora de las comidas, sobre mi carácter taciturno, producto de mi relación con las cuentas y los asuntos financieros. Me pasé largas horas sobre la borda, tendido en las sillas reclinables, viendo la enorme superficie gris azulada del mar y el resplandor rojizo de los atardeceres. Nos siguieron las gaviotas hasta que nos alejamos de tierra firme. Una tarde nadó a nuestro lado una escuela de delfines y vimos de lejos la respiración de grandes cetáceos, alzándose en el agua como pequeños géiseres.

Algo extraño sucede cuando uno mira mucho tiempo el mar. Nos dicen que somos seres de la Tierra, pero yo más bien pienso que somos como el mar. Mirar el mar, la infinita repetición de sus olas, la superficie líquida bajo la cual existe el misterio de lo desconocido, tuvo un efecto hipnótico que me llevó a profundas meditaciones. Vi la superficialidad en la que hasta ahora había vivido. Por primera vez sentí algo parecido a la humildad dentro de mí. Reconocí lo frágil y antojadizo del poder que, hasta entonces, pensé poseer: mis posesiones y mi ilustre apellido, de nada me servían ahora inserto en medio del común de los mortales. Se me hizo evidente el peso de las circunstancias y el azar en las vidas humanas. ¿Qué habría sido yo naciendo en otra cuna, con otros padres? A fin de cuentas, lo único que realmente poseía era ese cuerpo que me sostenía y lo poco o mucho que albergaba mi mente e inteligencia. Jamás les había dado a éstos demasiada importancia. Tuve todo tan de gratis en mi vida que me bastaron los buenos modales, un físico medianamente atractivo y la educación de tutores ilustrados, para construir una vida aceptable a los ojos de los demás, para casarme con Fanny, para concebir los hijos que ahora me pensaban muerto. Los conocimientos más valiosos que poseía eran los de las plantas y las hierbas medicinales que aprendí con el Dr. Hamilton. Esos saberes supondrían quizás opciones de las que podría disponer. También sabía administrar tierras, me consolé. La persecución de los gendarmes me obligaría a encontrar algún remoto lugar donde poder ser otro, donde usar lo que sabía con inteligencia y dejar, no sólo en la práctica, sino en mi manera de pensar, esa falsa sensación de poder que hiciera tan cómoda mi existencia. No pocas veces, en las sillas reclinables de cubierta, cuando nadie me observaba, lloré copiosamente. Mi estado de ánimo era tan cambiante. Los momentos de lucidez y la motivación de volver a empezar una vida diferente, se alternaban con el más incisivo y descarnado sentimiento de vacío y derrota. Fanny aparecía sobre las olas. La veía joven, cuando me enamoré de ella, y también como la obesa matrona, sudorosa e histérica en que se convirtió. ¿Fui yo el culpable? El cuerpo de la mujer padece los hijos y ella se fue desfigurando con cada parto y también con el rechazo que yo no podía evitar sentir cuando la pensaba ballena, mole, y la despreciaba tentado por la belleza de otros cuerpos, huyendo de sus lamentos y sus cartas enloquecidas. Su amor me llegó a parecer una fabricación de su mente para mortificarme y amargarme el contrato al que llegué conmigo mismo de soportarla como esposa, pero de no negarme los placeres de la vida, el sexo con cuerpos hermosos, o la conjunción de goces que me ofrendó Henriette, al brindarme delectaciones intelectuales y físicas.

En esas mañanas de luz filtrada por nubes primaverales frente al océano Atlántico, mis oídos y mis manos revivieron el horroroso sonido del candelabro al chocar contra la sólida envoltura del cráneo de mi mujer, el estremecimiento del metal al estrellarse contra el huevo blanco donde residía su locura y quebrar el centro de su vida. Me repetía, al rememorar el instante, que mi actuación obedeció a la compasión, intentaba justificarme y desplazar la culpa, pero luego, en la ronda del recuerdo, donde los hechos se suceden a gran velocidad, me era obligatorio volver al comienzo de todo y ver cuánto de mi actuar nos condujo, a ella y a mí, a esa noche funesta.

¿Quién leería las innumerables cartas que me escribió? ¿Quién interrogaría a mis hijos y adivinaría la pasión que se ensañó con ellos, a falta de poder dominarme? ¿Quién intuiría los actos deleznables a los que la impulsó su deseo de venganza?

Por la cubierta, frente a mí, desfilaban en las tardes de mar calmo, mujeres de pieles muy blancas, irlandesas de cabelleras encendidas, que en otro tiempo habrían inflamado mis deseos. Quizás las habría perseguido y dado caza para conocer lo que ocultaban sus pecheras y faldas, pero el frío del miedo también había entumecido mis apetitos. No ansiaba deslizarme entre mórbidas y suaves piernas femeninas. Me forzaba en evocar los interiores cálidos y húmedos, el placer anegando la entera superficie del cuerpo, la explosión al tocar el fondo, porque temía jamás recuperar esos goces, pero era inutil; en esos días mi mente habitaba un laberinto sin salida.

Perdido como estaba en mis evocaciones apenas registré los hechos del entorno. Recuerdo dos chubascos que tambalearon el barco, sumiéndolo en la luz espectral de relámpagos y las sacudidas de los truenos. Recuerdo el silencio de los pasajeros y los gritos de los marineros y del capitán en sus faenas.

Al inicio de la travesía, tras recorrer el barco de extremo a extremo, Ibrahim me tranquilizó diciendo que no veía nada, ni nadie que ameritara pensar que me perseguían. Lo que lo dejó pasmado fue bajar al *steerage,* el compartimento donde viajaban los pobres, amontonados, en una penumbra que olía a moho, a vómito y heces. Para su alimentación se les suplía una ínfima cantidad: cinco libras de avena, dos de arroz, una de harina, media de azúcar, y dos y media de galletas a la semana. Eso lo debía cocinar cada quien, tomando turnos en dos cocinas, lo que derivaba en reyertas cotidianas. Dejado a su soledad por mi mutismo, Ibrahim hizo amistad con una mujer irlandesa. Logramos que el Capitán asintiera a que la llevara a cubierta y paseara con ella por las tardes; una mujer de cabello rizado, rojo y abundante y ojos azules y hermosos, pálida, con ropas que le quedaban grandes debido a su extrema delgadez. Se llamaba Cassidy. Una tarde en que yo me encontraba de mejor humor, porque un sol rotundo iluminaba el cielo limpio y el mar lucía plomizo y quieto, hice señas a Ibrahim para que se acercara con ella. La mujer hablaba bien, a pesar de su aspecto. El acento gaélico de su inglés añadía encanto a su voz ligeramente ronca y sensual. Le pregunté por su extraño nombre.

—Mi pelo —dijo—, *cas* significa rizos en gaélico.

Cassidy estaba llena de historias terribles de la Hambruna de la Papa. Miles de sus compatriotas atravesaban el Atlántico en busca de oportunidades en América del Norte. *An Gorta Mor,* era el nombre gaélico que usaba Cassidy para esa peste. Sonaba como «la gran muerte». El rostro de Cassidy cambió y reflejó el brillo de una secreta felicidad al contar que, cuando las papas se pudrieron por efecto del *blight*, el dueño de las tierras que su familia había rentado por años, se compadeció y les prometió pagarles pasaje y darles trabajo y dinero cuando arribaran a Nueva York. La promesa fue su salvación, dijo. Su familia, como muchas más, habría muerto de hambre si no hubiese podido dejar Irlanda. Ibrahim y yo nos miramos con ojos que pasaron de la suspicacia a la impotencia en pocos segundos. No habría ni trabajo, ni dinero para Cassidy y su familia cuando llegaran a Nueva York. Los ingleses terratenientes en Irlanda aprovechaban el desastre para echar a sus colonos. Lamenté haber iniciado esa conversación llamándola a mi lado. No era momento para sentir piedad o compromiso con nadie. Salvarme requería que actuara como animal perseguido y olvidara esos rasgos de humanidad que podrían arruinarme.

Cassidy no se quejó excesivamente de las condiciones en el *steerage*. Estaba contenta de que el capitán hubiese evitado que proliferaran los piojos y ladillas, obligando al pasaje a limpiar los compartimentos en que se hacinaban.

—¿Sabe las historias, no? Los barcos-tumbas, a los que se les impide atracar por el tifus que cargan, o el que lanzó a los pasajeros en el Río San Lorenzo en Canadá. Sólo se salvaron los que pudieron llegar a la orilla y luego arrastrarse con brazos y piernas hasta el hospital. Lo sé porque uno de nuestra villa iba allí y se lo escribió a mi tío. Todos temíamos morir en esta travesía.

—Pero, aun así, se embarcaron.

—Es mejor esperar la muerte de pie; mejor desafiarla que quedarse quieto. Eso dijo mi padre —Cassidy enderezó levemente su espalda como requerida por sus palabras.

Ibrahim la miraba como si quisiera protegerla de similares infortunios. Me preocupé. Mala cosa sería que se apegara a esta criatura desvalida. Los irlandeses vivían en grandes comunidades bulliciosas y a menudo violentas. Padecían de demasiados borrachos, de muchos tormentos históricos. Eran los más tristes de la gente alegre del mundo; sus celebraciones, sus regocijos, destilaban melancolía; sus desgracias giraban sobre sí mismas hasta hacerse más grandes y devastadoras. Me propuse asegurarme de que Cassidy desapareciera de nuestra vista con su familia no bien arribáramos a Nueva York. Ibrahim no debía distraerse. Me pertenecía. No como un esclavo, me corregí, pero me era indispensable. Dependía de su lealtad, de su servicio. Cassidy sería una complicación si lograba alojarse en la mente ordenada y leal de Ibrahim. Las mujeres. Nunca se sabía de lo que eran capaces.

CAPÍTULO 22

Dieciséis días después de zarpar de Liverpool entramos al puerto de Nueva York. El capitán se excusó por no cumplir a cabalidad con el tiempo ofrecido. A nadie le importó demasiado. Estábamos en Nueva York. Llovía levemente. El barco avanzó por un breve estrecho y delante de él se abrió ante nuestros ojos el ancho puerto con algunas pequeñas islas y barcos grandes y pequeños maniobrando sobre las aguas tranquilas. Bajo la liviana llovizna el paisaje lucía envuelto en gasa. La totalidad de los pasajeros fue saliendo a cubierta. Se oían vivas y había quienes se abrazaban y cantaban y alzaban sus niños en los brazos. Me hallaba junto a Ibrahim. Cassidy, a poca distancia, con su padre y madre en silencio, en un raro momento de serenidad irlandesa.

La isla de Manhattan apareció de manera paulatina a medida que nos acercamos. Lamenté la ausencia de un día soleado, pero la llovizna me sentaba bien para cubrirme con la capucha de la casaca y estar en la cubierta del barco, junto con el resto del pasaje, sin temor de ser reconocido. La visión de ese mundo al otro lado del mundo me aguó los ojos. Me embargó una emoción provinciana, la emoción de un europeo desgraciado frente a la América, el mítico continente donde la mala fortuna podía trocarse de la noche a la mañana en buena fortuna; el continente donde las personas se reinventaban, cambiaban de nombre, reescribían sus historias; un país lo mismo de auténticos y honestos emprendedores que de rufianes, personas huyendo de la vergüenza, o fríos criminales en pos de nuevas fechorías. Sentí alivio de llegar sin percance a ese destino. Sin aviso, me sobrevino un cansancio profundo. Regresé a mi camarote antes de que el barco anclara en Garden Castle, el edificio donde nos registraríamos como inmigrantes. Me dejé caer sobre la cama y me reí de mí mismo. ¡Qué falsa era mi coraza y qué difícil sostener la máscara escogida! Creo que no pasaba día sin que renegara de no haber ingerido una dosis mayor de arsénico.

Ibrahim y yo acordamos tomarnos nuestro tiempo para desembarcar. No bajamos con los pasajeros de primera clase, sino confundidos entre los irlandeses flacos y mal vestidos. A mi pesar, Ibrahim me convenció de bajar con la familia de Cassidy y con ella misma, afirmando que podría pensarse que éramos un matrimonio, lo cual era muy conveniente en caso que alguien estuviese espiando el muelle. No pensé que era una argucia muy original, pero no tenía la energía para contradecirlo. Lo dejé hacer, arreglar con los mozos que bajaran nuestro equipaje. El muelle estaba colmado a reventar de estibadores, coches de caballos, berlinas, y una cantidad incontable de paraguas que complicaban el avance, pues sus dueños esquivaban a unos sólo para golpear a otros. No hacía mucho frío, pero la llovizna era suficiente para ponerlo a uno a tiritar. Del muelle, seguidos por los mozos de carga, nos encaminamos por instrucciones de una suerte de policías vestidos de paño verde, al redondo edificio de inmigración. Pocos años después esa operación se trasladaría a Ellis Island, pero afortunadamente en el Garden Castle no se llevaban aún los récords minuciosos que más tarde permitirían ubicar nombres específicos en las listas de inmigrantes que siguieron arribando sin detenerse, atraídos por las promesas del Nuevo Mundo. Me registré como George Desmoulins, originario de Marsella. En la espera que soportamos en ese extraño edificio redondo y feo, mezcla de desproporcionada iglesia con ventanas ojivales a todo el derredor, y de claustro absurdo, repasé la historia del *Conde de Montecristo*. ¿Podría retornar de la muerte yo también y reivindicarme? Toqué en el bolsillo secreto de mi casaca el trozo de papel donde llevaba anotada la dirección de Henriette Deluzy-Desportes. No lograba imaginar cuál sería su reacción al verme vivo.

Durante la espera en el edificio de inmigración Ibrahim estuvo conversando con Cassidy y su familia. La madre era una mujer alta y enjuta, también escuálida, pero con los ojos azules enormes de la hija y una mirada resignada y triste. El padre, en cambio, tenía el rostro sanguíneo y claro de los irlandeses típicos, pelirrojo, pecoso, más bajo que la esposa y todavía con el resabio de una barriga que en mejores tiempos debió ser abultada. Era un tipo locuaz que hablaba un inglés casi incomprensible para mí. Deduje que Cassidy se encargaba de traducirle a Ibrahim cuando éste, a menudo, indicaba no entender la verborrea del padre. Dos chicos entre catorce y diez años, callados y con cara de aburridos, permanecían al lado de la madre, quien mantenía a raya los impulsos de los hijos por levantarse cada tanto tiempo, salir del edificio y regresar.

Salimos de allí al atardecer. Ibrahim se despidió afectuosamente de Cassidy. Yo lo hice con un movimiento de cabeza y un apretón de manos para la chica.

—Dudo que volvamos a verlos —le susurré a Ibrahim

mientras caminábamos en busca de una berlina que nos trasladara al hotel.

Mi compañero de viaje encogió los hombros para demostrar indiferencia.

—Te gustó esa chica, Ibrahim, no disimules.

—Estimuló mi vocación protectora —dijo Ibrahim sonriendo—. No lo negaré. Y es guapa, ¿no cree, George? Me hizo buena compañía en la travesía, y quién sabe, no me extrañaría volver a encontrarla. Creo en los encuentros casuales.

—Sí que es guapa —sonreí a mi vez— pero, al contrario que tú, no sólo no creo en encuentros casuales, sino que ahora les temo. Debemos estar alertas.

Lo dije y sentí un escalofrío. Ahora sobre tierra firme, cuando al disiparse la llovizna veía por fin con más claridad las siluetas de edificios, similares unos a otros, la excitación de encontrarme en Nueva York, tras cruzar el océano, había borrado momentáneamente mi aprensión y el peligro de ser atrapado. Aunque no podía descartar la posibilidad, decidí apartarla y no permitir que apagara el deseo de disfrutar la novedad a nuestro alrededor. Sin excepción la gente iba con prisa, avanzaba con determinación, nada que ver con la parsimonia francesa o inglesa. Sólo Liverpool era quizás comparable, pero allá el estímulo provenía de la desesperación por huir de la miseria, aquí en cambio era el hormigueo de un mundo en construcción. Mientras caminábamos apurados, seguidos por un mozo que portaba el equipaje en una carretilla, reparé en la variedad de fisonomías de las personas con las cuales nos cruzábamos y en los distintos idiomas que hablaban.

Abordamos una berlina luego de caminar hacia un pequeño parque encantador llamado Bowling Green, donde según supe estuvo hasta la Independencia una estatua del rey inglés Jorge III, que fue convertida en balas luego de ser defenestrada y fundida.

La amplia calle que subimos tenía un nombre obvio: Broadway, calle ancha. Los edificios tenían un tono gris o blanco amarillento. Los puritanos holandeses e ingleses fundaron la ciudad en un espacio de reducida geografía. Para alojar el flujo de inmigrantes se requería de construcciones verticales de varios pisos. Rápidamente Nueva York se estaba convirtiendo en la meca de quienes abandonaban su pasado para poner a prueba sus talentos en las más diversas e imaginativas empresas humanas. Era una segunda Torre de Babel, que esta vez sobreviviría y tomaría ventaja de las innumerables lenguas.

Los numerosos edificios con fachadas neoclásicas, columnas y frisos, me hicieron sonreír. Era gracioso que en el Nuevo Mundo se emulara la influencia greco-romana. Estados Unidos, con su avanzada Constitución y sus aspiraciones de democracia y república, se profesaba, sin duda, heredero de esas culturas. Pasamos al lado de Trinity Church, cuya torre gótica avistamos desde la cubierta del barco a nuestra llegada al puerto. Ibrahim y yo, cada uno pegado a su ventana de la berlina, mirábamos fascinados la ciudad. Los faroleros encendían una a una las lámparas de gas de Broadway. Contrariando los consejos de Ibrahim, dispuse hospedarnos en el mejor hotel de la ciudad: Astor House, en la esquina de Broadway con Vesey, cerca de la Oficina Postal y el parque central. ¿No le preocupa encontrarse con alguien conocido?, me había interpelado mi mayordomo.

—No te quepa duda de que no me reconocerán. Ni yo mismo me reconozco —sonreí. Lo decía con convicción. Tenía diez kilos menos. Con mis gafas de profesor, barba tupida y bigotes y mi gris vestimenta, lucía radicalmente diferente. Cuando me calaba el bombín de buena calidad que compré en Londres todo rastro de Charles desaparecía.

Estaba dispuesto a muchas cosas, pero en Nueva York no me apetecía renunciar a mi estilo de vida mientras éste me fuera accesible. Imposible saber qué me depararía el futuro. Quizás como el explorador cuyas hazañas leyera en la Isla de Wight, ¿cuál era su nombre? ¡Squier!, que vivió años en el Perú y en ese otro pequeño país, Nicaragua, yo también me perdería en alguna de esas inhóspitas regiones, pero mientras eso no sucediera, aunque no pudiese ostentar nombre, ni rango, ni títulos nobiliarios, me comportaría como lo que era. Ibrahim podría, además, quedarse en el mismo hotel conmigo, pues éste contaba con habitaciones para la servidumbre en el sexto piso del opulento edificio al que llegamos luego de pasar la iglesia de San Pablo.

Bajamos frente al pequeño templete rodeado de columnas. El hotel ocupaba toda la manzana y sus esquinas repetían las columnas de su fachada, buscando reflejar la solidez eterna de un templo antiguo. El interior era una mezcla del estilo neoclásico, las altas paredes recubiertas de un pálido granito verdegris, compartían la paleta de colores con acentos y muebles dorados. La elegancia de la arquitectura quedaba un poco ahogada por el lujo exagerado y brillante que vería más tarde en tantos establecimientos neoyorquinos; a falta de clase, la nueva riqueza se empeñaba en los artificios y alardes de su bonanza económica. En el amplio vestíbulo, grupos de personas tomaban cócteles previos a la cena o *sup-*

per. Al observar el conjunto, sonreí para mis adentros ante esa imitación del gusto más refinado de las cortes y mansiones europeas cuyo ornato existía de una manera tanto más natural. Nuestros lujos no eran sino el resultado de años de ejercicios en el buen gusto y el conocimiento del arte a través del tiempo. Aquí la grandiosidad era estudiada y los estilos acomodados para lograr el mayor efecto sobre los recién llegados. El conserje hablaba un francés correcto, pero con terrible acento, el personal era obsequioso y cortés y los porteros negros se movían silenciosos, cargando el equipaje sin cruzar miradas con los huéspedes.

Igual que en el barco y el registro migratorio, di como oficio el negocio de las sedas. El portero nos condujo a una amplia y cómoda habitación en el quinto piso. Allí me mostraron la sala de baño y el WC más cercano a mi habitación, muy bien dispuesto, limpio y bien abastecido de jabones y colonias. Luego, el mozo se llevó a Ibrahim al piso sexto. Ya solo me tiré en la cama, cubierta con un edredón de *shantung* dorado. La sensación de tierra firme todavía luchaba con el vaivén del barco. Aun tendido, mi equilibrio no se restablecía por completo.

Una segunda intención al escoger ese hotel era que Henriette no me pensara prófugo y además derrotado. Cerré los ojos y la imaginé. Recordé sus cartas de los últimos días antes del asesinato de Fanny. La mujer con la que compartí varios momentos de intensa felicidad e intimidad carnal, me descubrió en ellas una criatura extraña e irreflexiva. ¿Qué escenarios pasarían por su mente? Dejar la casa donde por seis años se sintió segura reviviría quizás el trauma del abandono de su padre y el rechazo de su abuelo, el barón Desportes, quién jamás le brindó su apoyo y siempre se negó a reconocer ese vínculo familiar. La infancia de Henriette de seguro guardaba muchas claves de su comportamiento. Se había convencido de que sustituiría a Fanny. Llegué a temerle. No me faltó razón cuando la pensé capaz de cualquier cosa.

En un trozo de papel llevaba la dirección que Fátima, hermana de Ibrahim, consiguió usando su aguda y sagaz inteligencia, en la casa de los Remy, donde Henriette se hospedó. No quedaba muy lejos del hotel. A pesar de mi deseo de confrontarla no estaba en condiciones para ese encuentro. Me sentía agotado, el cuerpo desencajado.

Ibrahim regresó al poco rato y le pedí que me llenara la bañera para que el agua caliente me relajara los músculos. Al día siguiente el sol volvería a salir y cuanto debía hacer sería cumplido.

CAPÍTULO 23

—Buenos días, Monsieur —Ibrahim corrió las cortinas de mi cuarto hacia las nueve de la mañana—. Hace un día espléndido. Me levanté muy temprano y le traje dos diarios: El *New York Herald* y el *New York Times*. ¿Quiere que le pida el desayuno a la habitación?

—Gracias, Ibrahim —dije y me levanté para asomarme a la ventana. La vista desde el cuarto del hotel no era muy interesante. Miraba hacia una calle lateral, pero el cielo estaba claro y el buen tiempo parecía apresurar el paso y el ritmo de los peatones: una visión de gorras y bombines y señoras con pequeños y coquetos tocados. ¡Ah! Era un día hermoso para sentirse normal y no temer a nada ni nadie. El anonimato de una metrópolis al otro lado del océano me sabía a resurrección.

—Monsieur, no me dijo nada sobre el desayuno…

—Bajaré al comedor. Entiendo que sólo admiten caballeros durante el día. Dime tú, estos puritanos europeos. Me lo advirtió el conserje anoche. Las damas sólo pueden llegar a cenar si van acompañadas.

—Pero…

—Déjalo, Ibrahim.

Me calé las gafas de grueso marco negro. Bajé a desayunar en el suntuoso salón del hotel. Ordené huevos, café y panecillos. Me llevaron además un espeso y recién exprimido jugo de naranja que casi me saca las lágrimas. Siempre he pensado que el jugo de naranja así de fresco es ambrosía, néctar de los dioses. El comedor no estaba demasiado concurrido. Hombres solos como yo, absortos en la lectura del periódico, enfundados en trajes de buen corte, ocupaban varias mesas, mientras una o dos alojaban grupos de personajes solemnes que discutían al parecer de negocios. Los pesados cortinajes, las mesas redondas impecablemente servidas con vajillas grabadas con las letras del hotel y cubiertos de plata, los meseros de etiqueta y la luz entrando por las ventanas me devolvieron una sensación perdida de bienestar. Me relajé y me dispuse a disfrutar el *breakfast*, los *croissants* crujientes, el café humeante y fuerte.

El periódico desplegaba un amplio reportaje sobre la inauguración de un local para la Sociedad Americana de Geografía, que me atrajo sobremanera porque a ella pertenecía el explorador y embajador Squier, cuyas aventuras tanto me interesaran. Los rostros de los personajes, sus barbas y melenas, sus redondos espejuelos, sobre todo su porte patricio y respetable, me impresionaron gratamente. Leí también noticias industriales, como la apertura de una fábrica Singer de máquinas de coser y la entrevista con un Mr. Steinway, fabricante de pianos, que los prometía de una exquisita calidad. De la lectura me distrajo la repentina subida de tono en la mesa vecina donde discutían siete elegantes personajes. El eje de la conversación era un hombre de buen ver, grande y

El duque Charles Théobald
Choiseul de Praslin.

El Palacio de Vaux Praslin, ahora llamado Vaux-le-Vicomte.

La calavera hallada en el Cuzco
que Squire llevó a Nueva York.

El rey Luis Felipe de Orleans.

Foto de Alfred Lord Tennyson por Julia
Margaret Cameron.

Claremont House donde residieron en el exilio en Inglaterra el rey Luis Felipe de Orleans y su
familia después de la Revolución de julio de 1848.

El *Artic*, buque similar al *Atlantic* en que cruzara el Atlántico Choiseul de Praslin.

Astor House, el hotel en Nueva York donde se hospedó el duque.

Chang y Eng, gemelos siameses de la colección de rarezas humanas del Museo Barnum, en Nueva York.

El comodoro Cornelius Vanderbilt.

El Castillo de la Inmaculada Concepción sobre el
Río San Juan, en Nicaragua

Ciudad de Granada, Nicaragua, *circa* 1800.

Matagalpa, *circa* 1800.

Matagalpa, *circa* 1800.

Lata de galletas donde se encontró el manuscrito.

fuerte de larga nariz, altos pómulos, una abundante cabellera entrecana y unos ojos claros hundidos, de un color indefinible, enmarcados por unas cejas rabiosas. Su tez estaba tostada por el sol. Sería un marinero pues le llamaban comodoro. «Comodoro Vanderbilt» —decía uno— «está hablando usted de una empresa arriesgada». Con un gesto de la mano él despechó ese argumento. Cuando habló tras las advertencias de varios, su voz resonó en el comedor.

—¿Un paso que acorte la distancia entre el Atlántico y el Pacífico; que evite el largo y azaroso viaje hasta la Patagonia y el cruce por el Estrecho de Magallanes; que acorte el paso por las miasmas de Panamá? Como dijo un rey francés: señores, *París bien vale una misa.*

No pude evitarlo. Desde mi mesa enuncié:

—*Paris vaut bien une messe!* Lo dijo Enrique de Navarra, cuando fue obligado a convertirse al catolicismo para acceder al trono de Francia.

Siete pares de ojos volvieron a verme.

—Háganos el favor, caballero, de acompañarnos y darnos su opinión —exclamó el comodoro, alzando su mano en señal de que su invitación no admitía discusión.

Arrepentido, pero también entusiasmado me acerqué. Uno a uno estrecharon mi mano (la mano de George Desmoulins): Bancroft, George Folsom, Henry Grinnell, Henry Varnum Poor, Hiram Barney, Alexander Isaac. Los reconocí. Eran nada menos los hombres de la Sociedad Americana de Geografía que recién viera en el diario.

—Soy el comodoro Cornelius Vanderbilt, un placer —dijo éste mientras me daba un fuerte apretón de manos.

—*My pleasure* —dije en mi inglés británico.

—Vamos al grano. No lo entretendremos mucho —siguió Vanderbilt—. Dudo que usted ignore la noticia de las grandes vetas de oro encontradas en California. El tráfico de barcos y el pasaje de esta costa a la costa oeste ha tenido un repunte muy significativo en los últimos meses —hizo un gesto indicándome que me acercara a ver el mapa que tenía extendido sobre la mesa—. Mire usted: actualmente quien se aventura a la travesía, debe zarpar de Nueva York a Nueva Orleans y de allí embarcarse en otro buque, navegar toda la América del Sur, cruzar el Estrecho de Magallanes —el lugar más endemoniado del planeta, porque allí se juntan los dos océanos y la navegación es verdaderamente peligrosa—, para luego, si es que el barco logra resistir el embate de olas más altas que el techo de este hotel, hacer la ruta inversa, subiendo desde el Cabo de Hornos, hasta San Francisco en California. —Concluyó la explicación plantando con fuerza su dedo índice sobre el puerto de destino. Alzó los ojillos verdegris y su mirada se tornó maliciosamente divertida. —En cambio, mire usted lo que estos testarudos geógrafos rehúsan ver. Sígame bien en este mapa —y puso encima del otro, un mapa más grande de Centroamérica—. Ve usted este estrecho corredor que une el Norte de América con el Sur, es América Central —plantó su índice sobre el pequeño país del centro—. En este país, llamado Nicaragua, del que seguro no ha oído hablar, hay un río caudaloso, el San Juan, que entra desde el Atlántico y desemboca en este gran lago. Fíjese bien: ¿Ve esta delgada franja de tierra? ¡Desembarcando en el puerto lacustre, sólo hay que hacer VEINTICINCO KILÓMETROS! ¡VEINTICINCO KILÓMETROS en diligencia para llegar al barco que los esperará en el Pacífico!

—Extraordinaria posibilidad —dije—. ¿Cuál es el problema ante esa superior alternativa?

—Malaria —dijo George Bancroft.

—Panamá es mucho peor —sentenció Vanderbilt.

—Rápidos en el río —dijo Varnum Poor.

—¡Minucias! —exclamó el comodoro, poniéndose de pie y dando por terminada la sesión—. Los invitaré al viaje inaugural. Y usted, amigo, perdone la intromisión en su desayuno. Si tiene un pedazo de papel, déjeme escribirle mi dirección. Tal vez usted también se anote para el viaje inaugural —sonrió.

El comodoro Cornelius Vanderbilt me escribió su dirección en un trozo de papel que arranqué del diario. Lo guardé en mi bolsillo sin darle mayor importancia. Jamás imaginé que ese día marcaría el comienzo de la más grande aventura de mi vida. Más bien me pareció notable la falta de curiosidad del grupo. Nadie remarcó mi acento francés, nadie me preguntó qué hacía allí. Se despidieron cortésmente y me dejaron sin enterarse de que, por esas casualidades de la vida, yo también había leído sobre Nicaragua.

CAPÍTULO 24

La nota con la dirección de Henriette señalaba el N° 24 de la calle Maiden Lane, esquina con Liberty Place. Eran calles aledañas a Trinity Church, cuya torre gótica avistamos desde la cubierta del barco a nuestra llegada al puerto. Comprobé, en un pequeño mapa que dibujó el conserje de la recepción, que podría llegar a mi destino caminando. Era un día para caminar. La perspectiva de volver a ver a mi amante no me agradaba. Más bien, apenas puse pie en la calle, la idea se incrustó en mi esternón, causándome la sensación de ahogo derivada de la anticipación de un episodio desagradable. Me pregunté si tendría sentido hacer lo que me había propuesto. Era una venganza imperativa que pensaba ayudaría a sanar mis incesantes remordimientos y pesadillas. Pero ese día hermoso podía tener tantos mejores usos. Broadway era ciertamente una ancha avenida. El edificio postal, que vi al salir de Astor House, esquinero en la intersección de varias calles, me recordó París. Su arquitectura con la cúpula cubierta de láminas de pizarra gris y la ventana del ático en el centro, tenía sin duda influencia francesa. Al contrario de mi ciudad, Nueva York era una mezcla de estilos, de manera que secciones de la calle estaban flanqueadas por edificios similares de tres, cuatro y hasta seis plantas, y otras eran una serie de cajones simples, quizás con alguna cornisa graciosa, y las primeras plantas utilizadas para pequeños comercios, o locales donde se reparaban zapatos, se ofrecían sombreros, abrigos, trajes, trabajos en hierro, relojería, modas de señoras, una panoplia de servicios a cuan más disímiles. Era curioso que alguien como yo, acostumbrado a ciudades como París o Londres, experimentara el deleite de avanzar por la calle, rodeado por numerosos desconocidos. Y es que la atmósfera, el *animus*, de Nueva York era tan diferente a cuanto conociera antes. El *élan* del espíritu de la ciudad era el de un sitio donde ardía el magma de la invención personal. Eso resonaba dentro de mí, me hacía sentir como uno más, otro en búsqueda de un lugar donde olvidarse del destino determinado por cuna, decisiones ajenas, o culpas, y perseguir la vida que uno mismo podía escoger y labrarse. El Nuevo Mundo se respiraba en la manera en que la gente iba vestida, su forma de detenerse en las tabernas o cafés, hombres y mujeres juntos, charlando a las puertas de los establecimientos, paseando sus perros, llevando carteles colgados de los hombros para anunciar baratillos, haciéndose bromas, vendiendo flores o dulces en las esquinas, los más corrientes enfundados en monos de trabajo de telas burdas mirando pasar con desparpajo a los oficinistas de trajes y corbatines, las mujeres encopetadas cruzándose con las chicas de cofias y delantales. *Liberté, egalité, fraternité*, pensé. La federación americana se adelantó a la Revolución Francesa. Su Constitución era un documento modelo, cuyos principios resonaron en las arengas de Danton, Robespierre y Camille Desmoulins, en 1789. Contrario a mis compatriotas, sin embargo, los americanos no retrocedieron sobre sus pasos. Se regían aún por los mismos valores e instituciones legadas por los Fundadores de la Unión. Nosotros, en cambio, pasamos de la Revolución al Terror, a Napoleón, al imperio, a las monarquías, y seguíamos con Napoleón III. Aún no llegábamos a vivir las promesas de Marianne, la chica del gorro frigio, bajo cuyo hermoso rostro tantos fueron decapitados. La Revolución fue un fracaso que resonó hasta en los últimos confines. Daba que pensar si la monarquía, el poder hereditario, no era quizás el mejor de los regímenes, puesto que tantos plebeyos tenían ambición de imitarla. Los reyes, con su línea de sucesión sanguínea, aliviaban a la ciudadanía de decisiones para las cuales no estaban preparados. Y, sin embargo, aquí en América quizás el experimento de hombres comunes gobernando hombres comunes, resultara y diera un modelo a seguir. Era desde luego asombrosa la vitalidad que se respiraba en las calles. La igualdad era, por supuesto, una quimera. Vi en mi caminata algunos *clochards* guarecidos del sol en los dinteles de los edificios más alicaídos. La pobreza nunca desaparecería, pues el espíritu humano no se remonta sobre las dificultades de igual manera y hay quienes jamás logran superar sus míseros pasados. Me pregunté si Ibrahim habría encontrado a Cassidy y su familia. Lo dejé inquieto en el hotel y no me costó mucho convencerlo de que siguiera mi ejemplo y se echara a caminar por las calles. Pareció contento cuando se lo propuse. Claro que encontrar irlandeses recién llegados y lanzados a ese enjambre no le sería fácil, pero Nueva York no era París. Así como yo me había topado con los personajes que aparecían en el diario esa mañana, departiendo a mi lado en el comedor del hotel, ¿qué impediría que Ibrahim se encontrara de manera fortuita con su amiga en alguna de las calles cercanas al puerto?

En menos tiempo del pensado arribé a Trinity Church. La calle de Henriette distaba apenas dos o tres cuadras. Un impulso retardatorio me empujó al interior del templo. Era oscuro y varios grados más fríos que la calle. La arquitectura gótica no alcanzaba el misticismo ni la altura de Notre Dame, pero imitaba sus ojivas a ambos lados de la nave central. Era un gótico en versión miniatura. El altar era muy similar al de las iglesias católicas, pero sin cruces, sólo un gran vitral al fondo del altar mayor. Dentro, el silencio había encontrado refugio. Era el gran habitante de ese espacio oloroso a incienso con su fila de bancas de madera a derecha e izquierda. Una mujer vestida de gris con un sombrero deslucido y un hombre de cabeza calva sentados hacia el frente eran los únicos feligreses a esa hora. Me senté también. Aquella quietud tras las calles bulliciosas me sentó bien. A pesar de cuantas distracciones y observaciones me entretuvieron durante la caminata, debo admitir que la sensación de opresión y el temor de enfrentar de nuevo a Henriette no me abandonó. Cerré los ojos y respiré profundamente. ¿Qué esperaba de esa mujer? ¿La absolución, quizás? ¿Dividir entre ambos la culpa? Su confesión, lo que fuera que admitiera, ¿borraría acaso esa noche oscura de mi memoria? ¿Me aliviaría su olor que tanto perseguí, del otro olor, el olor de la sangre de mi mujer?

Al salir, me deslumbró la claridad del día a pleno sol. Un viento fresco corría por las calles. No podía darle más largas al asunto. Quizás era la fuerza de mi propia soledad la que me empujaba hacia Henriette. Y, sin embargo, iba perdiendo mi ímpetu, pensando si no sería más aconsejable apostarme cerca de su casa, observar sus movimientos, incluso dejar que me viera de lejos, probar si me reconocía, asustarla un poco, hacerla pensar que imaginaba cosas. Confieso que la idea me produjo una suerte de perverso placer. Me divertía incitar su zozobra. Me hacía recordar el pánico infantil a los muertos resucitados que tanto disfrutaban los adultos. Pensé que, a la postre, si alcanzaba a intuirme, más que sorpresa experimentaría alivio cuando se percatara de que mi presencia no era fantasmal.

Me acomodé en el rellano de una escalera frente al número 24 de Maiden Lane, un edificio como tantos, de cuatro pisos, con un friso neoclásico que se repetía en los encuadres de las ventanas. Según mis informes, ella vivía en el apartamento 3A. A esa distancia, no se notaba gran diferencia entre un piso y otro. Del rellano de la escalera, donde me habré quedado una hora más o menos, pasé a caminar por la acera de arriba abajo varias veces. Pasada la segunda hora, llegué a la conclusión de que no tenía el espíritu de un perseguidor, ni la paciencia de Auguste Dupin, el observador detective de E. A. Poe.

Volví a Broadway, entré a un bar, pedí una cerveza pues era casi mediodía, y decidí pasar directamente a la acción.

La puerta de madera y cristal esmerilado estaba entreabierta en Maiden Lane, 24. Subí intentando no hacer ruido hasta el segundo y luego el tercer piso. Apartamento 3A. Los latidos de mi corazón me impedían oír otra cosa. Me detuve frente a la puerta para intentar acallarlos obligando a mi respiración a sosegarse. Debía estar absolutamente en control de mí mismo cuando se abriera esa puerta. Cualquier cosa podía ocurrirle a la mujer que se topara con un muerto-vivo como yo. En uno de los pisos sonaba titubeante un piano. Respiré hondo, cerré los ojos, me quité el sombrero, esperé a que mi respiración no acusara la fatiga de la subida de las escaleras.

Luego, toqué. Tres golpes, firmes, fuertes. Escuché los pasos. La puerta se abrió. Los ojos inquisitivos de Henriette me miraron sin reconocerme.

—¿Diga? ¿En qué puedo servirle?

Bajé la cabeza. Fingí que buscaba un sobre en mi chaqueta. Me quité las gafas y el bombín y esta vez la miré fijamente a los ojos.

—*Bon jour*, Henriette.

Sus ojos y los míos se encontraron. El estupor la atragantó. Se llevó la mano a la boca y dio un portazo. La imaginé al otro lado, la espalda recostada sobre la puerta. A través de la madera podía sentir su respiración agitada. Balbuceaba exclamaciones indescifrables. Acerqué mi rostro al dintel por encima del pomo y la cerradura y susurré:

—Henriette, déjame entrar.

—Nooooooooo. No. No. No. No es posible —exclamó apenas conteniendo el grito. La oí jadear.

—He venido de muy lejos —seguí—. Necesito que hablemos. Te explicaré todo.

—No sé quién es usted. Haga el favor de marcharse —dijo.

—Sabes perfectamente quién soy, aunque nunca pensaras volver a verme.

—Es un impostor. Charles está muerto. No sé cuál es su juego, pero márchese por favor.

El temor, la ansiedad, me abandonaron por la impaciencia. No había llegado hasta allí para que me diera un portazo. Di tres golpes más. Perentorios.

—*Alors, ouvre* —repetí—. Debemos hablar. No me moveré de aquí hasta que me dejes entrar.

Se me hizo largo el tiempo. Repetí lo mismo varias veces dispuesto a no marcharme.

Oí sus pasos moverse por el departamento. ¿Estaría acompañada? Era una eventualidad que no preví, pero no escuché voces, sólo sus pasos yendo de un lado al otro. Toqué de nuevo la puerta con fuerza tres veces más.

Finalmente cedió. Hubo un silencio, se acercó, y esta vez abrió muy lentamente. Me hinché como un animal a punto de caer sobre su presa. Atravesé el dintel de un salto, sin ninguna duda y con rabia, impulsado por la determinación de no admitir otro portazo.

Ella, de espaldas a la pared, lucía muy asustada en el corto vestíbulo. La dejé estar así. Entré hasta el fondo del pequeño apartamento, a una sala sencilla con un ventanal, desde el que se veía la alta aguja que coronaba Trinity Church. Al lado de la sala había una minúscula cocina. Por una puerta abierta vi la cama hecha y su habitación impecablemente ordenada. Revisé el lugar donde vivía. Ésa fue mi manera de calmarme. Era austero, con muchos libros. Al lado de la cocina vi una mesa con dos sillas, un florero diminuto con un solo crisantemo amarillo, ya triste, y varios pétalos caídos sobre la mesa. En la pared, grabados de París, entre ellos, el Palacio de Luxemburgo.

—No tienes nada que temer —dije tras esa inspección parsimoniosa—. No soy un fantasma.

—No pensé que lo fueras. No sabía qué creer —dijo firme, reponiéndose del sobresalto. Abandonó su sitio contra la pared. Era casi palpable el retorno del férreo control que ejercía sobre sí misma.

—Nadie lo creería —sonreí—. Estás muy pálida.

—Se me pasará. Te vi agonizante —dijo ella, la voz otra vez titubeante—. Esa imagen se quedó prendida en mi retina.

—¿Te mortificaron las tres semanas que pasaste incomunicada en la Conciergerie? —no quería sonar irónico, pero no lograba evitarlo—. Pero también sentirías alivio, ¿no?

Me miró con rencor. Se dejó caer en uno de los sillones de la sala. Sillones cubiertos con una cretona floreada amarilla y azul.

—Eran ciertos los rumores entonces —dijo como para sí misma y continuó volviéndose hacia mí—. Decían que tu suicidio no era tal, que el rey te había ayudado a escapar. Pero yo te había visto y no lo creí.

—La dosis que tomé no fue suficiente —dije, y me senté a la pequeña mesa cerca de la cocina—. Si el arsénico no te mata en seis días, es posible sobrevivir. El rey y otros más no querían ese juicio. Me hicieron desaparecer cuando pensaron que no moriría. Llenaron mi ataúd de piedras. A mí me salvaron un par de beduinos con sus brebajes y sahumerios, pero seguir vivo cuando uno ha muerto para el mundo, es sólo otra manera de morir. Lo perdí todo: mis hijos, Vaux-Praslin, honra, posición, mi futuro, mi nombre. —Me levanté, empecé a pasearme frente a ella, agitado. —Sé que convenciste a Pasquier, a Cousins, y al conde Saint-Aulaire de tu inocencia. Cousins te llamó «una malvada encantadora» y Hugo, en cambio, dijo que adquiriste tu encanto a cambio de tu corazón. Y enamoraste a Fielding. Aquí estás en Nueva York, protegida por él con quien, seguramente, te casarás y llevarás una vida honorable. Nunca pierdes, Henriette. Te has sabido defender en la vida, a cualquier costo —la miré sarcástico.

Me miró. Lucía bien Henriette, más delgada, el rostro afilado, los ojos un poco hundidos, pero siempre hermosos. La boca con su arco de cupido, perfecta y sensual. Vestía un traje azul claro, sencillo, pero que revelaba su pequeña cintura y por el escote la redondez de sus pechos.

—¿A qué has venido? —preguntó, mirándome largamente con cierta resignación—. Dejé Francia atrás. No quiero regresar. Aquí puedo olvidar todo aquello. No lo sé aún, pero es posible que me case con Henry. Es mi amigo incondicional. Lo llegaré a querer si me hace su esposa.

—¿Crees que podremos olvidar, Henriette? A mí el olor de la sangre me despierta por las noches. Lo siento cuando menos lo espero. Se mezcla con olores de ciudad, de mar, como si se hubiese quedado alojado en las mucosas de mi nariz.

Ella se tapó la cara con las manos brevemente con un gesto de horror.

—No hablemos de eso, te lo suplico.

—No lo hablo con nadie —dije—. Tú eres la única persona que sabe lo que digo, y a veces quisiera decírselo a cualquiera. Me pesa en la conciencia. Veo las imágenes, el rastro de las manos ensangrentadas sobre el tapizado de las paredes. La oigo, Henriette, ¿es que acaso tú has logrado arrancártela de la memoria?

—No digas más. No digas más. Te lo suplico —se levantó sin dirección, fue hasta la cocina—. ¿Quieres que ponga la tetera? ¿Te apetece un té? Yo haré uno para mí, si no te importa.

—Está bien. Tomemos el té. Tomemos un té, como cuando éramos libres.

Henriette empezó a mover cacharros en la cocina. Me levanté. Me apoyé sobre el mueble rústico de madera que dividía la cocina de la sala.

—Nunca fuimos libres —dijo sin mirarme—. Ella no lo permitió, ni viva ni muerta.

—¿Sabes algo de mis hijos? ¿Gastón, Louise, Raynard?

—Gastón es Duque de Choiseul de Praslin ahora. Todos viven con el mariscal Sebastiani en la misma casa: Rue Faubourg St Honoré 51. Tienen prohibido escribirme. Destruyen las cartas que les mando. Bueno, que les mandé alguna vez cuando quedaron huérfanos. Creo que Louise se casó.

—Lo sé.

La tetera anunció que el agua hervía. En una bandeja Henriette acomodó las tazas, el azúcar, la leche. Nos sentamos de nuevo. Me sirvió el té. Se había despeinado un poco. Del moño flojo en lo alto de la cabeza, caían unos mechones sobre su cara. La vi llevarse la taza a los labios. Recordé.

—Hay una sola razón por la que quise verte —dije fijando mis ojos en los suyos—. Quiero saber qué pasó esa noche. Necesito saberlo. Después puedes olvidarme, puedes olvidarlo si lo logras, pero me debes esa explicación. No te perjudicaré. Estoy muerto y los muertos no hablamos.

Pareció atragantarse. Sus ojos azules se agrandaron. Tosió. Tosió. Tosió. Me alcé y le llevé agua de la cocina. Tenía lágrimas en los ojos. Empezó a llorar.

—No puedo, Charles, no puedo; no sé cómo explicarlo. Soy un monstruo. Creo que me volví loca —gimió.

Recordé la impaciencia y frustración que me causaban los dramas de Henriette. Era una actriz mediocre. Ni siquiera podía hacer que fueran convincentes.

—Empecemos por el principio —seguí, ignorando sus gimoteos—. ¿Cómo te las ingeniaste para entrar al cuarto de Fanny? Eran las cuatro de la mañana.

—No me obligues, por favor, te lo ruego —se acercó, y se arrodilló a mis pies, llorando.

Me separé de ella. Me puse de pie. Sentía un cosquilleo en las manos, en la base del cráneo. No quería enfurecerme. Lo echaría todo a perder. Volví a su lado. La abracé.

—Vamos, vamos, Henriette, no eres una niña. Comprendo qué significa pedirte que revivas una pesadilla, pero debes hacerlo. Si alguna vez me quisiste, tienes que hacerlo. No podré aprender a ser otro si no aclaro para mí mismo lo que sucedió esa noche.

¡Ah! La imprevisible Henriette. De un momento al otro, cambió. Se secó las lágrimas, se levantó. Se sentó en el sillón opuesto al mío. Puso las manos sobre el regazo. Me miró.

—Nunca pensé que sucediera de la forma en que sucedió. Sabes que yo caí en la desesperación luego que Fanny y el mariscal Sebastiani me echaron. Perdí la perspectiva. Me enloquecí un poco. Pensé que me respaldarías. Lo reconozco. La aborrecí. Fanny me quitó mi sitio al lado de las niñas y Raynard. Ella abusaba a Gastón y Horace. Te lo juro. Louise la encontró acostada en la cama de Gastón, obligándolo a que metiera la mano dentro de su corpiño. ¡Estaba loca, Charles, lo sabías igual que yo! ¿Por qué, si no, le prohibías que se juntara con los niños ella sola?

—Lo sabía —admití—, pero sigue.

—La tarde del 17 de agosto, cuando ustedes regresaron de Vaux-Praslin, era de sobra sabido que al día siguiente se irían a la playa, que esa noche el personal se retiraría temprano. Con la llave que conservé, entré a la casa a ver a las niñas, a despedirme de ellas sin que nadie me viera. Esperé a que apagaran las lámparas. Me escondí en el depósito de ropa blanca. Estaba emocionalmente agotada. No había dormido en varias noches. Estar otra vez en la casa, sentir el olor familiar de las sábanas, pensar que vería a

mis niñas —no me importaba si tan sólo las veía dormir—
me adormeció. Me quedé dormida. Hacia las tres y media,
desperté azorada, escuché a Jacques salir. Entré al cuarto
de las pequeñas. Las vi. No sé qué me pasó. No sé qué me
pasó —lloró otra vez—. Me pareció tan injusta, tan absurda
mi situación, la de ellas, la tuya. ¿Por qué no podíamos ser
felices? Yo podía ser la madre que no tuvieron, la mujer
que te quisiera como merecías. En cambio, todos estábamos
atrapados en la locura de Fanny, en la complicidad de su
padre que amenazaba con destruirte, con destruirnos. En
el costurero de Louise, la luna iluminó las tijeras toledanas
que su tío Edgard le llevó de España. Las tomé. Sabía que
eran muy filosas. Yo misma me corté con ellas alguna vez.
No sé qué me poseyó. El guarda había salido a barrer. Nadie
me vería pasar por el *foyer*, nadie se enteraría si yo entraba
al cuarto de Fanny.

Henriette se quedó en silencio. Con la cabeza baja y las
manos en el regazo, parecía una muñeca de trapo, desenca-
jada de los huesos, terrible. Por la ventana el sol caía ilumi-
nando la tarde

—¿Por qué quieres que siga? —me preguntó de pronto
como saliendo de un trance—, ¿no te es fácil imaginar el
resto?

—¿Pensaste que no se enteraría, que podías cortarle el
cuello sin que despertara?

Eso pensé. Pensé que ella no podría gritar si cortaba
sus cuerdas vocales. Luego empujaría el baldaquín de la cama
para que le cayera encima.

—¡Por Dios, Henriette! ¿Qué dices?

Volvió a llorar, ahora sollozaba, se tomaba la cabeza con
las manos.

—¿Por qué me haces esto? ¿Por qué? Yo la odiaba, la odiaba. No sabes cómo la odiaba. A veces cuando ella salía, yo entraba en su habitación. Me fijé que uno de los tornillos que sostenían el baldaquín estaba flojo. Lo saqué. Cada vez que entraba a su habitación aflojaba otro. Soñaba con que el baldaquín cayera durante la noche y la asfixiara con el peso. Tan torpe Fanny. Jamás habría podido liberarse de toda esa tela, esa madera. ¡No me mires así! —alzó la voz entrecortada—. Tú, claro, eres un noble, un patricio, todo te fue dado, pero yo no, a mí ni mi abuelo quiso reconocerme; yo soy una bastarda y era dueña de nada, pero tenía tu amor, los niños, la casa. Yo era quien me encargaba de casi todo, Charles. Yo manejaba esa casa. Merecía esa vida que Fanny desperdiciaba celándote, comiendo sin parar, desentendida de sus hijos, escribiéndote tantas cartas cada día para que volvieras a dormir con ella. Uno se pregunta ¿por qué permitir que una persona infeliz haga infelices a todos los que la rodean? ¿Es justo? ¿Cuánto vale una vida que sólo existe para amargar a los demás?

Habría querido decirle que la comprendía. Muchas veces fantaseé la muerte de Fanny. La pobre Fanny. Insoportable. Ahora no sentía más que compasión por ella. Pero ya era inútil el arrepentimiento. Escuchar a Henriette, el odio de Henriette, su alevosía, me hizo apreciar que, en su desesperación, mi mujer optara solamente por escribir cientos de cartas.

—Sigue, Henriette. Mira esto como un exorcismo. No soy capaz ahora mismo de filosofar sobre quién merece vivir y quién no.

—Ya sabes lo que pasó, Charles. ¿Para qué seguir?

—No es así. No sé cómo empezó, ¿qué pasó cuando entraste a la habitación de Fanny?

—Durante la epidemia de cólera, cuando era muy joven… sabes que mi madre murió en la epidemia de cólera, ¿no?

—Sí. Lo sé.

—Pues entonces conocí un médico que me impartió algunos conocimientos para ayudar en la enfermería del hospital donde ella murió. Me habló un día de la guillotina, de cómo al cortarse la arteria del cuello, la yugular, la persona muere de inmediato. No sufre demasiado, porque el cerebro se desconecta al no recibir flujo sanguíneo.

Se tapó la cara de nuevo.

—No puedo creerlo. No puedo creer que fui capaz de hacer lo que hice. Fue otra. Eso me digo. Así salí airosa de los interrogatorios en la Conciergerie. No fui yo, fue otra; otra que me poseyó. Ella fue quien se acercó de puntillas. Fanny dormía profundamente. Abrí las tijeras para usar el filo de uno de sus lados, pero estaba nerviosa, me temblaban las manos.

—¡Suficiente, es suficiente! —exclamé, poniéndome de pie, con un vahído de náuseas en el estómago—. Lo hiciste mal —dije alzando la voz—. Ella despertó, gritó, te amenazó, se te lanzó encima.

—Y yo también me le fui encima —dijo Henriette que ahora, al contrario de mí, parecía totalmente controlada, fría, su voz como un estilete, exacta, sin pudor—. Fue una pelea desigual, porque yo tenía las tijeras y a ese punto lo único que quería era matarla de una vez para que parara de sangrar. La agredí muchas veces. No sé cuántas veces le hundí las tijeras. Tanta sangre. Tanta sangre —se puso de pie, poseída por su propia narrativa, como una actriz en un escenario, encarnando un papel separado de la autora de los hechos. Se volvió hacia mí. —Entonces llegaste. Y nos miraste. Y ella de pronto se fue contra ti, pensó que era cosa tuya también.

—Estaba muriendo —dije—. Lo que yo hice fue por compasión, por misericordia, para que dejara de sufrir de una buena vez...

—La pistola. Corriste a traer la pistola.

—Y no disparó.

—Ella se desangraba. Por eso hueles la sangre —dijo Henriette, con una expresión que me pareció rayana en la locura.

—¡Basta! —dije—. Ya sabemos el resto. La sensación del candelabro contra su cráneo está grabada en mi memoria.

—No había más que hacer, Charles, que darle el golpe de gracia.

—El golpe de gracia que a ella y a mí nos quitó la vida, porque no creas que estar vivo en estas condiciones es vivir.

—¡Y me culpas a mí!

—¡Absolutamente! —exclamé enardecido—. Y quiero que tengas claro que éste fue tu crimen. Yo pasaré a la historia como el asesino. Mis hijos y mis nietos se avergonzarán de mí. En cambio, tú, la verdadera culpable, quedará eximida. Te casarás con ese escritor y te redimirás. Pasquier, tan arrogante, no supo deducir la existencia de otra persona en la habitación —me recosté contra el espaldar del sofá. Cerré los ojos. Recordé las pruebas que se acumularon contra mí. La bata con sangre, el puñal árabe que guardaba entre mis cosas, los arañazos en mis brazos. Todo me señalaba. Supe que no podría jamás probar que sólo había sido un accesorio del crimen. Cuando despertó la servidumbre a los gritos de Fanny y di el golpe final, Henriette salió por la puerta pequeña que daba al jardín, la que apenas se usaba, vecina a nuestras habitaciones.

—¿Dónde fuiste cuando te marchaste?

—Me cambié de ropa en el jardín, detrás de un seto. Estaba muy oscuro y nadie me vio. Luego caminé. Caminé para llegar a la pensión antes de que nadie se percatara que no había pasado allí la noche.

—Admirable sangre fría.

—Se aprende de la literatura. Sucede en las novelas —dijo, socarrona.

Capítulo 25

He allí, para la posteridad, la verdad de lo sucedido. No me exime. Yo fui, sin duda, quien le causó la muerte a Fanny. Asumo mi responsabilidad. Digo esto, pero no soy absolutamente sincero. Lo cierto es que ambas mujeres surcaban la vida y coincidieron en la misma vía. La más avezada salió ilesa del enfrentamiento. Fanny y yo fuimos víctima y victimario. Henriette en cambio recuperará el trote, se recompondrá. Es la diferencia entre quienes han tenido que luchar toda la vida y los que hemos sido mecidos por la fortuna. Nos desconciertan y apabullan los obstáculos, los árboles caídos en el camino, la oscuridad de los escondrijos vulnera nuestras certidumbres. Pero yo no entregaré mi vida al remordimiento. Llegar a Nueva York ha remecido mis fundaciones. ¿Cuántos aquí no cargan pasados ingratos?, pero uno se cruza con ellos en las grandes avenidas y no puede saberlo. En este lado del mundo se empieza con el libro en blanco.

Me sigue pareciendo inaudita mi mala suerte. ¿Quién iba a vaticinar que perdería la vida por la furia de dos mujeres? Nunca me consideré así de deseable. No era siquiera un galán. Mi aspecto agradable no era ni remotamente el de un Adonis. Me era inexplicable que Fanny y Henriette hubiesen desviado sus caminos buscando aparearse con el mío. ¿De dónde procedía el furor de su amor? No es falsa modestia decir que no merecía esos sentimientos. No era único mi caso. Abundaban las incongruencias semejantes. Mujeres enamoradas de patanes, suspirando por jovencitos sin más atributos que delicados rasgos de efebo, o por aquellos que disimulaban su desprecio halagándolas, manoseándolas. ¿Cómo entendía uno esos desvaríos femeninos, los paroxismos de amor capaces de hacerlas encanecer, enflaquecer, perder toda cordura? ¡Y la insistencia! ¡Mon Dieu! ¿Qué fuerza inspiraba a Fanny a sentarse y dejarse llevar por la tinta hasta llenar cuartillas y cuartillas con su desentonado y melifluo canto de sirenas? Me rehúso a creer que era yo su sola inspiración. Imposible pensar que dormir a mi lado significara tanto para ella. Por años yació a mi vera, de espaldas, boquiabierta, profundamente dormida las más de las noches, después de tomarse su valeriana. ¿Qué tanto me extrañaba, si cuando salí de la habitación matrimonial éramos ya un matrimonio aburrido sin mucho o nada que decirse? Pero es obvio que el mecanismo hormonal o los humores femeninos están, más que los nuestros, enhebrados con el prodigio de una imaginación que tiene el don del Rey Midas de trocar en oro cuanto toca y transmutar la burda imperfección de nuestro bruto género en objeto de sublime amor y deseo. Son ellas, estoy convencido, quienes hicieron del amor esa leyenda consustancial a la felicidad, a la plenitud. Un hombre sin amor, pero con sexo se puede sentir pleno. Sí que el amor es una fuerte emoción, pero sin duda dura poco, se torna luego en hábito, igual que se vuelve rutina y obligación cuidar mastines y caballos. La mujer sí es diferente, pero la relación del hombre con ella no deja de ser similar a la que él tiene con sus posesiones. De esto puedo dar fe. Una vez poseído el cuerpo femenino, el amor que sentimos es plácido. Eso pienso. Seré quizás desapegado. Ciertamente que los celos pueden tornarnos en fieras, igual que les sucede a las mujeres amarteladas. Ése es otro mecanismo, uno más primitivo cuyos alcances me son ajenos. No he sido celoso. Pero Fanny y Henriette, repito, ¿por qué celarme a mí de esa forma?

Ibrahim me esperaba en la antesala del hotel. Al verme, sus ojos me recorrieron de arriba abajo inquisitivos. ¿Acaso imaginaría que volvería manco o cojo del encuentro? ¿Me percibió acaso aliviado de mis constantes rumiaciones? Un niño pasó corriendo con una pelota por el salón, seguido por una institutriz vestida de gris, joven y bonita. La irrupción del par fue como el paso de una estrella fugaz por el salón; rostros se alzaron de periódicos, conversaciones se interrumpieron un instante. Hubo quien sonrió y quien miró con reproche. Conocía esa reacción. Pensé en mi pequeño Raynard. Tan incongruente la mente: fundir la escena del crimen revivida con Henriette, el alivio con que retorné al hotel y esa punzada del duelo paternal por el hijo perdido. Hice un gesto a Ibrahim para que me siguiera. Volví a salir del hotel en busca de un bar donde tomarme un whisky con él sin llamar la atención. No tuvimos que andar mucho. Había lugar a poca distancia de allí, en la barra de un *pub* irlandés, adornado con tréboles de cuatro hojas y nombres y dichos tontos grabados en los cuartones de madera que simulaban el techo antiguo que alguien añoraría. Yo no solía emborracharme. Nunca me había emborrachado con Ibrahim, pero ese día la sed no me daba tregua y el whisky, nada refinado, pero gustoso, terminó de echar abajo la escasa distancia que separaba en este punto a criado y patrón. Yo le debía la vida y mi cordura a Ibrahim y creo que esa noche, por primera vez pude agradecérselo, confiando en él.

Después que le narré mi encuentro con Henriette, me miró comprensivo y solemne.

—Un día usted mirará todo esto como si le hubiera sucedido a otro —me dijo—. Lo sé por experiencia. Nada lava más la vida que no repetir lo vivido y seguirla viviendo. Le quedan años buenos para enterrar esta tragedia. Quién puede saber dónde viajará, qué gente conocerá, si volverá a enamorarse.

Sonreí, lo descarté con un gesto de la mano.

—Sería más capaz, a juzgar por el temor que me inspiran esas pasiones, de ordenarme como cura. ¿Y tú, Ibrahim, te has enamorado de Cassidy?

Fue el turno de sonreír de Ibrahim. Asintió con la cabeza.

—¡Imagínese! Un árabe del desierto entre irlandeses, pero no dejamos de parecernos; la misma pasión, la veneración por el pasado.

—Brujas, gnomos, St Patrick.

—Rituales… y católicos.

—¿Y qué haremos?

—¿Qué piensa hacer usted, Monsieur?

—Tendré que pensarlo en estos días. No vislumbraba más futuro que este de llegar aquí y escuchar a Henriette. Siento como si me hubiese quedado vacío. No sé qué más haré. No tengo ningún plan.

Miré a mi alrededor. Grupos de irlandeses arribaban al *pub*. Eran las cinco y media de la tarde. Pedían cerveza, *fish and chips, sheperds pie*. Eran hombres de manos grandes. Desde niño me intrigaron las manos grandes. ¿Crecían las manos según su uso u oficio? ¿Por qué un pianista no tenía las manos de un carpintero, o las manos de los jardineros de Vaux-Praslin? Mis ojos saltaban de una observación a otra. Conocía ese mecanismo de mi mente. Distraerme. Era difícil soportar algunos pensamientos, como ese que acababa de externar ante Ibrahim, la noción de vacío, de no saber qué haría, ni tener una meta. Eso no era común para la gente que llegaba a Nueva York, los migrantes. Ellos llegaban con un propósito, y apenas tocaban tierra empezaban a moverse de acuerdo al designio que traían como un mapa del tesoro dentro de sus camisas de piratas modernos.

No sé qué hora sería cuando nos encaminamos de regreso al hotel. Durante todo el camino, aunque iba medio borracho, me pareció oír pasos que nos seguían de cerca.

—Nos siguen —susurré a Ibrahim.

Él se volvió sin alarmarse, y luego me dio con disimulo un jalón para que pretendiera acercarme a la vitrina de una tienda de trajes.

Nos quedamos de pie frente a los maniquíes quietos, mientras los pasos se adelantaban, nos rebasaban.

Miré la espalda del tipo que venía caminando detrás nuestro desde el *pub*. Era alto y flaco, con un abrigo de entretiempo muy ancho, que se movía casi como una falda mientras caminaba de prisa, la espalda encorvada.

Ibrahim me dio unas palmaditas en la espalda. «Vamos Señor Duque —me dijo, olvidando el sigilo acostumbrado—, no se preocupe. ¡Estamos en Nueva York!»

Nos reímos ambos. No oí más pasos, ni sentí ninguna presencia tras de nosotros en las pocas cuadras hasta el hotel. La borrachera me hizo dormir como un fardo, pero hacia las cinco de la mañana me desperté sobresaltado. Me senté en la cama. Caminé a la ventana y abrí la pesada cortina. El sol caía sobre los edificios al otro lado de la calle, tiñéndolos de rosa. Barrenderos acuciosos movían sus carretas recogiendo basura en las aceras y cunetas. En la esquina, el hombre del kiosko de periódicos, cerillos, cigarrillos y pastillas de menta, ordenaba sus mercancías para el día.

¡Qué estúpido había sido! ¡Qué estúpido!, me recriminé.

Henriette conocía mi secreto. Podía causar mi ruina. Napoleón III no dudaría en utilizarme para humillar a Luis Felipe de Orleans. De nada me valdría la verdad. Jamás la justicia francesa aceptaría mi versión de los hechos. Ella lo sabía tan bien como yo.

CAPÍTULO 26

Pedí el desayuno a mi habitación. Apenas mordí el *crois-sant*. Hasta el mozo que entró con la bandeja del desayuno me pareció demasiado alerta y perspicaz. No me gustó que mirara alrededor de la habitación mientras yo firmaba la cuenta. Ibrahim tardó en aparecer. No faltaría mucho para que me abandonara, pensé. Se quedaría en Nueva York con Cassidy. No tenía que decírmelo para que yo lo adivinara. De manera paulatina, con esa inteligencia admirable que tenía, él me venía acostumbrando a su ausencia. Sentí deseos de llorar. Me contuve. Empecé un exhorto dirigido a mi yo más vulnerable: Caramba, Choiseul-Praslin, cómo puedes ser tan frágil y cobarde. No han pasado ni veinticuatro horas desde que viste a esa mujer y ya te parece que el mundo se ha concertado para perseguirte. ¡Por Dios! ¡Qué sentido de importancia te adjudicas! Si eres un pobre diablo, si Henriette, después de todo, temerá que puedas decir la verdad. No se atreverá a denunciarte.

A ratos lograba creer mis propias amonestaciones, pero el descanso no duraba mucho. Me dio por imaginar el calabozo. Luis Napoleón no me enviaría a la prisión para nobles del Palacio de Luxemburgo. Si me salvaba de la guillotina, me encerraría en una de esas prisiones inexpugnables como el Château d'If. Yo conocía historias sin cuento del sistema

218

carcelario francés. Me darían prisión perpetua. Y se considerarían benévolos. ¡Más vergüenza caería sobre familia, mis pobres hijos! ¡Y qué manera de pagarle a Luis Felipe de Orleans!

Me eché en la cabeza toda el agua de la jofaina y el agua tuvo un efecto calmante sobre mis nervios excitados. Ibrahim llegó y me preparó un té de camomila. El olor a enfermería y a cuarto de chicos resfriados me inundó las fosas nasales.

—Estoy bien, Ibrahim, estoy bien.

—Usted debe cuidarse, Monsieur. Su sistema ha tenido que soportar más tribulaciones que las que se acumulan en la vida del común de los mortales. Pienso que lo que le sucede es que está liberando la tensión que guardó ante la idea del encuentro con Mademoiselle Deluzy. A menudo, pasada una crisis, el cuerpo, en vez de relajarse, se aferra a otros peligros, no se permite aceptar que puede bajar la guardia; se destapa el tapón de la botella de los miedos. Todos salen al unísono. Recomiendo que hagamos algo placentero.

Lo miré sin saber qué pensar.

—Podemos tomar un barco y navegar por el Erie Canal hacia el norte del Estado. Me han dicho que las cataratas del Niágara son fabulosas.

Me dejé llevar. Mi mayordomo hizo todos los arreglos y salimos del muelle de Nueva York al día siguiente.

No olvidaré esos diez días en que navegamos por el Erie Canal. Los Estados Unidos de América poseen una naturaleza paradisíaca. El canal era una magnífica obra de ingeniería, además de una ruta comercial que contribuyó a convertir a Nueva York en el puerto más importante del mundo. No recuerdo cuántas esclusas atravesamos en nuestro recorrido, pero sé que cruzamos las montañas Adirondack, y llegamos a la pequeña ciudad de Buffalo. Allí alquilamos un coche tirado por hermosos caballos percherones que nos llevó a esa herradura de espuma que son las cataratas del Niágara. El sonido del agua al desplomarse en el corte profundo que parte el río, hizo eco en mi torrente sanguíneo. Ríos, corrientes, venas, arterias, la coherencia de la naturaleza era maravillosa y aterradora a la vez. Nos ensoberbecía proveyéndonos de conciencia y nos escupía en la cara mostrándonos nuestra insignificancia. ¡Por Dios! ¿Qué éramos diez, mil, cien mil seres humanos frente a la majestuosidad de esas cataratas?

Durante aquel viaje, a pesar del gozo de los paisajes a lo largo del Erie Canal, me sentí un poco harto de la vida. Vivía porque no tenía otro remedio, porque no me era factible ordenarle a mi cuerpo que muriera. Sin embargo, llegado a las cataratas, caminé hasta el extremo más lejano, me deslicé fuera de la barda de seguridad hacia una cinta delgada de tierra cubierta de abrojos y malezas. No llevaba un plan predeterminado. Pero la oportunidad se presentó y me atrajo. Tan sólo un salto, me dije. Mi vida finalizada literalmente de un salto. ¿Cuánto tardaría en morir? El precipicio era profundo. Moriría allá al fondo en un mundo de espuma. Miré a mi alrededor. No vi a Ibrahim. Nadie sería testigo. Miré una vez más el abismo. El vértigo me hizo retroceder. Di la vuelta.

Ese viaje intempestivo y el cuarto de hora a lo sumo en que contemplé mi fin me salvaron de la inercia o de refugiarme en el alcoholismo. No pude seguir engañándome: quería vivir. Me tocaba enfrentar esa certeza, salvarme de la futilidad. No quedaba más alternativa que buscarle alguna utilidad a mi existencia.

Al regresar a Nueva York arreglé con la administración del hotel el alquiler de otro tipo de habitación para huéspedes que vivían en sus instalaciones meses o años.

—Si me lo permite, Monsieur, ¿no le parece que sería mejor cambiarnos a otra parte de la ciudad?

—No, Ibrahim. Nos quedaremos aquí. Seremos cuidadosos.

Tenía por dentro un hombre rebelde que se negaba a padecer y cargar plenamente con las consecuencias de lo sucedido. Lo sé. No sería la primera ni la última vez que desafiaría lo que tanto temía, y rehusaría extinguir hasta el aniquilamiento los rastros de mi historia, mi rango y mi origen.

Durante meses viví recluido y cuidé de no llamar la atención. Leí *Antiguos Monumentos del Valle del Mississippi* y cuanto encontré de Ephraim George Squier. Leí sobre México y Perú, y a diario busqué en los periódicos oportunidades que me llamaran la atención; probé cervezas de incontables pubs irlandeses, y conocí las tensiones que se acumulaban en Nueva York. Según el comodoro Vanderbilt, con quien ocasionalmente conversaba en el bar del hotel, se había quintuplicado la cantidad de irlandeses y alemanes recién llegados. La ciudad estaba al límite de sus capacidades. Aumentaba la insalubridad, las bandas. Lo sabía también por Ibrahim. Desde que encontró a Cassidy y visitó el edificio destartalado donde se alojaba con su familia en Five Points quería sacarlos de allí. Era una barriada malsana en la parte baja del este de Nueva York, donde operaba una de las bandas irlandesas más nefastas y poderosas.

Una de mis distracciones durante mi estancia en Nueva York era visitar el Barnum's American Museum. Su dueño P. T. Barnum, un tipo alto como una torre, con una nariz voluminosa, calvo y de abiertos ojos azules, había reunido allí una mezcla de seres deformes o extraños, junto con otros especímenes fantásticos producto de ingeniosas manipulaciones. Allí se exhibía el esqueleto de una sirena, una mujer serpiente, una pareja de siameses, Chang y Eng, unidos por el pecho. Lo más curioso y fascinante para mí, era Charles Stratton, un hombrecito que sólo medía 25 pulgadas de estatura; un enanito perfectamente proporcionado, que Barnum llamó general Tom Thumb y que hacía un show gracioso vestido de soldado. Igual que el resto de visitantes, mirar esos personajes me fascinaba y repelía a la vez, porque a pesar de sus deformidades sus ojos revelaban una humanidad en nada diferente a la de quienes los observábamos.

Una tarde encontré allí a Henriette. Cuando me percaté, la tenía muy cerca. Ambos nos sobresaltamos y nos apartamos el uno del otro sin decir palabra.

Mi paranoia había disminuido con el paso de las semanas. Me dije que si luego del primer encuentro con Henriette, la *Sûreté* no vino tras de mí, era poco probable que lo hiciera ahora. Para ella tampoco era conveniente denunciarme. Dos días después de ese fortuito acontecimiento, volví a tener la sensación de que me vigilaban. Mi arreglo con Ibrahim era cada vez más laxo. Por las tardes usualmente él salía a sus enredos con Cassidy y yo permanecía en mi habitación, leyendo o escribiendo hasta la hora del cóctel, cuando él volvía a ayudarme a vestir para bajar al bar antes de la cena. Esa tarde, sin embargo, la lectura no lograba interesarme lo suficiente. Mi mirada descendía más bien hacia la escena callejera bajo mi ventana: el hormiguero humano desplazándose por las aceras y el flujo constante de personas entrando y saliendo de la oficina de correos en la esquina. Llegaban cargando paquetes, cartas que sacaban de sus casacas y bolsos. Me entretenía verlos y calcular el tiempo que tardarían en su gestión. Decidí entonces llevar yo mismo al correo la carta que le había escrito al comodoro Cornelius Vanderbilt pidiéndole razón y fecha del viaje inaugural de su Compañía del Tránsito hacia California por vía del istmo centroamericano. Cambié mi bata de casa por ropa de calle, me amarré los zapatos, me puse el sombrero tras darle una buena sacudida y bajé las escaleras a buen paso y de buen humor, diciéndome que era asombroso cómo una misión, una tarea, por nimia que fuera, lograba zarandear la modorra y mejorar los ánimos. En el corto trecho que me separaba de la Oficina Postal, pensé cuánto me habría gustado enviar, a mis amigos de la Isla de Wight, unas postales de tintes celestes que compré en Buffalo, como *souvenir* de mi viaje a las cataratas del Niágara. Imaginaba la expresión de Julia Margaret, de Mrs. Tennyson, Lord Alfred, el Dr. Hamilton al recibirlas. Por un instante disfruté la fantasía de enviarlas.

Llegué a la Oficina Postal, un edificio imponente, que más parecía destinado a los oficios religiosos que a la tarea de repartir el correo. Ante las diversas ventanillas se alineaban numerosas personas.

En la fila del *post office* me topé con otro espíritu, el de la camaradería. Esperar sin remedio tuvo el efecto de igualarnos a todos en el suplicio. Entre las quejas, se intercambiaron historias, bromas y comentarios. La incomodidad y el descontento generaron un sentido de solidaridad. Disfrutaba esos momentos —escasos en mi experiencia por la alcurnia y el dinero— que me acercaban a los hombres y mujeres que movían las ruedas de la vida cotidiana. Su desenfado, el ácido, pero ingenioso sentido del humor con el que se burlaban de la lentitud de los despachadores, de las direcciones torcidas, y la incertidumbre de las comunicaciones, me reconfortó.

Esperaba con paciencia y buen humor en la larga fila de correos y porque prestaba atención a quienes me rodeaban, noté la presencia de un hombre taciturno y hosco, con un fenotipo de burócrata francés: ropa gris y anodina, cara larga de pocos amigos, ojos esquivos, cabellos oscuros ondulados, nariz aguileña, labios finos con las comisuras hundidas en un gesto de hartazgo, hombros angostos, alto y con brazos y piernas largas. Sentí que me miraba disimulando su interés. Al llegar su turno, vi que no portaba ninguna carta que enviar. Cruzó dos o tres frases con la mujer detrás de la ventanilla y se dirigió a la salida. En vez de salir, sin embargo, permaneció cerca de la puerta, mirando a diestra y siniestra, y ocasionalmente en mi dirección.

Verlo estático en su sitio me desconcertó. Con la alarma una corriente fría me subió de arriba abajo. Pensé que reconocía su fisonomía. Tenía el tipo de un inspector de la policía francesa, arrogante y calculador. Sólo un parroquiano me separaba de acceder a postear mi carta. Reprimí el pánico que haría que me temblaran las manos. Naturalidad, no darse por aludido, me recité. Henriette, pensé, eso lo explicaba. Se alarmaría al saberme aún en Nueva York y pondría en el consulado la postergada denuncia. Este hombre estaría comprobando mi existencia. Me forcé a respirar hondo. Llegué hasta la ventanilla. El empleado tenía tantos pliegues en la cara como un perro viejo y hacía todo con desesperante lentitud. Pagué el triste sello que él mojó con una vieja y raída esponja para pegarlo a la carta, que luego depositó en una cesta marcada con la palabra «saliente». Vacilé un instante sin saber exactamente lo que haría para salir sin pasar al lado del «inspector» que, comprobé, seguía de pie al lado de la puerta principal, pero el empleado me miró con hostilidad, sus cejas entrecanas y abundantes exigiendo que me alejara de la ventanilla para dar lugar al próximo en la fila.

En vez de salir a la calle, deambulé dentro del edificio, recorrí pasillos con puertas gruesas de madera, vi detrás de bajos muros las mesas donde los empleados distribuían el correo. Encontré una puerta de salida lateral y me uní a los transeúntes. Pensaba que, como en otras ocasiones, me alarmaba innecesariamente cuando varias cuadras más tarde me paré ante la vitrina de una pequeña tienda de sombreros de copa y con el rabo del ojo avisté al sujeto. Sentí un golpe de miedo en el pecho. ¿Me estaba imaginando cosas? No era imposible que uno se cruzara con el mismo personaje en una ciudad como aquella. Ibrahim se había topado con Cassidy por casualidad. ¿Viviría en la vecindad tal vez? Caminé varias calles, giré a la derecha y entré en una pequeña tienda de copas de cristal. Permanecí allí un buen rato. Luego salí. No lo vi sino hasta que me acercaba a Broadway. Me escondí. Él estuvo en la esquina una media hora. Miró su reloj. Eran las 4:10 de la tarde. Tomó camino otra vez. Caminé en dirección de mi perseguidor. Dejé de pensar razonablemente. Mi mente oscilaba entre el pánico absoluto de la pesadilla persecutoria o la fría y desafiante locura de trocarme de presa en cazador. Esta última opción era la más arriesgada, pero de una vez por todas sabría si mis temores tenían fundamento. Lo encontré dos calles más abajo. Compraba cacahuetes a un vendedor callejero. Me oculté para que no me viera. Habría sido más lógico convencerme allí mismo de que aquel personaje no me perseguía, pero más bien pensé que se daba un momento de respiro para apostarse luego en las calles aledañas al hotel. Pero el supuesto inspector de mis suposiciones no volvió sobre sus pasos, sino que echó a andar Broadway abajo hacia el este, entrando luego por unas callejuelas laterales de chatos apartamentos cuadrados. En las aceras, aquí y allá, conversaban los vecinos, jugaban los niños empujando aros, enfrentando sus cuentas de vidrio, o saltando la cuerda. A medida que el hombre, ignorando absolutamente mi presencia, se adentraba en la zona empecé a reconocer el lugar. Era Five Points, el barrio donde vivían hacinados y como podían los inmigrantes irlandesas llegadas en masa, como Cassidy y su familia, escapando de la hambruna de la papa. Éstos, a poco de arribar a Nueva York, se percataron del engaño del patrón que les prometió proveerles de casa y vivienda a su arribo. Se acomodaron como pudieron. Los visité una vez en su escuálido alojamiento. Historias como ésas se contaban por montones en los *pubs* gracias a la intimidad y elocuencia que acompañaba al consumo de cerveza.

Me adentré con aprensión por las calles de Five Points. El olor a cebollas y ajos de la detestable comida irlandesa, impregnaba las ropas de hombres y mujeres por igual. En las aceras había grupos pasando el tiempo sin aparente oficio o prisa. ¿Cómo podían existir personas tan desarreglados e ignorantes de las normas más básicas de educación, hablándose a gritos, escupiendo, ensuciando el lugar donde vivían? Llegar hasta allí en el afán de perseguir a mi perseguidor era desafortunado. Barrios como ése eran la otra cara de la meca neoyorquina. Sin importar dónde estuviera, el populacho llevaba consigo su desahucio. Lo mismo podía decirse de los arrabales de París. Uno podía tolerar y hasta sentir compasión por una familia pobre o miserable, pero verlos moverse en grupos era otra experiencia. ¿Cómo pensaban progresar? Las oportunidades que América les ofrecía a menudo se tornaban para ellos en carreras criminales donde los labriegos rudos cambiaban arado y honradez por un cuchillo y se unían a bandas sanguinarias que robaban y extorsionaban a los recién arribados a la ciudad. Me subí el cuello de mi saco y me bajé el sombrero sobre la frente. No cargaba mucho dinero, pero me aseguré la billetera en la bolsa delantera de mi pantalón. Caminaba por la arteria principal del barrio dejando una cuadra entre mi sospechoso y yo. En una esquina el hombre tornó a la derecha. Esperé un tiempo prudencial para salir a la misma calle lateral. Lo que vi me obligó a ocultarme detrás de la pizarra en la acera de un *pub* del que provenía el rugido de conversaciones simultáneas. Tuve que contenerme para evitar la exclamación que atoró mi garganta: el sujeto hablaba con Ibrahim y Cassidy; entraba con ellos a la casa de la familia irlandesa de la novia de mi mayordomo, del único ser que conocía mi historia, del hombre que consideraba el más fiel servidor, mi único amigo en esta solitaria vida de fugitivo.

CAPÍTULO 27

Me quedé inmóvil donde me ocultaba. Quienes pasaban a mi lado me miraban con extrañeza e incomodidad, como si fuera un peñasco en medio del río. Me aparté a un lado y me recosté en el quicio de una puerta a considerar mis alternativas. Me faltan palabras para describir el profundo azoro y confusión que me embargó. ¿Habría Luis Napoleón ofrecido acaso recompensa a quien me entregara? La familia de Cassidy, en su pobreza y necesidad, ¿estaría apostando por ese plausible botín? ¿Sería capaz Ibrahim de coludirse con ellos? Nadie como yo sabía lo que podía hacer un hombre cuando una mujer le crecía en el cuerpo como una enredadera. Recordé su actitud recelosa y distante en la barcaza cuando navegamos de La Havre a la Isla de Wight. Entonces me miraba como si yo hubiese sido una serpiente a punto de inocularle veneno. Pero yo quería creer que la relación entre los dos había trascendido la repulsa hacia el crimen del que se me acusara. Y, sin embargo, la complicidad con sus pares era para la servidumbre un vínculo innegable, por mucho afecto que les inspiraran sus empleadores. Yo no podía confiar ciegamente en la lealtad de Ibrahim, aunque mi apego con él me reprochara íntimamente semejantes dudas. Sobre la familia de Cassidy tenía impresiones positivas. Me parecían gente honrada y de bien. La madre era una mujer a quien la hambruna le vació las carnes y la dejó blanda y floja, como un globo desinflado, pero que tenía la cualidad de ordenar y limpiar obsesivamente, de forma que las cuatro paredes que alojaban a la familia estaban pulcramente organizadas, los camastros doblados durante el día y los muebles raídos cubiertos con trozos de cretona. Cuando los visité me admiró la dignidad con que ella, el marido y la hija se movían en ese espacio sin maldecir su suerte, agradeciéndole a la vida haber llegado hasta allí y confiados de que saldrían hacia un mejor futuro. Cassidy, que tenía habilidades matemáticas, logró colocarse de cajera en un almacén donde en pocos meses le confiaron la contabilidad del establecimiento y le aumentaron el sueldo. Ibrahim, el nómada que se había pasado media vida saltando de una geografía a otra, de tienda de beduino a palacios reales, mimetizándose para sobrevivir, había encontrado en esa familia un sitio donde poder ser él mismo cómodamente. Cassidy debía ser diez o más años menor que él y era una mujer con el raro don de la aceptación, la tranquilidad y el buen humor. Enemiga del drama, tenía vocación para ser feliz en cualquier circunstancia. Además, era de buen ver. Poco a poco le cedí a Ibrahim la libertad y el tiempo para cortejar y conocer a Cassidy. No lo hice por generosidad, sino para no perderlo totalmente. ¿Qué cara pondría si yo llegaba detrás del espía? Existía la versión amable y plausible de que se revelara el misterio: que Ibrahim lo hubiese enviado a cuidarme, y tras mis reclamos por la zozobra causada por su celo, todos nos echáramos a reír. Me alivió ponderar esa alternativa, pero, ¿y si me equivocaba? Arriesgarme no era una opción. Las consecuencias serían fatales.

Medité un rato más, imaginé la escena si me personaba en la morada de los irlandeses, pero la duda y el temor de ser aprehendido se impusieron.

Regresé al hotel muy despacio, desolado. De vez en cuando las lágrimas convertían en un prisma las coloridas calles de Nueva York. Me conocía. Sabía que jamás recuperaría la absoluta confianza que había depositado en Ibrahim.

Capítulo 28

Me detuve frente a la iglesia de San Pablo. La tarde empezaba a declinar. Una bandada de cuervos revoloteaba por los arquitrabes de la torre del templo. El viento soplaba anunciando el retorno de la primavera. Crucé las pesadas puertas de madera, me quité el sombrero y cerré mi capa sobre el pecho. Dentro de la nave el invierno todavía se desprendía de las paredes. Buena cantidad de gente asistía a misa, arrodillada sobre los bancos al frente del altar. Los ruidos de los sacristanes agitando los incensarios y del cura manipulando los utensilios del rito, rebotaban magnificados por el eco. Me introduje en uno de los bancos vacíos de la parte posterior. Me puse de rodillas y metí mi cara entre las manos pretendiendo orar cuando lo que buscaba era acallar la congoja de sentirme irremediablemente solo.

Cierto que había contemplado prescindir temporalmente de Ibrahim, dejarlo en Nueva York al menos hasta que me estableciera en algún puesto remoto, quizás en California, o en Suramérica. Llegué incluso a considerar que Cassidy lo acompañara y que ambos envejecieran haciéndose cargo de mi casa y mis asuntos. La escena que acababa de presenciar me dejaba atolondrado. Creía haber hecho honor a la igualdad predicada por el gorro frigio de Marianne en la Francia de 1789. Pero,

¿era Ibrahim realmente mi amigo?, ¿era capaz de aseverarlo? Reconocí que sospechar lo peor con tanta celeridad revelaba la distancia que nos separaba. Si escrutaba mis sentimientos de la última hora, era evidente que Ibrahim había sido para mí el leño al que me aferré en mi naufragio, no la relación de iguales que yo me ufanaba de tener. A fin de cuentas, valoraba su existencia por lo que significaba para la mía. Incluso mi supuesta generosidad, al cederle espacio para Cassidy en su vida, en el fondo aspiraba a hacerlo feliz para comprometer su lealtad y convertir hasta a su mujer en acompañante de mi destino. Mi reacción se asemejaba al corte brutal que me hizo rechazar a Henriette tan pronto ella perdió la compostura y pretendió que la rescatara, dejara a Fanny y la convirtiera en mi esposa. Mi intuición de Henriette fue algo casi animal, un presagio de peligro que se vio ampliamente justificado. ¿Se justificarían mis temores con Ibrahim? ¿Debía confrontarlo, debía esperar? ¿Era una casualidad?

El órgano con sus notas solemnes anunció el fin de la misa. Me alcé del banco, salí de la iglesia con el resto de feligreses todavía sin saber cuál sería mi próximo paso.

Entré al lobby. Iba de prisa al pasar por el escritorio de recepción.

—¡Señor Desmoulins! —me llamó el conserje.

—Dígame —respondí acercándome en vilo.

—Hay un joven mensajero que lo busca de parte del comodoro Vanderbilt. Lo llamaré.

Miré a mi alrededor. El conserje hizo señas y se acercó un chico vestido con traje de marinero que me saludó con una inclinación.

—Señor Desmoulins —dijo—, el comodoro Vanderbilt me pide que lo lleve a su despacho. Lo invita a conversar.

—¿Ahora mismo?

—Cuando guste. Yo puedo esperarlo si dispone de tiempo.

¿Sería posible que la carta le hubiese llegado con tanta celeridad? —me pregunté—. ¿O era una de esas casualidades inexplicables? Su llamado no podría haber llegado en mejor momento.

—Acepto —dije—, podemos partir sin demora.

—Es muy cerca —dijo el chico—, en el número 9 de Bowling Green. Lo espero si debe subir a su habitación.

—No es necesario, sonreí. No creo que al comodoro le incomode mi traje de calle.

El chico sonrió también con un gesto que indicaba que mi vestimenta no tenía importancia.

Anochecía cuando salimos a la calle. Muchas sorpresas en un día, pensé, pero me alivió no tener que enfrentar a Ibrahim tan pronto regresara al hotel. Había decidido no decirle nada, pero estaba agitado y nervioso sin saber de cuánto tiempo disponía para evadirme si es que mis peores sospechas resultaban ciertas.

La oficina de Vanderbilt, efectivamente, quedaba a pocas cuadras del hotel, en un edificio sobrio con frisos labrados con arabescos que le conferían un aire de importancia. Subimos por una grácil escalinata de mármol al segundo piso, donde unas seis u ocho personas ocupaban varios escritorios en la antesala de altas puertas de madera. El chico me hizo pasar a la oficina, donde el comodoro Vanderbilt se acercó a estrecharme la mano y me invitó a sentarme en un cómodo sillón de cuero. La oficina era magnífica. Las paredes al lado del escritorio rebosaban de libros en anaqueles de buena madera. Varios globos terráqueos antiguos se acomodaban bajo la ventana que, a esa hora, lucía la última claridad del atardecer. Sobre una vieja ancla una pieza redonda de mármol hacía de mesa. Las lámparas de gas iluminaban la estancia dejando ver por aquí y por allá un cúmulo de catalejos, brújulas y sextantes. Mapas e ilustraciones adornaban las paredes. Sólo faltaba el olor a salitre para respirar el mar.

Sobre la mesa de la pequeña sala donde nos sentamos vi con sorpresa el sobre que ese mediodía deposité en el correo. Vanderbilt siguió mi mirada y sonrió.

—¿Le sorprende la eficiencia de nuestro sistema de correos? Tengo un pacto secreto con los funcionarios de esa oficina postal y dos veces al día mis empleados van a recoger lo que llega destinado para nosotros. Nueva York es una ciudad pequeña —dijo divertido.

—Impresionante este Nuevo Mundo —dije, sonriendo a mi vez.

—Su carta ha llegado en el momento preciso. Muy preciso en verdad, porque mi vapor, el *Prometheus,* zarpa en tres días, bajo mi mando. Si se decide, no tendrá tiempo ni de pensarlo demasiado. Es la mejor manera de hacer este tipo de viajes, no vacilar, como bañarse en un río en el invierno. Terrorífico, pero vigorizante. No se arrepentirá, se lo aseguro. Será parte de un suceso memorable: la inauguración de la Línea Accesoria del Tránsito, una manera más rápida y segura de viajar del Atlántico al Pacífico. Se lo expliqué, ¿recuerda? Es un viaje a un mundo que usted ni imagina. Los trópicos, Monsieur Desmoulins. Ése es el verdadero Nuevo Mundo. Y el río San Juan en Nicaragua es un espectáculo. ¿Qué me dice? ¿Viajará solo o con su ayuda de cámara?

Lo miré más anonadado que otra cosa. Mi mente giraba y cabalgaba pesando pros y contras. No tengo nada que hacer en Nueva York, me dije. Mejor marcharme antes de comprobar que alguien quiere enriquecerse a costa de mi libertad. Pero, cómo partir tan de prisa. ¿Y qué me lo impide? Nada me retiene. ¿Irme solo, sin Ibrahim? ¿Me despediré de él? Pero mejor no decirle a nadie mi paradero. Me cobijará el secreto. No podrán seguirme. No podrán encontrarme. Desapareceré verdaderamente. Podré olvidarme de este miedo que me muerde los talones y me hace ver visiones. Huiré hasta de las alucinaciones que me persiguen. Veré otras geografías. Me dedicaré a la botánica, a estudiar hierbas, especies. Pero nada es seguro. Puedo perecer en el intento. Y ¿cómo llevarme el dinero? Tendré que trabajar. ¿Qué podré hacer? ¿De qué viviré en California? ¿Cuánto peligro correrá mi vida? No creo que más del que corro ahora. Por lo menos la cárcel no estará en esta ruta. La ruta del Tránsito. Más que apropiado el nombre para mis circunstancias.

—Acepto —dije—. Pero necesito pedirle algunas cosas.

—Usted me dirá.

—No quiero aparecer en su lista de pasajeros. Verá, vengo huyendo desde Francia de la familia de mi difunta esposa (ella murió en la epidemia de cólera de París) y ellos insisten en reclamar una parte de mi fortuna. Quiero desaparecer, ¿me entiende? Que no puedan encontrarme.

—Ningún problema —dijo, comprensivo—. Conozco ese tipo de entuertos. ¿Es todo?

Dudé. A punto estuve de desahogar con Vanderbilt la angustia y despecho que me atosigaba, pero recapacité.

—Es todo —dije.

Sus ojos chispeaban de excitación por el viaje. Le costaba estarse quieto. En su despacho pude verlo mejor. Medía más de seis pies, y emanaba seguridad, poder y un aire juvenil a pesar del pelo entrecano y las gruesas patillas de patriarca bíblico. Se levantó a tomar un puro de su escritorio. Lo encendió y fumó a grandes bocanadas. No sería el hombre que me delataría, pero opté por la discreción.

—Se ha quedado en silencio. Quizás sea mucho pedirle —dijo—. No hay empresa sin riesgos, pero ya estuve en Nicaragua y le aseguro que ahorraremos tiempo cursando ese río.

—No temo, comodoro, créame. Sólo meditaba sobre los preparativos. ¿A qué hora debo estar en el muelle y dónde?

—El *Prometheus* zarpará de mis muelles al mediodía del 14 de julio. Preséntese y dígale a uno de los marineros que me llame. Si no voy personalmente a recibirlo, mandaré a uno de mis subordinados a mostrarle su camarote. Lleve ropa liviana y un buen sombrero con alas anchas. Hace mucho calor y el sol está muy cerca de la línea ecuatorial. Se puso de pie y extendió su mano. Me dio un fuerte apretón y una palmada en la espalda. Venga, amigo, nada mejor para su tranquilidad que poner un mar de por medio.

Salí de la oficina con el chico que me acompañó, quien ofrecía llevarme de regreso al hotel, invitación que decliné. Yo podría volver solo, le dije, agradeciendo la cortesía. Todavía no decidía mi plan de acción. Me sería inevitable volver a ver a Ibrahim. Tendría que pensar en una estratagema para que se marchara, reunir mis pertenencias y salir del hotel sin ser visto. Esa misma noche podría hospedarme en alguna posada cerca del muelle de los Vanderbilt, en la parte baja de Manhattan. Requería de presencia de ánimo para que Ibrahim no advirtiera nada extraño en mi comportamiento. Él tenía suficiente dinero para sobrevivir unas semanas sin mí; luego ya encontraría su destino entre los irlandeses. Sentí odio en ese momento por todo el género femenino y el insidioso poder que ejercían sobre nosotros. Como padre de varias mujeres había procurado ser dadivoso y caballero con las féminas. No me identificaba con quienes sólo veían en ellas objetos de placer o de servicio, o las consideraban criaturas banales y frívolas, incapaces de pensar más que en sus apariencias o en la procura de un buen matrimonio. Me intrigaba la combinación del espíritu práctico con el romanticismo con que concebían las ilusiones más descabelladas. Pero me espantaba su ferocidad, que fueran capaces de venganzas enhebradas con tanto esmero como el que usaban para sus bordados. Nada cierto que fueran el sexo débil. Nos vencían cuando se lo proponían. Afortunadamente la mayoría no era consciente de su poder.

CAPÍTULO 29

De camino al Astor House, apurando el paso por la calle Broadway flanqueada por innumerables tiendas de libros, joyerías, confecciones caseras, bordados, sombreros y hosterías, bares y pequeños restaurantes, iba esquivando la basura. Nueva York aún no lograba disponer adecuadamente de los desechos y suciedad que producía, y las calles al final del día abundaban en papeles y desperdicios. Los negocios habían cerrado. Eran las ocho y veinticinco minutos de la noche. Los enérgicos personajes que, horas antes, se movían frenéticos calle arriba o abajo, lucían cansados, encorvados, los corbatines sueltos o desgajados, las ropas mustias o mugrosas. No faltaban, sin embargo, los jóvenes y muchachas que salían a los bares en grupos bulliciosos, los cocheros atravesando la calle principal con elegantes clientes ataviados para la cena. La noche apenas se adivinaba en el cielo claro de primavera.

Tal como imaginé, Ibrahim me esperaba en el vestíbulo del hotel, servicial y amistoso como de costumbre. Me quitó la capa liviana y el sombrero.

—¿Qué tal su tarde, Monsieur? —inquirió, avanzando a mi lado hacia las escaleras.

—Dormí una larga siesta, Ibrahim. Sólo hace como una hora desperté y salí a dar una caminata para estirar las piernas. Lo curioso es que aún me siento cansado.

—Suele suceder —sonrió él, amistoso—, nunca deja de intrigarme el por qué mientras más uno duerme, más siente deseos de dormir.

Verlo a mi lado. Ver su rostro con el bello color cobrizo de su piel, sus ojos oscuros bajo las anchas cejas, su manera de sonreír, sincera y afable, me dolió en el pecho. ¿Cómo podía yo pensar mal de este hombre? Desde el Palacio de Luxemburgo del que salí moribundo pasando por la Isla de Wight, Claremont House, Londres, Liverpool, el cruce del Atlántico, jamás abrigué ninguna duda de que me protegería. ¿Pero en qué había basado mi certeza sino en mi propia ilusión? Ibrahim había servido con lealtad a Madame Adelaïde. Por ella aceptó cuidarme y volverme a la salud, pero cuando ella murió, él siguió a mi lado sin vacilar siquiera, como si en vez del encargo de una noble que lo protegió, cumpliese con la voluntad de una madre moribunda. ¡Cassidy, Cassidy! Tenía que ser la culpable. No lo parecía. La chica tenía la apariencia de buena persona, pero qué sabía yo de eso. Henriette también me había parecido un ser impoluto. No en balde le di a cuidar a mis hijos por seis años.

Subimos en silencio.

—¿Sabes qué Ibrahim?, tengo un poco de hambre. Se me antojan un par de salchichas de las que hemos comido en el *pub* irlandés, con una Guinness. No quiero pedir nada a la habitación. No tengo deseos de cenar la comida del hotel. Te agradecería fueras a procurármelas y de paso te tomas una cerveza en mi nombre —le extendí el dinero.

—Claro que sí, Monsieur —sonrió divertido—. Regreso en un momento.

—Hasta pronto —dije conteniendo el deseo de darle un abrazo. Me estaba volviendo sentimental. Ahora que necesitaba fortaleza no podía tolerarme esa sensiblería. Cerré la puerta. Ciertamente que lo extrañaría. Jamás antes me había visto sin alguien a mi servicio, disponible para tenderme la ropa, ordenar mis enseres y atender las necesidades cotidianas. Pero estaba a punto de iniciar otra vida, y ya encontraría otras compensaciones. No valía arrepentirme de no dejar rastro. Además, debía proceder con premura. Hice la maleta. Dejé la ropa de invierno excepto mi mantón de cachemira. Tras un instante de duda, doblé con cuidado mi ropa de etiqueta y la llevé conmigo. Dentro del equipaje guardé el oro con el que tendría que empezar cualquier vida que viniera a encontrarme.

Sobre la cama, junto al dinero necesario para cancelar la cuenta del hotel, dejé una nota lacónica:

No sé si volveremos a vernos. Tu compañía ha sido invaluable. Te agradezco lo bueno que hiciste por mí. Encuentra aquí el dinero para saldar mis deudas. Que la vida te sea leve.

G.

CAPÍTULO 30

Un cochero me condujo al hostal cercano al muelle 2 de Vanderbilt, en Canal Street. No reparé mucho en el lugar. La habitación era pequeña, el papel de las paredes descascarado, pero la cama era cómoda y las sábanas olían a limpio. Me sentía muy cansado, tenso por los sobresaltos del día. Me desvestí, saqué de la maleta mi bata de seda y me arropé en ella. La noche era húmeda y fresca y soplaba un viento que traía consigo ruidos lejanos de los muelles, el mugido de las bocinas de los barcos en el Hudson y el canto de pájaros nocturnos del Washington Park muy cerca de allí.

Tendido de espaldas sobre la cama cerré los ojos sin lograr dormir. Estaba por zarpar con un hombre que apenas conocía hacia un futuro insólito de regiones tropicales, ríos que desaguaban en grandes lagos y luego en el océano Pacífico. Navegar de Nueva York a California era la aventura de moda. Se oía hablar de un lugar llamado San Francisco, una ciudad sin ley ni orden, pero que crecía bajo el influjo de la promesa del oro. Cientos de inmigrantes llegaban de remotos países o del este de Estados Unidos, haciendo viajes largos, cruzando el Estrecho de Magallanes, cabalgando océanos que zarandeaban los barcos y los alzaban en olas gigantes que sólo los capitanes más expertos podían surcar sin hundirse. A no ser por la oportunidad de viajar con alguien como el comodoro Vanderbilt, cuyas dotes de marinero eran legendarias en Nueva York, creo que no me habría atrevido a aventurarme por esa nueva ruta que cruzaba Nicaragua. Vanderbilt era un pionero de la navegación a vapor, uno de los primeros en pilotear buques con ruedas de paletas por el East River, el Hudson y el Erie Canal. Su leyenda tenía visos mitológicos. Desde los once años cruzaba en un barquito a vender las hortalizas de su familia en Manhattan. Su enorme fortuna era el producto de su propio esfuerzo, habilidad comercial e inventiva.

¿Qué haría yo en San Francisco? No tenía ni idea. Otra vez sentí la ola de irrealidad que a menudo me atrapaba cuando recordaba mi pasado tan distinto a éste. La bata de seda, el olor y la sensación de la tela sobre mi piel era el ritual que me ayudaba a caer en el sueño. Volvía a pensarme en mi habitación de la Rue Faubourg St Honoré. Despertaría cuando August Charpentier entrara con la bandeja del desayuno, y abriera las cortinas. Fanny y mi pequeño hijo Raynard se movían en esa textura engañosa del subconsciente; ella mirándome con sus ojos canela, inquisitivos, con el brillo del reproche encendido como una vela que jamás se apagaba. Raynard con su traje de marinero librándome de la atención de su madre, llamándome para que lo llevara a jugar a la fuente de la Plaza de la Concordia o al jardín de las Tullerías. En ese duermevela, la piel blanca de Fanny, los pliegues del centro de sus pechos abundantes cambiaban repentinamente a la imagen de la mujer ensangrentada que vi cuando los ruidos me despertaron y entré adormilado a la habitación

donde ella y Henriette se enfrentaban en un combate desigual; las dos mujeres, la moribunda y la agresora despojadas
de cualquier rastro humano; eran dos leonas desgarrándose
con saña, cada una, a mi llegada, pretendiendo que fuera yo
quien acabara a la otra, quien me decidiera por una de las
dos. ¡Qué espanto, Dios mío! ¡Qué espanto sentí! Yo también
me convertí en un monstruo. Cierto que, mientras duró mi
matrimonio, la rabia me llevó a quebrar adornos de Fanny,
sus paraguas o a limitar su contacto con los hijos de ambos,
pero el que fui esa noche con el candelabro fue la suma de
todo mi hartazgo y mi resentimiento, un salvaje paradójicamente convencido de que obraba por compasión para liberar
a la pobre víctima de más puñaladas y del rencor sin control
de mi enloquecida amante.

Esa noche, por un instante, poseí la lucidez de saberme
atrapado. La noción de que sería en mí en quien recaería ese
asesinato resonó como el zumbido de un gigantesco insecto
en mi mente y me paralizó. Intenté quemar en la chimenea
un pañuelo ensangrentado y un trozo del cordel que quité
de las manos de Fanny, pero ya la casa estaba llena de ruidos,
los empleados llegaban corriendo.

Fingiendo que recién despertaba, salí a personarme en
la escena. Las damas del servicio de Madame gritaban y
lloraban.

¿Podría perdonarme yo mismo un día? ¿Alcanzaría mi
cerebro a desleír esas imágenes? ¿Los olores, los sonidos
que tan fácil y repetidamente me asediaban? ¿Podría alguna
vez olvidar lo vivido? Era en pos de ese olvido que zarparía
próximamente.

Me desperté de madrugada. Apenas logré conciliar el
sueño. Visualizaba uno tras otro los peligros imaginarios

del viaje que estaba por emprender. No podía evitarlos todos, pero mis conocimientos de medicina me sugirieron apertrecharme de algunos fármacos esenciales. Temía, sobre todo, la malaria. Había leído lo suficiente sobre esas regiones por las que transitaríamos para saber que era un flagelo tropical. Conocía la quinina. Mi padre había sido buen amigo de Pierre-Joseph Pelletier y Joseph Bienaimé Caventou, los prestigiosos y emprendedores farmacéuticos parisienses que, en 1820, montaron una fábrica para producir quinina en polvo. Recuerdo que me habló del árbol de cinchona, de cuya corteza se extrae la quina, y si mi memoria no me engañaba era precisamente en Centro y Suramérica donde se cultivaba esa especie. Pero saber del árbol no me curaría si pescaba la enfermedad. Lo más seguro sería obtener quinina en una farmacia antes de marcharme. Abundaban las farmacias en Broadway. Una en particular, Helmbold's, en el número 594, me había impresionado de tal forma que varias tardes ociosas las pasé recorriendo sus anaqueles y observando el lujo absurdo de ese emporio donde además de la apoteca, había fuentes de perfumes, anaqueles de productos de baño, sillas forradas con seda, altos espejos, sodas y revistas para los clientes. Afortunadamente, la farmacia era bien surtida. Entre los hermosos frascos se destacaba la quinina. Además de eso tenían el más moderno antipirético, el ácido acetilsalicílico o aspirina, que me vendría bien llevar. No perdí tiempo. No bien dieron las ocho de la mañana, salí, busqué un cochero y me encaminé de nuevo a Broadway. Pedí al conductor que me esperase. No quería andar por la calle y correr el riesgo de toparme con Ibrahim. En la farmacia no pude resistir la tentación de apertrecharme con medicinas diversas para diarreas, cólicos hepáticos, dolores de cabeza, mareos. Lejos estaba de imaginar que esa compra, guiada por el instinto de supervivencia, se convertiría en la base para mi carrera de médico.

Al mediodía del 14 de julio de 1851, me presenté puntualmente en el muelle. No fue difícil dar con el *Prometheus*. Era una embarcación imponente, con dos altas chimeneas, el par de ruedas de paletas de madera pulida, las calderas de cobre con sus hornos encendidos y los montones de madera de pino que servirían de combustible apilados a sus lados. Brillaban al sol sus colores negro y amarillo y sobre el mástil ondeaba una bandera norteamericana de gran tamaño. Una multitud se aglomeraba para admirar el vapor y despedir al comodoro en el viaje inaugural que estrenaría la *Accesory Transit Route*, de la que se habló por meses en los diarios de la ciudad. Periodistas con sus libretas en ristre pululaban cerca del barco, entrevistando a quienes lo abordaban. ¿Cómo haría para pasar desapercibido hasta la pasarela? Meditaba sobre esto cuando me dieron un empujón y vi a una atractiva mujer abriéndose camino con dificultad. Iba vestida con un traje blanco con detalles negros en sus puños y cuello y un parasol que hacía juego con su ropa y sombrero.

—Permítame que la ayude —le dije tomando de sus manos la maletilla que cargaba.

Ella me miró sorprendida, pero no me esquivó. Tenía unos ojos profundos y oscuros y los labios delineados en un rojo brillante.

—Cosa suya si quiere ayudarme —me dijo—. Soy perfectamente capaz de hacerlo sola.

A pesar de su aire autosuficiente, sonrió e hizo con los hombros un gesto de indiferencia. Pensé que no sería ajena a la cortesía masculina y me pregunté si su seguridad no se debía a que la esperaba un acompañante para subir al vapor. Pero ya mi suerte estaba echada. Enderecé la espalda y me dispuse a parecer el marido o novio de la damisela.

Por fortuna, las prisas me impidieron la caballerosidad de hacerla pasar primero. Cargado con mi maleta y la de ella, tenía apuro por llegar a la cubierta del barco. Alcancé la escalerilla antes que la dama y avancé sin esperarla. Justo en ese momento, la bandada de periodistas corrió hacia ella y la detuvo.

—Miss Cushman, Miss Cushman, unas palabras por favor —gritó un tipo alto esgrimiendo su libreta de notas.

Alcancé a verla girar el cuerpo con gracia. Yo no interrumpí mi ascenso.

Como me instruyera Vanderbilt, me presenté al Primer Oficial de a bordo, un hombre de cara larga, nariz destacada y los ojos muy hundidos, con un bigote estrecho sobre sus labios delgados, que estaba recibiendo a los pasajeros en la cubierta. Su nombre era Brian Powell. Me saludó con un fuerte apretón de manos y sin esperar a que yo dijera nada, me preguntó si yo acompañaría a Miss Cushman.

—Ésta es su maleta —señalé sonriendo—, ella viene sola, a menos que alguien la esté esperando aquí. Y perdone, pero debo preguntarle, ¿quién es ella?

—¿Charlotte Cushman? ¿No sabe quién es? Es la actriz más famosa de Nueva York, una dama del teatro. También un caballero —sonrió—. Hace papeles masculinos y femeninos, usted sabe —y me hizo un guiño cuya ironía no comprendí sino días más tarde.

—¿Podría encargarle la maleta de la señorita? Soy George Desmoulins —añadí, extendiéndole la mano.

—Señor Desmoulins. Lo esperábamos. Por supuesto, déjela en mis manos. La señorita es invitada de honor del comodoro lo mismo que usted. Ya tendrá ocasión de conocerla mejor. El comodoro los espera a las cinco en el salón principal para un cóctel.

Asentí con una inclinación apurado por la excitación que se percibía tanto en la tripulación como en las personas que poco a poco abordaban.

El Primer Oficial llamó a un marinero y le encargó que me llevara a mi cabina.

El *Prometheus* distaba mucho de parecerse al *S.S. Atlantic* en que viajé de Liverpool a Nueva York. Vanderbilt se había encargado exhaustivamente de vigilar su diseño. El marinero que me acompañó, Hobbes, se ufanó repasando los detalles: tenía un sólido casco de roble y estaba diseñado para soportar los embates del mar abierto. Bajamos por la ancha escotilla que desembocaba en una magnífica escalera que conducía a los camarotes y a los salones. Los camarotes se alineaban a babor y estribor de la embarcación. Al centro, separado de los pasillos de las habitaciones, se abría un espacio grande con dos salones para el disfrute de los pasajeros así como un largo comedor. Según me dijo, en ese viaje iríamos doscientas personas, entre tripulación y huéspedes. El techo estaba decorado con una pintura de formas geométricas que semejaba un vitral con arabescos y flores. Al medio una cúpula de vidrio suplía la iluminación de la estancia. Ése era el nivel de los pasajeros de primera. En el piso inferior, según me dijo, se encontraban los camarotes para los pasajeros de segunda y tercera clase que, me aseguró, irían cómodos y no en el hacinamiento que le narré presencié horrorizado cuando viajé desde Europa. En la proa y la popa se encontraban la cocina, el alojamiento de la tripulación y las bodegas donde se guardaba el equipaje y las provisiones del viaje. Mi camarote era pequeño con una escotilla por la cual entraba la luz del día, una pequeña cama unipersonal, mesa de noche, y un depósito para mis pertenencias. También contaba con un lavabo, un espejo y una poltrona forrada con damasco rojo en la esquina. Sobre el piso una alfombra con diseños semejantes a los del techo del área social completaba la decoración. Después de mi noche de insomnio decidí tenderme un rato y esperar la hora del cóctel. No se me ocurrió sacar la ropa de la maleta, de manera que, cuando tras unas buenas horas de reposo, comprobé que debía vestirme, no pude cambiarme más que la camisa pues el resto del traje estaba ajado. ¡Tendría que acostumbrarme a que nadie desempacara mis pertenencias!

Cuando salí al área social del buque, ya varios pasajeros rodeaban al comodoro Vanderbilt. Lucía muy clásico en su traje azul de capitán. Por su altura se elevaba por encima de la concurrencia con el supremo dominio de una personalidad magnética. Lo observé por un rato antes de unirme al grupo de hombres y mujeres, entre quienes, además de Vanderbilt, destacaba Miss Cushman por su estilo y seguridad. Era la única que miraba al comodoro y a quienes lo rodeaban con un deje de ironía. Fue ella quien primero advirtió mi presencia y se me acercó.

—Creí que se había marchado con mi maleta —sonrió—. Me alegro que no haya sido usted un ladrón.

— Como ve —dije riendo—, soy un maleante con privilegios. Georges Desmoulins, a sus pies —agregué con una inclinación.

—Charlotte Cushman —dijo ella, extendiéndome una mano que besé, galante—. Francés, ¿no es cierto? Su acento y su caballerosidad lo delatan.

—De París, la más bella ciudad del mundo.

—Un poco apestosa —sonrió.

—Nueva York no lo es menos —riposté.

—Ésta tiene derecho. Es una ciudad muy joven.

—*Touché*, Madame. Ya me enteré que es usted una gran actriz.

—De vez en cuando logro crear esa ilusión.

Vanderbilt se acercó, abandonando su corte de admiradores.

—Señor Desmoulins. Veo que tomó una sabia decisión. Sea bienvenido al *Prometheus*. En muy poco tiempo ha logrado usted hacerse de muy buena compañía.

—¡Me cargó la maleta, Cornelius! Precisamente le decía cuánto me alegraba que no hubiese sido un ladrón.

—Ja, ja, ja —rio el comodoro—. ¿Qué me dicen del *Prometheus*? Una belleza, ¿no?, 1.500 toneladas, 230 pies de largo. Además de calderas y ruedas de paletas tiene velas suplementarias. Mi amigo Joseph Allen me decía que el *Prometheus* va por las olas como un pato. Ni cuando el mar se encrespó se nos mojó la cubierta, ¡es que la proa tiene la altura de tres cubiertas superpuestas! Ya surcamos esta ruta cuando viajé a Nicaragua a obtener la concesión para la Compañía del Tránsito. Curioso país. Los ciudadanos parecen incapaces de ponerse de acuerdo. Han tenido más guerras de las que puedo recordar. Pero el paisaje es muy dramático y verde; ya verán el lago inmenso y el Río San Juan con sus márgenes a rebosar de vegetación tropical. Esas selvas, amigos, tienen más especies de insectos de las que jamás hayan visto, pero comparada con la ruta por Panamá, la de Nicaragua es una delicia. ¡Y los mosquitos son más respetuosos! ¡Uno cruza Panamá y lo menos que pilla es una malaria!

Así empecé aquel viaje, en el transcurso del cual disfruté de largas conversaciones con el comodoro. También con Miss Cushman y varios pasajeros poseídos por la fiebre del oro, cuyo destino era San Francisco. Ayudé al médico de a bordo a tratar hombres, mujeres y niños atormentados por los mareos y vómitos de un viaje por mar. Aunque me tranquilizaba pensando que a nadie se le ocurriría buscarme allí, no bajé la guardia. Me cuidé de no revelar más que lo necesario sobre mí mismo. El comodoro se mostró impresionado de mis conocimientos sobre botánica y hierbas. Hablamos de Squier. Me contó de su amistad con el naturalista Thomas Belt.

—Me he concentrado en los negocios, pero más adelante quisiera intentar otras vocaciones, aunque mis aficiones son el mar y la navegación, las calderas, las ruedas de paletas, los barcos. Me consuela pensar que, sin gente como yo, ustedes no podrían viajar donde les plazca.

El *Prometheus* ancló en el puerto de La Habana para obtener provisiones y leña, pero Vanderbilt no dejó que los pasajeros descendiéramos a tierra firme. Su meta era probar que podía cruzar de un océano al otro en tiempo récord y a pesar del disgusto del pasaje, que hubiese querido desembarcar, él fue rotundo en su negativa, argumentando que tal cosa significaría un atraso sustancial. Tenía razón. Me quedé con la imagen del Castillo del Morro en La Habana, una fortaleza gris erigida por los españoles en 1589 sobre un alto promontorio. Su nombre original era Castillo de los Tres Reyes Magos del Morro. Era una edificación monumental con paredes altísimas que debían hacerlo inexpugnable. Sin embargo, según me dijo Brian Powell, el Primer Oficial de a bordo, los ingleses lo habían tomado en 1762, y sólo lo devolvieron a los españoles un año después, tras la firma de un tratado.

A medida que navegábamos más cerca de la línea ecuatorial, los colores de los atardeceres se hacían más y más intensos. La puesta de sol en La Habana hizo subir a cubierta a buena parte del pasaje. Ver la mole del Morro con su faro y un alto torreón a contraluz del cielo encendido con capas de nubes que más bien parecían registrar edades geológicas del marrón al ocre al intenso bermellón o cobre, causó la animación de Miss Cushman, el Sr. Eshlakta y otros pasajeros, que se acomodaron en las poltronas para ver el espectáculo y saborear sus cocteles.

—Una ópera con este telón de fondo no estaría mal —dijo Charlotte—. De no haber fracasado como soprano, me atrevería a deleitarlos con un aria ahora mismo —exclamó.

Saliendo de La Habana nos topamos con una tormenta. A pleno día oscureció. A las centellas, truenos y fuertes golpes de viento, el mar correspondió rompiendo su quietud como si le ofendiera el ruido y los fogonazos del cielo encapotado. En poco tiempo nos vimos navegando sobre enormes olas que zarandeaban el *Prometheus* y lo lanzaban de aquí para allá, indefenso, víctima de una mano gigante propinándole bofetadas. La mayoría del pasaje sufría de mareos y vómitos en sus cabinas. Envalentonado por la experiencia de mi travesía del Atlántico, subí como pude a cubierta, aferrándome a lo que encontraba, diciéndome que prefería las sacudidas a la náusea que me provocaba el encierro en el camarote. Apenas había logrado refugiarme en el desorden de las poltronas dispuestas a estribor, cuando desde uno de los mástiles de las velas suplementarias, vi el momento en que un pobre marinero perdía el balance. El hombre voló por los aires. Alcancé a oír, en medio del ronco viento, su alarido mientras caía y se estrellaba en el agua. Vi a Vanderbilt y varios marineros correr sujetándose de las barandas para intentar auxiliarlo. Fue inútil. El pobre hombre debió morir por el impacto. No sé cuántas horas pasé, contra toda cautela, aterrado en medio de una suerte de corral de sillas tras el que atiné a parapetarme. La tormenta cedió cuando empezaba a aclarar el día. Salí de mi escondite, mojado y tiritando y me acerqué para ver la atrevida operación de rescate dirigida por el comodoro. El *Prometheus* dio vueltas hasta encontrar el cadáver del pobre marinero. Sus compañeros lo rescataron, sólo para, con mucha ceremonia, lanzarlo esa tarde a la profundidad con los ritos de un sepelio en alta mar. Supe que el *Prometheus* estaba ileso, y se había comportado a la altura de las circunstancias.

En ese viaje me enteré de interesantes pormenores de la vida de Vanderbilt. Me habló con soltura y obvio placer de la decisión de capitanear el barco de Gibbons, el *Hudson*, una decisión que —decía— le cambió la vida pues la asociación con Gibbons fue el comienzo de su propia fortuna. También me narró la historia de su matrimonio contra la voluntad de sus padres, con su prima Sofía y cómo él le confió el cuido y la educación de los diez hijos que ambos procrearon. Según me dijo, ella pagaba los gastos de los hijos con las ganancias de la casa de huéspedes llamada Bellona, que ambos montaron. «No podía admitir ser el único en el que recayera la responsabilidad» —recuerdo que me dijo, con un rostro fiero y burlón al mismo tiempo. Me tomó un gran esfuerzo abstenerme de hablar de mis nueve hijos. Vanderbilt era, a ojos vista, un padre desamorado. Le preocupaban sus hijos en quienes no veía ningún rasgo que le permitiera augurar que cuidarían el imperio que él, con tanto esfuerzo, había construido. Ignoró en las conversaciones a sus hijas, y de su mujer apenas me habló. Concluí que era un narcisista, obseso únicamente con sus empresas y el aumento de su fortuna, pero aun así era un personaje inolvidable, un hombre recio y decidido. Su forma de hablar a veces me dificultaba entenderle. Cuando se percató de mis esfuerzos por desentrañar lo que decía, se rio diciendo que era el resultado de su herencia holandesa. Aparte del mar, los ríos y los barcos, Vanderbilt se entusiasmaba sobremanera al referirse a su pasión por los caballos. Su alazán preferido lo tiró y el accidente lo mantuvo ocho meses en cama, pero ni aun así perdió la admiración por esos animales. Creo que él mismo se parecía a un caballo: incansable, veloz, capaz de ver al frente sin preocuparse de lo que sucedía a sus costados.

Si mis conversaciones con Vanderbilt me abrieron los ojos sobre lo que significaba el genio capaz de transformar en oro cuanto tocaba, las que tuve con Charlotte Cushman fueron de una intimidad sorprendente. En un principio pensé que era una *coquette* y hasta me atreví a intentar seducirla, pero ella no sólo me descalificó rápidamente como pretendiente, sino que me aclaró que su pasión no eran los hombres sino las mujeres.

—Desde niña supe que era diferente —me dijo—, la suavidad «femenina» no iba conmigo. Admiraba a los niños y sus libertades y quería ser como ellos. Cuando despertó la sexualidad en mí, me enamoraba de mis compañeras de juego. Soñaba con tocarlas, con verlas desnudas, con besarlas. En el teatro, con mi hermana Susan, actué la parte de Romeo, en Romeo y Julieta. ¡Yo era un Romeo, Desmoulins! ¡Jamás una Julieta!

Charlotte no tenía inhibiciones para reconocer que el cuerpo femenino era para ella la fuente de todos los placeres.

—Sé exactamente cómo abordarlo —me dijo—. ¡Ah! Y qué piel, qué gemidos, qué orgasmos, pueden compararse con los de una mujer —suspiraba—. La ventaja de conocer, por mí misma, los resquicios más fogosos, me hacen la mejor amante que ellas pueden soñar. Soy dueña y señora del mapa de esos territorios.

—Una ventaja innegable —admitía yo.

Me explicó la ignorancia de los hombres cuando se trataba del placer de las féminas. La brutalidad masculina de no conocer las zonas más secretas de sus parejas, de confiar en sus penes sin percatarse que el placer femenino requería de una delicadeza extrema.

—¿Sabes si tus mujeres tienen orgasmos? —me preguntó—. ¿Te importa acaso?

Tuve que reconocer que saberlo no me había importado demasiado; pocas mujeres hablaban de sus orgasmos porque pensaban que el hombre los percibía casi por telepatía. En general, uno daba por descontado que el solo hecho de hacer el amor, de saberse amadas o dueñas del fervor de un hombre, les placía lo suficiente. Las mismas mujeres cultivaban esta percepción.

Las pláticas con Charlotte me dejaban ansioso, encandilado por sentimientos sexuales que debía satisfacer en la soledad de mi cabina. Fue una buena lección para el examen de mi comportamiento como amante, un despertar del que más tarde me beneficié.

De otros pasajeros, a excepción de John Eshlakta, apenas tengo vagos esbozos de rostros fácilmente olvidados. Eshlakta era de contextura fuerte, mediano tamaño, de piel muy blanca y ojos azules. El pelo más bien castaño anunciaba una inminente calvicie y descubría una frente amplia. Era muy aficionado a la comida y a las cervezas, que consumía como catador, clasificándolas y adivinando hasta la procedencia del lúpulo usado en su fabricación. Conocía de máquinas y curiosidades y su conversación siempre era interesante. Desde el inicio simpatizamos el uno con el otro. Eshlakta no aspiraba a llegar a California, ni tenía intenciones de encontrar oro. Me contó que vivía con su madre y su abuela en un pequeño lugar en Nicaragua llamado Matagalpa, donde recién se iniciaba como agricultor. Oír sus descripciones hacía que uno imaginara una especie de Paraíso Terrenal. Me habló de decenas de inmigrantes: alemanes, franceses, italianos, ingleses, asentados en esa zona; de sus bosques de niebla, sus montañas, la manera en que cultivaban el cacao y planeaban cultivar café, las mujeres tiernas y hermosas, las maravillas de un mundo primitivo donde todo estaba aún por hacerse. Aborrecía la nueva civilización, la revolución industrial con sus iniquidades, como llamaba a las fábricas y al comercio deshumanizado que, decía, acabaría con los placeres más esenciales. Se burlaba de los que esperaban encontrar en el oro el sentido de sus vidas. Nunca iba él a poner un pie, me dijo, en un lugar como San Francisco, lleno de aventureros, de cazafortunas. El oro era una empresa para topos, reía, y el frío, además, no era para él. Nada como la floración del café, la humedad de los amaneceres en el trópico que nunca abandonaba el verdor, ni conocía la nieve. Nicaragua era su patria y la amaba.

Capítulo 31

Tras nueve días de navegación arribamos a Greytown, en la desembocadura del Río San Juan, el 23 de julio de 1851. En la proa del *Prometheus* vislumbramos ese mundo ignoto y distinto a cuanto conocíamos, donde el verdor y abundancia de la vegetación irrumpían sin control y la tierra exhalaba calor y humedad. Me embargó una intensa emoción cuando pensé que al cruzar hacia el Pacífico, dejaría atrás y muy lejos, Europa, el Atlántico, el Mediterráneo. Quería dar el salto hacia esa otra etapa de mi vida, convencerme de estar al borde de experiencias insólitas, pero la nostalgia y el temor, como vientos contrarios, me apartaron de la proa y me condujeron a la popa, a mirar el horizonte de ese océano sobre el que quizás nunca más volvería a navegar.

Debíamos dejar el *Prometheus* para abordar el vapor *Bulwer* en el que transitaríamos el Río San Juan. El menor tamaño y casco de acero de esta embarcación facilitaría la navegación por los rápidos del río. Sobre el agua, desde la ribera, aparecieron de pronto una docena de canoas anchas y largas. Cada una de ellas era impulsada por dos corpulentos indios rama, totalmente desnudos, que usaban con agilidad largas pértigas.

Con tono irónico, Vanderbilt se excusó ante las damas por el espectáculo. Explicó que estos hombres eran famosos por su resistencia y sus habilidades como navegantes. Podían navegar hasta doce horas de pie y conocían como nadie las diferentes profundidades del río. Tomó tiempo descender del barco a las canoas en las que cabían de dieciocho a veinte personas. Hombres y mujeres hacían lo posible por no rozar, o incluso, mirar a los indígenas, que nos miraban como si nosotros fuéramos los raros. El *Bulwer*, era muy similar a los botes más elementales y de poco calado que navegaban el Hudson o cualquiera de los ríos de Norteamérica; botes sin muchas comodidades, donde el pasaje se acomodaba sobre una ancha cubierta protegida del sol por un techo de lona verde. Nuestro equipaje fue trasladado y almacenado en la parte posterior donde se levantaba una estructura de madera de dos niveles; la superior era el puente de mando y en la inferior se alojaban las provisiones y la sencilla cocina. Esperamos expectantes la señal de zarpar. El lugar era de una belleza salvaje, con enormes árboles cargados de bromelias y parásitas, y troncos caídos en las riberas donde se posaban garzas blancas. Había una abundancia de helechos, palmeras y cocoteros altísimos. Pájaros de vívidos colores entre los que sobresalían algunos tucanes con sus largos y arqueados picos, se balanceaban en las ramas de las que colgaban enormes lianas que se hundían en las riberas. Eshlakta no paraba de hablar de la cantidad de animales y maravillas del trópico. A lo lejos observé las casas con techos de palma de Greytown que se mezclaban con otras construcciones de madera pintadas de blanco en que habitaban los ingleses y las autoridades. Árboles que identifiqué, como el llamado *fruta de pan* y el de hojas brillantes que produce el hule, crecían más allá de las márgenes. El calor intenso nos hacía sudar copiosamente. Las mujeres se quejaban y Charlotte, sin asomo de modestia, se desabrochó el traje blanco de muselina, para dejar libre sus hombros y refrescarse. Durante la espera, avistamos un lagarto moviéndose lento y sinuoso por la orilla. En medio de mi incertidumbre, agradecí el privilegio de estar allí.

Conversábamos Charlotte y yo con Vanderbilt sobre nuestras primeras impresiones cuando vimos acercarse por el río un bongo sobre cuya cubierta viajaba un soldado inglés acompañado por un mulato de contextura fuerte, nariz chata, ojos muy negros, con expresión de pocos amigos. Subieron al *Bulwer* y el tipo mal encarado se plantó frente al comodoro.

—Lamento informarle que no pueden zarpar a menos que obtengan nuestro permiso para navegar por el río.

—¿Permiso de quién? —contestó lleno de ironía Vanderbilt—. ¿De usted acaso? ¿Sabe con quién está hablando? El gobierno de Nicaragua me ha asignado la concesión para construir un canal por este río. Tengo derecho a navegarlo sin que nadie me extienda un absurdo permiso.

—Soy el enviado de su majestad, Robert Charles Frederic, rey de la Mosquitia. Si quiere pasar debe pagar 123 dólares.

Vanderbilt lo miró de arriba abajo. Lleno de arrogancia y desprecio por el imperioso nativo, se tiró una carcajada.

—Este puerto está bajo el protectorado de Gran Bretaña —intervino el soldado inglés, en defensa del misquito.

—Puede que el poblado lo esté —dijo Vanderbilt—, pero el río, según estipula el Tratado Clayton-Bulwer, es neutral y tanto ustedes como nosotros podemos surcarlo sin impedimento, y sin pagar un centavo.

—Usted puede decir lo que quiera —dijo el mulato en tono pendenciero—, pero si no paga no podrá pasar.

—¡Bajen inmediatamente de mi barco —le gritó Vanderbilt, perdiendo la paciencia—, tendrán que bombardearnos si quieren impedir que salgamos!

El soldado inglés contuvo al enviado del Rey Mosco, quien con gesto airado hizo ademán de lanzarse sobre Vanderbilt.

—¡Se arrepentirá, señor, se lo aseguro!

—*Sure, I will.* Sí, sí —respondió Vanderbilt, riendo burlón.

Se marcharon, pero no pasó mucho tiempo antes que un barco de la armada inglesa se colocara, amenazante, en nuestro camino. Estábamos al alcance de sus cañones.

Sin poder hacer nada más que observar, los pasajeros fuimos en grupo a exigirle a Vanderbilt que no pusiera en riesgo nuestras vidas con sus desplantes. Al fin, Vanderbilt navegó en un bongo hacia el barco inglés y negoció con ellos que nos permitieran continuar la navegación hasta el Gran Lago.

Vanderbilt terminó pagando lo que le exigían y pudimos zarpar. No sería ésta, sin embargo, la última vez que los ingleses intentaran impedirle la navegación. Cuando el comodoro iba de salida a Nueva York varias semanas después, volvieron a exigirle el pago de los 123 dólares. Él rehusó pagar y los ingleses dispararon entonces tres cañonazos contra el *Prometheus* que, por fortuna no dieron en el blanco. Ese incidente enfebreció los ánimos del Departamento de Estado de Estados Unidos, que, en una acción propia del espíritu imperial de los norteamericanos, mandó una fragata que arrasó con el poblado. En su edición del 25 de julio de 1854, *The New York Times* anunció la sorprendente noticia del bombardeo, incendio y destrucción total de Greytown por el barco de guerra *Cyane*.

FURTHER FROM CALIFORNIA;
ARRIVAL OF THE PROMETHEUS.
Startling News from Nicaragua. Bombardment and Burning of San Juan or Greytown by U.S. Sloop-of-War Cyane. The Town Totally Destroyed. NO LIVES LOST. Gold Freight, $806,853.

A pesar de su natural coraje, Charlotte había sufrido de un ataque de pánico durante el primer incidente con el enviado del Rey Mosco. En medio del calor le poseyó un frío nervioso que la hizo temblar.

—¡Estamos entre salvajes, George! ¡Pueden atacarnos, comernos, Vanderbilt es irresponsable al desafiarlos!

Me reí.

—No hay caníbales por aquí, Charlotte, más riesgo hay que te coma un lagarto.

—Crees que sabes todo, George. ¡Tenías que ser francés! Nunca me he alegrado tanto de que me gusten las mujeres que cuando vi los penes de los misquitos esos. Sólo pensar que te atraviesen con esas jabalinas, me dio escalofrío.

Así era ella: ¡encantadora!

El barco a buena velocidad se deslizó costeando la ribera derecha del río. Luego de bajar por el delta, el San Juan se presentó ancho y magnífico ante nuestros ojos. Pensé en lo que habrían pintado Corot, Turner o Gainsborough si hubiesen visto aquello. Yo era aficionado a las pinturas de paisajes, pero de esta parte del mundo sólo conocía algunas obras de un joven pintor norteamericano, Frederic Church, viajero como Squier de estas latitudes. La opulencia y verdor de la naturaleza contrastaba con las casuchas de paja que veíamos esparcidas por las riberas, rodeadas de plantaciones de bananos. Nos cruzamos con varias canoas cargadas de cabezas de plátanos que bajaban a comerciar en los pueblos que aún no habíamos visto.

Navegamos unas horas más tarde por la entrada del río Colorado. Vanderbilt lo consideraba un río parásito, que se estaba llevando toda el agua del San Juan y convirtiendo la entrada por Greytown en un banco de arena.

—Por qué estos pequeños países se aferran tanto a sus territorios y no les sacan partido uniéndose para compartir la riqueza, es un misterio para mí. ¡Es que no son siquiera industriosos! Ya verán cómo viven. Se conforman con una hamaca y una siembra de maíz y plátanos. Es el clima. Si tuvieran inviernos helados, sin duda serían más trabajadores. Nicaragua y Costa Rica podrían usar este río para mutuo beneficio. En cambio, no cesan de perder tiempo en litigios intrascendentes.

Al atardecer el cielo se oscureció y un viento huracanado nos sacudió las ropas con ráfagas de lluvia que pronto cayeron sobre nosotros con furia. Aunque la lona del *Bulwer* resistió sobre nuestras cabezas, era imposible refugiarse de la lluvia diagonal, cuyas gotas arremetían como perdigones, y sólo nos quedó sentarnos de espaldas al aguacero para proteger al menos las caras.

Anclados en medio del río, pasamos una noche de pesadilla. Llovió por períodos y los mosquitos nos rodearon como a un ejército enemigo. Mandamos a las mujeres a dormir en la zona donde iba el equipaje que estaba más protegida. Por primera vez vi a Charlotte perder la compostura y echarse a llorar, maldiciendo California y su idea de aceptar la invitación de Vanderbilt. Creo que él fue el único de nosotros que durmió.

Se envolvió en una manta como una momia, se recostó en la proa, en el suelo, y al rato, al sonido de la lluvia y los crujidos del *Bulwer*, se unió el estrépito de sus ronquidos.

Yo también maldije haber terminado allí sirviéndoles con mi sangre un banquete a esos malditos insectos cuyo zumbido taladraba el cerebro. Estoy expiando mi culpa, pensé. Ignoraba si habría otro en ese barco que cargara un crimen sobre su conciencia. Sin embargo, una parte de mí empezaba a gustar de los impredecibles acontecimientos. No sería un Alexander von Humboldt cuyas hazañas admiraban tanto Hamilton como Alfred Lord Tennyson, pero me asombraba de lo que me había atrevido a emprender desde mi escape de París. Cierto que el miedo y la necesidad habían jugado su parte, pero era claro que un ser nacido de la desventura había despertado en mi interior y estaba logrando imponerse sobre mi otro yo. Ser George me iba siendo más natural y cómodo. La perspectiva de nunca volver a ser Theóbald dejaba de angustiarme. George se convertía en un hombre más real que Theóbald. No tenía claro aún a qué podría dedicarme, pero la vida a menudo lo coloca a uno en el sitio propicio. Durante el viaje en el *Prometheus*, las hierbas y remedios que compré en Nueva York me permitieron aliviar a algunos pasajeros de menores dolencias. Eshlakta no perdió tiempo en convencerme a mí y a los demás de mis habilidades de médico empírico. Lo tomé con buen humor, consciente de que a veces el solo hecho de ser atendido por un médico tiene propiedades curativas y que en ese barco yo era el mejor informado en materia de vahídos, náuseas y resfríos.

Al amanecer, levamos anclas en medio del sonido de cientos de pájaros y una luz tenue que lentamente dispersó la niebla que se extendía sobre el río como una vaporosa cubierta blanca. Miraba con unos binoculares un manatí que nadaba por la orilla cuando súbitamente un sonido como el de una lija raspando la madera corrió por la quilla y frenó el avance.

—¡Banco de arena! —gritó el capitán White—, *shit!*

Ordenó alimentar las calderas. Aceleró. Las máquinas y las paletas hicieron un ruido infernal, pero el barco no se movió. Vanderbilt bajó del puente de mando contrariado, a mirar la situación desde la proa. Comprobó la poca profundidad del río y el atoramiento del barco en la arena. Enérgico, con los ojos encendidos de determinación, se volvió hacia mí y los otros hombres que componíamos el pasaje.

—Necesito voluntarios —espetó—. ¡Esto será como empujar una diligencia hasta que salga de este maldito fango! —siguió gritando sobre el ruido de los motores y mandó a un grumete a detener las máquinas. Se hizo un silencio que minutos después se llenó del chasquido de los cuerpos de los marineros zambulléndose en el agua. Eshlakta no perdió tiempo.

—Vamos, vamos —me dijo—, ¡no nos caerá mal un chapuzón!

Ni corto, ni perezoso, se despojó de sus ropas, conservando sólo los calzoncillos y se tiró al agua. Lo imité bajo la mirada contrariada de Charlotte.

—Hay tiburones en este río, George, no seas estúpido.

—Prométeme que me avisarás si ves las aletas —sonreí,

y me lancé al agua sin revelar mi aprensión. No era un gran nadador, pero era tan poca la profundidad que subiendo sobre el montículo de arena que detenía el barco, me era posible caminar con el agua hasta el pecho. Con más o menos reticencia, los demás pasajeros se echaron a la corriente. Nos alineamos a ambos lados de la quilla, y bajo el comando de Vanderbilt movimos el barco más al centro del río, al tiempo que lo alzábamos. Dentro del agua, éramos fuertes, nos sentimos titanes y héroes. Nunca había experimentado mayor perseverancia y unidad de propósitos entre tan disímiles seres humanos. Pensé en el efecto mágico del peligro y de las órdenes acompasadas de un líder a quien se respeta. Así debían moverse los soldados formados frente al enemigo. Visualicé legiones de espartanos al mando de Leónidas. El barco se bamboleó repetidas veces hasta que logramos, tras tres horas de esfuerzos, empujarlo, con un rugido primitivo, hacia aguas más profundas.

Vanderbilt, a sus 57 años con su físico impresionante, el torso ancho y tostado demostró que sus brazos sabían pilotear las olas y corrientes. Me dio ganas de reír cuando vi a Charlotte mirarlo con no poco deseo.

—Tal vez lo que no has tenido es un hombre apropiado —bromeé, mientras me secaba—. Quizás con alguien como él podrías encontrar otros placeres.

—Lo admiro como una estatua griega. Con la dureza del mármol —rio ella—. Un misógino bien parecido, ¡pero hombre al fin!

Al poco rato, mientras los voluntarios disfrutábamos nuestra hazaña de regreso en la cubierta, refrescados por la brisa sobre nuestras ropas mojadas, el comodoro apareció con su ayudante cargando una bandeja con vasos en los que nos sirvió abundante whisky, sedoso y de excelente calidad. Era casi mediodía.

—¡Amigos, ésta no será la última aventura, les prometo! En este viaje acumularán historias para contar a sus nietos —brindó con una amplia sonrisa nuestro Ulises.

No se equivocaba. El trayecto por el Río San Juan en Nicaragua ahorraba 700 millas al viaje insalubre por Panamá, pero sabíamos que, para llegar al Gran Lago, tendríamos que cruzar varios rápidos. Efectivamente, a media tarde, oímos el rumor del agua saltando sobre peñascos. Eran los rápidos del Machuca. El *Bulwer* arremetió sin miedo. Los gruñidos de su casco de acero arañando las piedras se aunaron a los rugidos de los marineros afanados con las pértigas. La proa se alzó y nos tiró de las bancas. Vanderbilt encolerizado ordenó el retroceso. Entrando por otro ángulo, salvó el día. Tomó el timón y ordenó echar a andar las máquinas a todo vapor para acelerar al máximo las ruedas de paletas. El *Bulwer* temblaba como una tetera. Creo que aguanté la respiración más de una vez calculando cuál de las riberas podría alcanzar nadando. Vanderbilt, como fuerza de la naturaleza, no cejó, y los pasajeros finalmente sentimos la nave avanzar como si se tratase de una gigantesca tortuga arrastrándose lenta y pesada sobre el raudal.

Cerca de allí vimos, cubierto de plantas y algas marinas, y empezando a convertirse en isla, el casco de madera del *Orus*, la embarcación náufraga del primer intento de la Ruta Accesoria del Tránsito por atravesar estos hostiles obstáculos.

—Esto es más de lo que pensé tendría que soportar —decía Charlotte, abanicándose, con el rostro enrojecido por el sol, el calor y la tensión. Yo también estaba listo para un descanso, pero Vanderbilt regresó a la cubierta bajo el toldo, se acostó cuan largo era en una de las bancas y se rio de las ansiedades que disfrazamos como preguntas.

—¿Que si hay más trechos como éste? —exclamaba—. ¡Ciertamente! Dos raudales más: El Castillo y El Toro. Y luego espero que el lago esté tranquilo. Es una inmensa masa de agua y cuando hay viento, es tan fiero como el arisco Atlántico. Las olas son cortas, lo que amplifica la sensación que uno está a punto de naufragar. ¡Ah! Pero no teman. Abordaremos *El Director*, mi barco preferido, una nave que ama el agua y se mantiene sobre ella como buen jinete. ¡Por Dios! Van a California. Esto es solo un entrenamiento para lo que encontrarán allá.

Almorzamos en un playón donde pudimos secarnos un poco, estar un rato en tierra firme y mirar de cerca las flores y enormes helechos de la ribera.

Por la tarde avistamos sobre una colina El Castillo, la vieja fortaleza española, y a sus pies el pequeño pueblo y el agua clara de los rápidos. Vanderbilt dispuso que pasáramos allí la noche. El pueblo, aunque rodeado de un paisaje magnífico, era muy pobre. El comandante a cargo salió a recibirnos. Se llamaba Fernando Silva, enjuto, alto, moreno con una barba oscura y grandes bigotes, no paró de hablar. Rebosaba de palabras y expresiones en las que mezclaba su poco inglés con el español. Nos contó historias de los fantasmas de la isla Bartola, de las mujeres convertidas en manatíes y de los indios pelirrojos, que pocos habían visto y que vivían sobre el Río Frío. Los llamaban guatusos, por el color rojizo de este animal.

A las cinco de la mañana, se tiraron cuerdas sobre los árboles de la ribera para mantener el barco sobre los raudales.

Esta vez ni siquiera Vanderbilt logró que el *Bulwer* surcara el raudal del Castillo. Tuvimos que mandar a dos marineros al pueblo a buscar unas canoas para quitarle peso y poder continuar nuestro viaje. Vanderbilt no quería demoras. *Time is of the essence*, repetía, mientras supervisaba que nos acomodáramos en las canoas impulsadas por otros indígenas monumentales. Así bajamos hasta San Carlos, un mísero caserío, puerto del lago, donde nos esperaba *El Director*, el famoso vapor; más grande, una versión más sofisticada del *Bulwer*, grácil y sólido a la vez, con doble cubierta, toldo de lona azul, y una flamante bandera de Estados Unidos izada en un mástil, ondulando en la popa.

Descendimos de las canoas. Tendríamos que esperar un rato para abordarlo. La tensión, el cansancio del viaje por el río, me hicieron mella de repente. Quería estar solo un rato tras el apretujamiento de los últimos días. Me recosté contra un pequeño muro del muelle mirando el lago inmenso, escuchando las olas pequeñas lamer las riberas. El agua cafesuzca en la orilla lucía gris en la lejanía. En el cielo las nubes eran voluminosas, redondas y de un blanco inmaculado. Debía ser por la humedad y el vapor de la tierra caliente, pero eran notables torres y moles, cuyos perfiles al atardecer, mientras se hundía el sol, iban convirtiéndose en celajes bermellones, dorados, rosa, un espectáculo de un desparpajo que antes jamás vieran mis ojos. Era como todo allí: exagerado, sensual, una belleza sin pudor que despertaba los sentidos. En contraste con mis pensamientos plácidos, mi cuerpo súbitamente fue presa de un fuerte mareo acompañado de náuseas. Pensé que se trataba del efecto de continuar sintiendo en tierra el bamboleo de la embarcación, pero pasado el mareo, un sudor frío me corrió por el cuerpo y empecé a temblar. Debíamos esperar el trasiego del equipaje de las canoas al barco. Sería por mi malestar, pero me pareció que se prolongaba más que el tiempo que tomaría escribir la Biblia. Vanderbilt iba de un lado al otro. Algunos pasajeros se refugiaban del sol en un rancho por el que andaban sueltas unas gallinas. Era todo tan primitivo. El contraste entre la pobreza y la magnificencia de la naturaleza me hizo divagar sobre la supuesta superioridad de los seres humanos. Los perros y los niños descalzos y en harapos deambulaban excitados. El frío me consumía. No quería moverme. No sé cuánto tiempo pasó hasta que empezó a disminuir. Pude ponerme de pie y acercarme a Vanderbilt. Pedí su venia para embarcar y tirarme sobre la cubierta de *El Director*.

—¿No se siente bien?

—Creo que necesito tenderme un rato —le dije.

Accedió y llamó a un marinero para que me hiciera subir. Pensé pedirle que buscara a Charlotte para que me acompañara. No sabía dónde estaba. De seguro en búsqueda de escondite. Había sufrido el engorro de no contar con la apropiada privacidad para sus necesidades fisiológicas. Supuse que algo así la estaría ocupando.

Me tendí y dormité. Desperté con el estrépito del pasaje abordando. Me sentía francamente mal. Tenía fiebre.

CAPÍTULO 32

La navegación por el inmenso lago, a bordo de *El Director*, fue tempestuosa. Las olas nos elevaban y nos dejaban caer sobre el agua. Apenas podíamos contener las exclamaciones de miedo cuando nos sentíamos alzados como un barco de papel. Al atardecer, tras una intensa lluvia que nos salpicó las ropas, aquellas aguas cambiaron de humor y se tendieron yertas y mansas a nuestro paso.

Vanderbilt ordenó acelerar la marcha. Las máquinas se cebaron al máximo para que las ruedas de paleta alcanzaran su potencia de 30 caballos de fuerza. El comodoro, obseso con el tiempo, iba al timón empeñado en probar la efectividad de la Ruta del Tránsito en comparación con la ruta malsana por el río Chagres en Panamá.

Creo que el temor a que uno de sus pasajeros sucumbiera a estas pestes lo llevó a renovar sus atenciones conmigo. Quería asegurarse de que no sufría de malaria. Aunque me resistía a tomar la quinina que llevaba en mi equipaje, yo sospechaba que ése era, precisamente, el mal que me aquejaba. Pero como ningún otro presentaba malestar semejante, me asaltaba la duda. Que el mosquito me hubiese picado sólo a mí parecía una broma de mi mente culposa.

Tras ingerir un fuerte antipirético, pude unirme a los demás e intercambiar impresiones sobre la travesía por el inmenso lago a quien los conquistadores españoles llamaran la Mar Dulce. Al atardecer, las nubes en el horizonte lucían borrachas de colores pulsantes y vívidos, desde el naranja fuego hasta el rosa púrpura. Me volví a echar, pues me sentía postrado y débil. Me pregunté si no iría a morir en esos parajes exóticos. Discretamente, Eshlakta se sentó a mi lado y me sugirió que lo acompañara a Granada. En poco tiempo desembarcaríamos en La Virgen. La distancia de allí a Granada era muy corta, en comparación con el trayecto en mula y luego en vapor que me esperaba si decidía seguir viaje a San Francisco. Podía esperar en la ciudad, me dijo. Conocía personas que se ocuparían de mí hasta el próximo viaje, en un mes y medio aproximadamente. Lo escuchaba en silencio, sin oponer resistencia.

Al acercarnos a La Virgen, oí las exclamaciones de los pasajeros apuntando a los dos colosos volcánicos, el Concepción y el Maderas, que sobresalían sobre la isla llamada Ometepe.

—Los antiguos Nicaraguas, según la leyenda —explicó Eshlakta— llegaron del imperio azteca huyendo de los tributos desmesurados que les hacían pagar. Sus sacerdotes les instruyeron que no dejaran de andar sino hasta que encontraran una isla con dos volcanes gemelos: esa misma isla que vemos. Nicaragua, de hecho, quiere decir: «hasta aquí llegó el náhuatl»

Como suele suceder, los demás lo escucharon con respeto, porque la historia era interesante y hacía más exótica la travesía. Debido a la fiebre, en mi mente sus relatos se fueron entrelazando con historias que Vanderbilt contara sobre los ataques de Morgan y sus piratas a la lacustre ciudad de Granada. En mi duermevela, las velas de los barcos de los bucaneros volaron como globos sobre los volcanes.

Navegamos toda la noche sobre el lago calmo. *El Director* carecía de adecuadas instalaciones para el descanso de sus pasajeros. Las damas se acomodaron como pudieron sobre el equipaje en el cuarto situado en el segundo nivel de la cubierta bajo el puente de mando. Los demás ocupamos los duros bancos transversales tendiéndonos y arropados con unas mantas que el capitán White distribuyó entre nosotros. Generosa, Charlotte se quedó a mi lado atendiendo mi fiebre que sólo cedía al alcanzar su clímax luego de episodios terribles de un frío glacial que me ponía a temblar y a tiritar.

—Creo que tienes malaria, amigo —me susurró Eshlakta—. Al menos tienes todos los síntomas.

Llegamos a La Virgen cuando apenas empezaba a amanecer. Estoy convencido de que Nicaragua tiene un pacto con la creación para presumir de los cielos más dramáticos y hermosos que yo jamás viera. Me dejaba pasmado ver esa conjunción de agua, volcanes, verdor, pájaros. Bajamos del barco. Me esforcé en poner buena cara, pero Vanderbilt debe haber notado lo descompuesto que me hallaba. No opuso mayores reparos a la idea de que viajara con Eshlakta a Granada. Me prometió que yo no tendría que pagar ni un dólar cuando decidiera reincorporarme a la expedición a San Francisco. Sería su huésped hasta el lugar de destino del viaje inaugural. Su oficina se encargaría de enviarme un mensajero para anunciarme la fecha del siguiente vapor. Entonces, ya estaría bien, sin duda, y podría viajar a La Virgen y de allí unirme al pasaje que tomaría la embarcación en la bahía de San Juan del Sur. Le agradecí su gentileza y añadí mi admiración por su persistencia en aquella hazaña de la Compañía Accesoria del Tránsito. Hizo un gesto de adiós con la mano sin atreverse a acercárseme mucho. En cambio, Charlotte me atrapó en un abrazo de boa.

—*Au revoir, my duke* —dijo, coqueta y jocosa—. No te vayas a morir.

La miré y debo haber palidecido, pero reaccioné de inmediato, lanzando una carcajada.

—Eres incorregible, Charlotte.

—Y tú podrías ser el Conde de Montecristo —sonrió sagaz.

—Vete —dije—. No tengo fuerzas para reírme ahora.

La miré subir a las diligencias que partían hacia el puerto de San Juan del Sur.

¿Se me notaba tanto la pátina de la aristocracia francesa? Lo medité entre las idas y venidas de la fiebre que empecé a atacar con quinina, no bien nos separamos de Vanderbilt, su tripulación y los demás pasajeros. Rememoré algunos comentarios de Charlotte durante el trayecto en el *Prometheus*, cosas como que yo comiera la ensalada al final y no al inicio de la comida, que la terminara con quesos (lo cual le hizo reír); mis ruegos al camarero para que cambiara el tipo de copas para el vino tinto o el blanco. Tonterías. No sé qué modales notó o qué dedujo de mis conversaciones sobre las funciones de teatro en París, mi afición por Molière, la ópera, los paisajistas ingleses. A ratos me miraba dubitativa y preguntaba si acaso en vez de comerciante, médico empírico y botánico, no era yo un noble buscando el anonimato. Algo le diría al comodoro, porque en más de una ocasión los vi cruzarse miradas de entendimiento mientras departíamos después de la cena. En las conversaciones con Charlotte hice grandes esfuerzos para no hablar de Fanny, de Henriette y contarle mis cuitas. Construí un personaje femenino, la esposa querida, cuya muerte era la razón de que me lanzase a la aventura californiana, a quien le endilgué mínimos defectos y cualidades de una y otra. Sin embargo, a menudo, el sarcasmo distorsionaba el retrato que intentaba humanizar. Como un vampiro, ocultaba aprisa el filo de mis caninos evitando revelarle el odio y saña agazapadas tras el supuesto amor que decía profesarle a la ficticia amada. Me obligaba a la mesura, pero buscaba la forma de advertirle a Charlotte de lo volátil del amor de las mujeres, pues me mortificaba la idea que alguien la hiciese sufrir. Le había tomado cariño. Gracias a ella la travesía desde Nueva York hasta que nos separamos en La Virgen había sido un trecho feliz en mi nueva vida de migrante y fugitivo. Fue con ella con quien creí hilvanar la mejor versión de un pasado verosímil. Con ella aprendí a utilizar las emociones de episodios reales para darle veracidad a escenas sucedidas en entornos y tiempos distintos. Los personajes de mi familia imaginaria empezaron a tomar peso y sustancia; pude perfilar sus manías, los eventos que los marcaron. Sustituí la verdad por una fábula con sus dramas, penas y triunfos.

Pero lo que dijo Charlotte al despedirse me hizo dudar de mis dotes narrativas. O Charlotte era perspicaz, o conocía el caso, o el gozo de enhebrar fantasías me había delatado. Quizás yo era más transparente de lo que pensaba. «El hábito no hace al monje», solía decir mi madre de los nuevos ricos. Rara vez uno imaginaba a un noble intentando pasar por plebeyo. ¿Por qué entonces su alusión al Conde de Montecristo? ¿Pensaría que era un plebeyo que querría ser noble? No estaba mal si ése era el caso. No estaría haciendo tan mal mi juego.

Inútil mortificarme. De todas formas, con Charlotte pude darme cuenta de que no estaba condenado para siempre a ser hosco y distante, que imaginar me dotaba, efectivamente, de una vida cuyo resultado no tendría que ser la personalidad de Theóbald Choiseul de Praslin, sino otra personalidad, esa que estaba creando para mí mismo.

Capítulo 33

No vi Granada sino ocho días después de nuestra llegada. Arribamos de noche en *El Director*. Sentí que llegaba a
la civilización cuando en el muelle nos recogió un coche de
caballos confortable que nos llevó a un caserón español de
hermosa arquitectura con patios interiores y habitaciones
cuyas puertas se abrían sobre los anchos corredores que rodeaban el jardín principal donde se alzaba una fuente muy
simple, pero que cumplía a cabalidad su misión de refrescar
el aire con su sonido líquido y acompasado.

Eshlakta se encargó de todo. Yo apenas tuve el suficiente
empuje para entrar a la habitación que me asignaron, comprobar que la cama era cómoda, que la habitación contaba
con un mueble con pana empotrada y una jofaina para lavarme, una silla de balancines y una mesa para poner mi
maleta.

Me cambié la ropa húmeda. Me puse una camisa de
dormir. La fiebre me sacudía violentamente y Eshlakta que,
desde esa noche se convirtió en mi más fiel y generoso amigo, dispuso sentarse a mi lado y acompañarme. Fue en mi
delirio que vi mi tumba; una tumba llena de abrojos y maleza, con una tosca y absurda cruz pintada en verde, sobre
la que alguien escribiría «George Desmoulins». Recuerdo la

sensación de desolación que experimenté. Moriría lejos de mis hijos, de mi país, de mí mismo, en esa casa foránea que apenas había vislumbrado. En mi mente febril, el apego a la vida se convirtió en la perentoria necesidad —una necesidad parecida al vómito— de liberarme de mi secreto, de recuperar mi nombre. Sentí que tenía que decir quién era. No quería la tumba de George Desmoulins, sino la mía propia.

—John, John —gemí—, acércate. Debo decirte algo.

Él se acercó rápido y solícito. Vi su rostro de preocupación muy cerca del mío, su rostro muy blanco, los ojos pequeños, la incipiente calvicie, los anchos labios. Sentí su respiración ruidosa.

—John, tengo una confesión que hacer. No me llamo George Desmoulins. Si me muero, por favor, no me sepulten con ese nombre. No es mi nombre, no es mi nombre. Prométame que no me sepultarán con ese nombre —imploré, apretando su brazo con mi mano.

—Sí, sí, George, no te preocupes; no morirás, la quinina hará efecto, sólo has tomado dos dosis.

Sacudí la cabeza. Supliqué.

—Te diré mi verdadero nombre. Es el nombre que quiero uses para mí en este país, sea que viva o que muera, ¿me lo prometes? ¿Me prometes llamarme con mi nombre?

—Faltaría más —exclamó John—. Te lo prometo, amigo, no te agites más.

—Soy George, Jorge Choiseul de Praslin —le dije—. Soy un duque francés. Algún día te explicaré por qué usé otro nombre, pero esto que te digo es la verdad; soy Jorge Choiseul de Praslin, ¿me entiendes?

—Entiendo, entiendo, entiendo —repitió John, dándome palmaditas tranquilizadoras en el brazo.

Ningún otro recuerdo de esos días subsiste en mi memoria. Tras esa confesión, me abandoné absolutamente a lo que mi cuerpo dispusiera. Revelar, dejar salir mi verdad, me causó una sensación de alivio similar a la que produce arrojar del vientre una comida malsana. Por primera vez en largo tiempo dormí profundamente.

Una mujer apenas morena, de pelo muy negro y enormes ojos alertas, con una sonrisa de madre, me dio sopas y la medicina que le indiqué. Sabía suficiente francés para que nos entendiéramos. Era firme y me trataba como niño grande. A ratos su rostro sonreía, otros, me observaba sin ninguna emoción, como un objeto desvencijado que debía reparar. Sabía de la quinina. Era una médica empírica, herbalista. Inspiraba confianza por su actitud sin dudas. Se llamaba Lorena Isbá y era la dueña de aquel caserón, una viuda acaudalada, colectora de muebles antiguos y excelente anfitriona. Eshlakta, quien le había pedido que se encargara de mí, llegaba por las tardes. Recuerdo el sonido de su voz. Sospeché que además de viejo amigo, era el amante ocasional de Lorena. Él cumplió su promesa. Me empezó a llamar Jorge Choiseul de Praslin.

Poco a poco el sudor frío de mi cuerpo y la fiebre fueron cediendo. En su lugar se me dio percibir el aire ardiente de los mediodías y las tardes en que nubes de vapor y humedad emanaban de la tierra caliente. La quinina surtió efecto. Había leído que los indígenas de Suramérica la llamaban Quina Quina, y que era producto de la corteza de un árbol. En 1638, la Condesa Chinchón, esposa del Virrey del Perú, fue curada de las fiebres mediante el uso de esta corteza. Cuando los Condes de Chinchón regresaron a España, llevaban la droga y la ocuparon una vez en Alcalá de Henares con éxito. De esa resultó que el árbol se pasara a llamar, Cinchona, por la condesa. «Remendaron el nombre», bromeaba Lorena, cuando se lo conté, «lo hicieron para que no sonara como «chichas». Ése era el nombre vulgar con que los nicaragüenses se referían al busto de sus mujeres.

Al tercer o cuarto día de convalecencia, Lorena entró temprano. Con sus manos de uñas largas con las que tocaba las cosas levemente como si solo usara las yemas de los dedos, me rozó la frente y por primera vez corrió las cortinas de la habitación.

—Ya pasó —me dijo con aplomo—. Ya no habrá más fiebre. Ahora le toca recuperarse.

Lorena olía ligeramente a romero. Imaginé cuánto me confortaría que se metiera en mi cama y me abrazara, sentir sus grandes pechos contra mi espalda. Pensé que la amistad de Charlotte quizás me había reconciliado con lo femenino, precisamente por no amenazarme. Desde lo de Fanny, las mujeres me inspiraban cierto temor. Reconocía que eran muy poderosas, con un poder que disfrazaban de debilidad. En el fondo, nos permitían creernos superiores. Nos adjudicaban el ejercicio de un dominio que luego reclamaban no sabíamos manejar ni administrar. Pienso que éramos proclives a la violencia porque percibíamos que no éramos tan fuertes como nos habían enseñado. Para superar la contradicción enaltecíamos nuestro poder para la guerra, la fuerza bruta, la capacidad de dominar y hasta matar. Los siglos nos concedían una jerarquía sin más credencial que el pene que llevábamos entre las piernas.

Lorena no era coqueta, pero sí desenfadada y sin ningún reparo en decir lo que pensaba. En mi mundo habitual, alguien así —lo mismo pensé de Charlotte— era reconfortante.

Eran mujeres que, sin dejar de ser sensuales, podían ser maternales y no hay hombre, juzgo, que no añore los cuidados de su madre.

—Al barbero le toca ir ahora, *Mesié* Jorge, tiene una barba de patriarca y parece que ha estado demasiado tiempo a la intemperie —reía—. Ahora está en Granada, la cuna de la civilización de este país, una ciudad de habitantes refinados, cuyo principal oficio es medirle las costillas al prójimo. No lo hacen por inquina. No señor; lo hacen por aburrimiento. Igual se hacen la guerra Conservadores y Liberales. La guerra los ocupa, les da oficio, sentido de importancia. La tragedia de este lugar es ser demasiado poco para los delirios de grandeza de sus aristocracias. Las guerras les brindan las glorias que no encuentran en esta patria minúscula.

Opinión tan irónica de sus compatriotas me pareció a nivel del fino sarcasmo francés. Mujeres así, que miraban los hechos de los hombres con una distancia y sapiencia no exenta de ironía, abundaban en Nicaragua como fui descubriendo. Se ufanaban de su sentido común en los asuntos domésticos, pero también resentían la desventaja de su papel de observadoras. El resentimiento se traducía en la manera solapadamente despectiva con que se referían a los defectos de sus hombres, fueran éstos maridos o próceres.

Al siguiente día, Lorena, en su camino a comprar hierbas en el mercado, me condujo a la barbería. Mi español estaba un poco oxidado, pero el barbero, impecable, vestido de blanco y dueño de un aire de circunstancia, me aseguró que podía hablarle en mi idioma pues había trabajado de joven con la ilustre familia Dreyfus, originaria de París, pero residente en Granada. El barbero me trató con enorme deferencia, llamándome *Mesié* Praslin, el nombre con que me conocerían los nicaragüenses. Al principio, a la par del alivio de recuperarme a mí mismo, oírlo no dejaba de sobresaltarme. ¿Y si me seguían hasta aquí? ¿Y si otro francés se interesaba, se ponía curioso y me delataba? Haber conservado el nombre «Jorge» me protegería, pensaba. Siempre podría distanciarme diciendo que el Duque era un lejano pariente.

Poco tiempo me tomaría darme cuenta de que la «aristocracia» granadina había contagiado a todo el pueblo con sus ínfulas y refinamientos. Y, sin embargo, aquellos autollamados «nobles» eran, en general, simpáticos y con personalidades muy definidas por sus gustos, pasiones, o excentricidades. Encontré que muchos eran verdaderamente cultos, mientras otros sabían lo suficiente para dar esa impresión dejando caer un nombre aquí y otro allá. Eshlakta conocía a varias familias ilustres y la pasó bien llevándome de salón en salón como un animal de feria; un auténtico francés, cosmopolita y ansioso explorador del trópico. Hasta me adjudicó el título de médico, como hiciera en el *Prometheus*, y yo no lo desmentí. Que me pensaran galeno me concedía autoridad y respeto inmediatos. Ser médico era mi salvoconducto hacia la honorabilidad y la confianza de los demás. En un país como Nicaragua, mi preparación era más que suficiente para que el título no fuera solamente un embuste. Dudaba de que en estas regiones hubiese muchos otros con los saberes que yo poseía. Sabía de botánica, de química, de procedimientos básicos. Estudiaría más. Quizás a la postre, administrando esas dotes, podría redimirme de la muerte atroz de mi mujer, que era una pústula siempre abierta en mi conciencia.

Desde la silla de barbero se veía la plaza donde se encontraba la alcaldía, la catedral, las casas de las familias principales, y otras dependencias clericales y de gobierno. Sin haber viajado mucho, sin conocer España, había visto dibujos de la manera en que los ibéricos asentaban sus dominios erigiendo esas plazas con iglesias y oficinas desde donde regían sus territorios. Las construcciones eran de adobe, con anchísimas paredes y muchos arcos, corredores y techos de tejas. Las anchas paredes actuaban de aislante contra el calor.

El barbero me echó para atrás la cabeza. Cerré los ojos y me dejé humedecer la barba, poner una toalla caliente, afeitar y cortar el pelo, sin rechistar, disfrutando de las sensaciones, los olores de ese rito masculino agradable y relajante. Recordé por un momento a Ibrahim con nostalgia. Abrí los ojos al oír el chasquido cuando el barbero me despojó, con gesto de torero, de la capa con que protegió mis ropas.

—*Voilá* —exclamó, como quien develiza una obra de arte.

Vi en el espejo al hombre delgado, de barba y bigotes bien definidos y pelo entrecano abundante en que me había convertido. Me sorprendió percatarme de una nueva madurez y melancolía en mi rostro acentuada por la prisa con que ahora las canas crecían en mi cabeza. Pensé en lo improbable de que alguien me reconociera en aquel país remoto. Mi identidad estaba a resguardo allí. No me cabía duda.

El alivio de haber sobrevivido a la malaria, el olor a lavanda, verme limpio y acicalado, contribuyeron a mi buen humor. Me despedí del barbero y caminé por la plaza principal para observar el día transcurriendo plácido en la ciudad. Me parecía encantadora por provinciana y por relajada. La prisa no existía. Las gentes, en su mayoría morena, tenían facciones agradables y eran dicharacheras y bulliciosas, con una expansiva alegría casi infantil. Montados en sus caballos, intercambiaban saludos. Los ruidos de pájaros, el sonar de los cascos, las risas y conversaciones me remontaron a una época perdida, la de los burgos pequeños y compactos. Ciertamente que, como hombre de ciudad, compartía el prejuicio de que la existencia provinciana era limitada y prosaica y, sin embargo, aquel día en Granada encontré la sencillez de ese entorno deliciosamente leve y acogedor.

Capítulo 34

Al mes y medio de estar en Granada, llegó el mensajero de Vanderbilt avisándome de la partida del SS *Sierra Nevada* hacia California, estimada para el 26 de septiembre, bajo el mando del Capitán Blethen, quien tenía instrucciones específicas de atenderme como un pasajero muy importante, huésped distinguido suyo. Las diligencias saldrían del puerto lacustre de La Virgen el día 24, y allí el Sr. Falkiner me estaría esperando para asegurar mi transporte hacia el puerto.

Recuerdo que el mozo entró con la carta, con los zapatos y la ropa pringada de agua pues llovía esa mañana en Granada, y yo me encontraba sentado releyendo en español *Notre Dame de París*, de Víctor Hugo, en el amplio corredor de la casa, yendo de la descripción de las callejuelas oscuras de mi ciudad a la visión del exuberante jardín de la casa, con sus dos palmeras enhiestas y una profusión de helechos, hibiscos, gladiolas, enredaderas de jazmín, buganvilias de flores naranjas y moradas, toda una pequeña jungla tropical con la fuente al medio, que cantaba su canción acompañada por el sonido de la lluvia que caía de los alerones.

—Pensé que me sería difícil encontrarlo —sonrió el chico—, pero supongo que es usted el francés que llegó en el barco de Vanderbilt. ¿Desmoulins? ¿Choiseul?

—Ese mismo —dije.

Le di una propina al joven. Se marchó. Tras leer el mensaje, me quedé largo rato con el libro en el regazo mirando hipnotizado las plantas moviéndose bajo la lluvia. Mi estadía en Granada había tenido un efecto sanador en lo físico y en lo emocional. Nicaragua era un país desconcertante, pero su flora y fauna (animal y humana), había logrado seducirme. Ya hablé de los atardeceres cuyo deslumbre se repetía a diario excepto cuando el cielo se encapotaba a esa hora. Aun así, no era raro que el sol encontrara ranuras por donde despedirse en el crepúsculo manchando las nubes de colores inverosímiles. Las plantas, cuyos nombres Lorena conocía gracias a la hacienda de su familia donde pasó su infancia, eran de una variedad y esplendor que no abundaba en Europa. Los insectos y especies del trópico superaban en número varios cientos de veces a las de los climas fríos, pero lo más deslumbrante para mí era la gente. Abundaban los personajes de novela; las historias de hombres y mujeres con quienes uno se relacionaba socialmente superaban la trama más intrincada, y la capacidad de conversar, referir anécdotas, describir situaciones y usar el sentido de humor en un lenguaje llano desprovisto de subterfugios era sin par. Era evidente que se privilegiaba la fantasía y la inventiva por encima del frío análisis. La mentira, si favorecía la imaginación, pasaba a ser parte del entretenimiento. Lógicamente, desde mi posición de extranjero, yo no tenía que lidiar con los enredos de semejante idiosincrasia cuando estos personajes intentaban dirimir diferencias y decidir racionalmente los destinos de su país. Las historias personales y las pasiones jugaban un rol desmesurado en la política nacional. No entendía yo, por ejemplo, la beligerante enemistad que sentían por León, una ciudad rival, cuyo principal pecado, según mi apreciación, era la aspiración de los leoneses de parecerse a los granadinos. Para éstos, los leoneses eran «mengalos», personas sin refinamiento, ambiciosos, negociantes y amantes de una ideología liberal que proponía, como nuestra revolución francesa, igualdad, libertad y fraternidad, aunque usaran otros términos. Granada, a mi juicio, era como la monarquía nuestra frente a la burguesía, con la diferencia de que la rivalidad no estribaba en cuestiones de dominio, de impuestos, de expansión territorial, sino de predominio jerárquico.

Quizás mi análisis careciera de matices. Me confundían los argumentos, porque no eran precisamente muy sólidos. Lo cierto es que las rencillas los mantenían en guerras intestinas desgastantes que les impedían dedicarse a oficios beneficiosos, mejorar sus condiciones de vida y sacar al país del atolladero. Lorena y los adinerados coexistían sin remordimientos con la pobreza primitiva de los mestizos e indígenas, que era varias veces más miserable que la de los miserables nuestros.

Aun así, era una sociedad casi pastoral. La servidumbre en la casa era tosca, pero sumamente afectuosa. La familiaridad con que se relacionaban, guardando las distancias en costumbres y educación, me recordaba las relaciones de mi familia con los sirvientes en Vaux-Praslin, o con las criadas en París.

Eshlakta insistía en proponerme que viajara con él al norte del país, a las regiones de clima templado. El gobierno, según decía, estaba entregando grandes extensiones de tierra a quienes ofrecieran cultivarlas. Él era dueño ya de una hacienda donde se proponía cultivar café para exportar a Europa y Estados Unidos. Si no quería dedicarme a la agricultura, bien podía ejercer como médico. En esa zona no había guerra, ni políticos belicosos. Era un paraíso donde podría ser feliz, aseguraba.

Lorena interrumpió mis cavilaciones.

—¿Gustaría de un chocolate con rosquillas?

Sonreí asintiendo. En poco tiempo me había aficionado al chocolate que preparaba la criada de Lorena con el cacao tostado que cultivaban en la hacienda de su patrona en las faldas de un hermoso volcán apagado llamado Mombacho. La criada nos sirvió la bebida en jícaras, curiosos recipientes hechos de frutos verdes que aparecen como excrecencias de la parte leñosa del árbol de jícaro. Los indígenas hacen utensilios para comer y labran los globos por fuera como un encaje con delicados e intrincados arabescos. Lorena decía que era «porcelana indígena» y efectivamente podía decirse que eran hermanas rústicas de piezas de Wedgwood o Limoges. Nos sentamos a la mesa redonda donde habíamos hecho costumbre de reunirnos por la tarde a conversar.

—He tenido noticias del comodoro Vanderbilt —le dije—. El vapor a California zarpará el 26 de septiembre.

—¡California! —suspiró—. ¿Y qué va a ir usted a hacer a California? No le veo vocación de minero —sonrió.

—Eso precisamente estaba pensando. No recuerdo siquiera de dónde surgió la idea. Sí sé que me entusiasmaba la aventura de una tierra nueva.

—Nicaragua lo es también. Todo está por empezar, por explorarse —sonrió—. He observado su fascinación por este trópico nuestro. Usted podría hacer tantos estudios aquí de las plantas, las hierbas, los insectos. Es una lástima que no pueda conocer al Sr. Squier. Lo conocí hace unos dos años cuando lo nombraron Encargado de Centroamérica por los Estados Unidos.

—¿Me está hablando usted de Ephraim George Squier? —salté asombrado.

—¿Lo conoce? —me miró con sus grandes ojos oscuros, sorprendida.

—No personalmente, pero he leído sus investigaciones en el Perú sobre algunas curiosas trepanaciones que practicaban los Incas.

—Pues él ha estudiado nuestro país. Creo que volverá el año próximo. Gestionó varios tratados entre Nicaragua, Honduras y Estados Unidos, pero lo que más le interesa es viajar por el país recolectando especies y estudiando las culturas indígenas.

—Squier es un verdadero científico —sonreí—. Yo en cambio soy un aprendiz de botánico y un médico empírico.

—Por algo se empieza —sonrió Lorena, dando un sorbo de su blanca taza de chocolate.

—Nuestro amigo Eshlakta ha estado convenciéndome de viajar con él al norte e indagar sobre las tierras cultivables que está cediendo el gobierno a extranjeros como yo.

—Sí, John es un espíritu emprendedor. Lo lleva en la sangre vagabunda de sus ancestros polacos, un poco gitanos. Lo admiro. No se está quieto y esa zona del país es para él como la Tierra Prometida —rio suavemente—. ¿Por qué no va con él a verlo con sus propios ojos? Éste es un país por hacer. Y hay mucho menos competencia que en California —dijo con una mirada pícara.

La lluvia había cedido. En la tenue oscuridad que empezaba a derramarse por la casa, las luciérnagas encendían sus luces en el jardín.

—Me da un poco de apuro declinar la invitación del comodoro Vanderbilt —dije extendiéndole el mensaje—.

Ha sido todo un *gentleman* conmigo. Y eso que apenas me conocía.

Cuando terminó de leer, le conté las circunstancias de nuestro encuentro en Nueva York.

—Pues yo de usted no me preocuparía demasiado. Si hay alguien capaz de entender su deseo de probar fortuna en otras latitudes, esa persona es Cornelius Vanderbilt. Me dará pena que se marche, pero hay poco que hacer en Granada, ¿sabe? De aquí a poco le aburrirán las mismas historias. Además, nunca se sabe en qué acabarán estos constantes enfrentamientos con los liberales de León.

Dormí poco esa noche. Quedarme en Nicaragua me tentaba. Era tan tierra de nadie, un país minúsculo que, sin embargo, tenía costas en el Atlántico y el Pacífico y muchas tierras sin explorar en el interior. ¿A quién se le ocurriría pensar que yo pudiese haberme establecido en esa remota geografía, pobre y atrasada? California, en cambio, atraía la atención del mundo en esos tiempos. Los riesgos de toparme con personas que conocieran el sonado caso del crimen, franceses incluso que me identificaran, era mucho mayor. Pero ¿sobreviviría yo como hacendado? Una cosa era velar por los jardines y bosques de Vaux-Praslin, y otra la de cultivar café en tierras desconocidas. Y, sin embargo, la presencia de otros extranjeros igualmente pioneros me atraía. Ellos, como inmigrantes, tendrían más en común conmigo de lo que yo jamás llegaría a tener con la sociedad granadina que, por mucho que me entretuviera, me vería siempre como un advenedizo. ¿Cuántos de los extranjeros que conocería en Matagalpa no estarían reinventándose como yo, ocultando secretos, historias que no revelarían jamás? Porque ellos tampoco escogerían Nicaragua como destino sin tener razones de peso para abandonar sus orígenes.

Amanecía cuando tomé la decisión de permanecer en Nicaragua e ir con Eshlakta a explorar el norte del país. No bien desayuné, me bañé, vestí y redacté el mensaje. Escribí en inglés:

Comodoro Cornelius Vanderbilt
9 Bowling Green
New York
Muy agradecido por su atención a mi bienestar. Le aviso que he decidido no continuar viaje a California. Permaneceré en Centroamérica estudiando especies y plantas. Reciba mis mejores deseos y mi agradecimiento imperecedero. Ha sido un privilegio y un honor conocerlo. Espero volver a verlo algún día. Su amigo,

George.

Le extrañaría que no pusiera el apellido, pero no quería arriesgarme.

Lorena me facilitó un sobre. La mucama lo llevó a la casa del representante de Vanderbilt en Granada.

Capítulo 35

A Matagalpa debíamos viajar a caballo, con dos mulas para nuestro equipaje y dos guías (baqueanos les llamaban). Nuestra partida de Granada fue todo un acontecimiento. John estaba exultante de haberme convencido de acompañarlo y la noche anterior Lorena organizó una *soireé* a la que asistieron las damas granadinas vestidas con trajes de raso al mejor estilo europeo, capas de tule y paraguas de seda, y los maridos y otros hombres del gobierno del Director Supremo, Laureano Pineda (quien eventualmente trasladaría la capital del país a la ciudad de Managua), también con sus trajes de gala. Lorena fue una magnífica anfitriona y corrió el vino y el champán, de manera que, a la mañana siguiente, tanto John como yo, sufríamos de las consecuencias del alcohol, razón por la cual aquel primer día de viaje fue largo e infernal. Más adelante me llegarían las historias tejidas a mi alrededor en Granada. Aparentemente mi presencia en la ciudad había causado tal impresión que la casa de Lorena fue bautizada como La Gran Francia por el solo hecho de haberme hospedado por poco más de un mes. En ese primer tramo del camino, la habitual locuacidad de John iba contenida por las náuseas que nos forzaron a detenernos dos veces para que él pudiese aliviarse. El tranquilo paso de los caballos me permitió observar el paisaje plano que atravesamos interrumpido por algunas cuestas. Fuimos bordeando el Gran Lago y unas especies de sabanas un poco pantanosas. Hicimos un desvío para mirar una laguna llamada Tisma, donde John decía se cazaban patos, y unas pozas termales en un sitio llamado Tipitapa, donde comimos en un ranchito unos excelentes pescados del Lago de Managua, que sólo alcancé a ver de lejos. No llovía por suerte, pero los enormes árboles regados copiosamente en la estación lluviosa florecían o lucían sus copas espesas y hermosas dando al paisaje una belleza salvaje, primitiva. Me parecía estar en un mundo intocado, dejado a sus anchas por la civilización y la depredación humana. Durante mi estancia en Granada tuve la oportunidad de navegar con Lorena y John, en una barquita rudimentaria por las isletas del Gran Lago, formadas por la erupción cientos de años atrás, del volcán Mombacho. Eran trescientas sesenta y cinco, muy cerca unas de otras, en las que abundaban las garzas blancas, los lagartos y tiburones de agua dulce, particularidad única de ese inmenso lago. La vegetación de estas islas, con palmeras, genízaros, ceibos y otros árboles monumentales, formaba en algunos sitios un techo verde entre isleta e isleta y eran de una abundancia de árboles y flores que sacaba lágrimas de los ojos. Lorena y John, siendo muy distintos, compartían un amor a lo vegetal que a ojos vistas era el lazo que los unía. No logré con Lorena la fácil intimidad que compartí con Charlotte. Era difícil por su poco francés y porque mi español, que aprendí de joven en España, estaba un poco ensarrado. Pero ella, con su serenidad y sus ojos me ofreció un afecto dulce que me reconfortó y me hizo sentir cómodo. Me proveyó, además, de libros de Dumas y Victor

Hugo que, por conocerlos en francés, fueron muy útiles para repasar mi español.

En ruta hacia Matagalpa, John aprovechó el tiempo para mostrarme pájaros coloridos, como loras, chocoyos y papagayos, o un pájaro negro, parecido a una urraca, al que llamaban zanate. Vimos también pájaros y mariposas azules, curiosos armadillos y hasta una manada de coyotes. En nuestro camino, que duró cinco días, nos detuvimos en las casas de campesinos o en haciendas. Era la costumbre en Nicaragua no negarles albergue a los viajeros. Una costumbre amable que me impresionó pues en varias humildes viviendas donde nos permitían colgar las hamacas que llevábamos, nuestros huéspedes compartían con nosotros tortillas de maíz recién hechas con un queso suave que llamaban cuajada. Ésta era una suerte de requesón que no sabía a nada, pero al menos llenaba el estómago. Dormir en hamaca no resultó tan mal como sospechaba. Al detenernos me dolía tanto el cuerpo y estaba tan cansado que creo habría dormido aun en una cama de piedra.

La parte más ardua del camino fue la cuesta de Acicayán. Ascenderla nos llevó varias horas. Del sitio llamado Sébaco hasta Matagalpa avanzamos por valles altos y serranías. Cruzamos el cerro Santa María por Esquipulas, el pueblo de Metapa y otros parajes de viento fresco y tupida vegetación, adentrándonos en las estribaciones de la cordillera del Darién ya al acercarnos a Matagalpa. El paisaje cambió súbitamente a medida que nos acercábamos a la ciudad. Mi espíritu se regocijó al sentir el olor de pinares y ver bosques de robles, pinos y cipreses, que me recordaron los paisajes de mi memoria.

En las largas jornadas, induje a John a que me contara con más detalles la historia de su familia y así detener sus varios intentos para que le diera mayores explicaciones sobre mis títulos nobiliarios. John tenía una voz ronca y una risa contagiosa. Usaba las manos como un italiano, y era divertido ver lo mucho que le costaba no soltar las riendas del caballo mientras parloteaba. Su familia era de origen polaco. El abuelo había emigrado a Haití, en el siglo XVIII cuando ésta era una rica colonia francesa que producía añil y más café y azúcar que todas las otras colonias de Francia. Su plantación de azúcar, sin embargo, había sido destruida en el alzamiento de los esclavos en 1791 y él decidió marcharse a Nueva Orleans, que entonces estaba bajo el dominio de Francia. Fue allí que conoció casualmente a Alicia LeClaire, una joven que había nacido en Nicaragua de padres franceses que cumplían aquí una función diplomática.

—Se vino tras ella. Ésa es toda la historia. Los padres de Alicia se marcharon (ya murieron ambos) y mi abuelo y ella vivieron un tiempo en Granada, y después que nació mi padre buscaron un mejor clima y terminaron en Matagalpa. Ya te dije que te presentaré a mi abuela. Mi abuelo murió al caerse de un caballo. Mi padre, de un ataque cardíaco. Mi madre y la abuela viven juntas. Tú eres el que me debe una historia —me dijo—. ¿Por qué ocultabas tu nombre verdadero y tu posición? Una respuesta es lo menos que merezco —sonrió.

Llevaba razón. Había sido un generoso y afable Cicerone. No sabría qué hubiese hecho sin él, así que empecé pausadamente a contar una nueva leyenda. Supuse que, al quedarme en Nicaragua, podía descartar la posibilidad de que algunas de las personas que conocí en la Isla de Wight, o durante la travesía, se aparecieran por estas tierras. Si por alguna casualidad eso sucedía, la historia que le conté a John podría justificar de igual manera la existencia del personaje George Desmoulins.

—Mi familia fue muy principal en Francia, pero fui muy infeliz desde joven, porque mis padres eran extremadamente dominantes y yo me rehusé a vivir la vida que ellos querían para mí. No es una historia muy original. Fui la oveja negra. Heredé el título al morir mi padre, pero antes que cargar con la vida que me hubiese correspondido decidí marcharme y buscar otra manera de existir. Mi hermano, a estas alturas, debe ser el duque. En mi vida bohemia me enamoré de una florista. Louise fue mi gran amor. Mi familia no lo toleró. Eso marcó el rompimiento definitivo. Me dieron una pequeña parte de la fortuna y me echaron de su seno. Me casé con Louise, pero no tuvimos hijos y en la peste del cólera en París en 1832, perdí a mi esposa. Vagué un tiempo por Europa, estudié botánica y medicina con un médico notable en Inglaterra, pero la depresión me perseguía. Entonces decidí probar fortuna en América. De manera muy fortuita, conocí a Vanderbilt en Nueva York. Me invitó al viaje inaugural de su ruta. Como sabes, de no ser por la malaria y por ti, habría seguido hasta California. —Sonreí. —Al marchar para América, como un paso más en mi reinvención, decidí ponerme Desmoulins de apellido. Camille Desmoulins fue un ideólogo de la Revolución con Danton y Robespierre. Pero al fin también murió en la guillotina junto con Danton, el mismo día: 5 de abril de 1793, uno minutos después del otro. Desmoulins era amigo de mi abuelo. ¿Sabes qué dijo Danton? «Muéstrenle mi cabeza a la gente. Es digna de verse». Mi abuelo me contó que Camille murió desesperado, pues se dio cuenta de que habían arrestado a su esposa Lucille. A ella también la guillotinaron el 13 de abril. La política me asquea, mi amigo. Tantas ilusiones hubo con la Revolución Francesa y mira lo que pasó: Napoleón se coronó emperador y una monarquía «popular» volvió al poder. Por algo dicen que las revoluciones se comen a sus propios hijos. Yo me quería alejar de todo eso. Es curioso que, cuando sentí que moría, te hice esa confesión. Me doy cuenta de que el pasado y los vínculos familiares son más fuertes de lo que uno cree, pero te pediré que olvides lo del título. Como dije, mi único hermano debe llevarlo ahora.

John calló, pero sólo un momento. Ya le había contado algunos de estos detalles: la muerte de mi esposa, por ejemplo.

—Querido Jorge —me dijo—, tienes que ser práctico. En países pequeños como éste donde la única nobleza que la gente conoce es la que lee en los cuentos de hadas y en las novelas, te conviene, ¿me explico?, te conviene —recalcó— que la gente sepa que sos duque o conde, cualquiera de las dos cosas. No puedo obligarte, pero tampoco puedo dejar de hacerte esta recomendación.

Me reí. Había detenido la marcha de su caballo para poder mirarme con ojos fijos y gesticular a gusto.

—Es una decisión tomada —dije con calma, sonriendo—. No me harás cambiar de opinión. Espero que tú resistas la tentación de divulgarlo.

—Pues no veo que sea nada censurable. Incluso podría ser la solución: no lo dices tú, ¡lo digo yo!

—Al menos espérate un poco, ¿sí? —reí—, déjame que me introduzca a esta nueva ciudad como un simple francés. ¿Puedo pedirte eso?

—Puedes —me dijo—. Y, por cierto, allá está Matagalpa. Mírala. Es una perla entre las montañas.

Capítulo 36

¡Ah, como banderas coloridas se despliegan en mí los recuerdos! La pequeña ciudad era una miniatura blanca en un estrecho valle entre el aterciopelado verdor de las montañas y los cerros Apante y el Calvario. Su Río Grande serpenteaba de noreste a sureste en dirección al Atlántico. A sus casi setecientos metros de altura, el frescor prometía el reposo sin bochorno de un trópico del altiplano. Pensé en las pequeñas poblaciones de los Alpes, sólo que aquí las proporciones eran de menor escala; no se avistaban picos nevados, sino montañas cubiertas de pinares.

En esa pequeña localidad apartada del mundo y, de las oscuridades de mi pasado, se me dio vivir como si hubiese vuelto a nacer. Fui ciudadano de una geografía todavía sin esculpir, ni ser manoseada por la mano del hombre. Pude regresar al tiempo en que uno es aún moldeable. Desde la piel y rugosidad de un adulto, me reinventé. Aprendí y desaprendí a la vez. Encontré un nuevo sentido en la tierra y en las personas; en el contento de ver crecer lo que se siembra, y por primera vez ser genuinamente capaz de sentir lo que otros sienten.

Aquel primer día bajamos a Matagalpa antes del atardecer. De cerca no era la estampita postal que parecía a lo lejos.

No pude reconocer en las descripciones de Lorena o John aquel pueblucho de calles de tierra apelmazada sin empedrar. John me llevó a las márgenes del río, me hizo un recorrido que apenas si tomó tiempo. Era una villa, un villorrio diminuto de tres mil habitantes a lo sumo. Se asomaba la gente por las ventanas para ver quién pasaba. Las indígenas sostenían jarras sobre sus cabezas. Las casas blancas tenían faldones de polvo y manchas de lodo. Nos cruzamos con otros personajes a caballo, que John saludaba alzándose el sombrero. Vi una pequeña iglesia en una zona llamada Laborío y después nos enrumbamos al barrio de casas señoriales donde estaba la de mi amigo. Tenía un jardín al frente rodeado por una cancela de hierro forjado. Un alto seto de hybiscus con flores rojas y naranjas guardaba la privacidad de las dueñas. Cruzamos el portal. A cada lado de la puerta principal crecía una higuera de buen tamaño. Los troncos nudosos y torcidos acusaban su madurez. El rectángulo de césped estaba rodeado de helechos y la hiedra cubría la pared derecha de la casa de dos plantas, con un balcón a todo lo largo del piso de arriba.

Al lado de la casa, vi el establecimiento del que me hablara John: una ferretería. El rótulo leía: La Lima. Había sido el negocio de la familia. El padre empezó vendiendo serruchos y martillos y el negocio prosperó. Era ahora la ocupación de la madre. John se encargaba de viajar y suplirlo de mercancía. Iba a continuar haciéndolo, pero su verdadera vocación era el campo. La reinvención era el signo de los tiempos.

La madre de John salió a recibirnos. Abrazó al hijo con los ojos cerrados. Cada viaje debía dejarla en ascuas, pensé. Luego, me saludó con un beso en la mejilla. Yo me había inclinado ceremonioso, pero ella hizo caso omiso de mi formalidad.

—Éste es Jorge Choiseul de Praslin —me presentó John.

—Amigo de mi hijo, amigo mío —dijo la madre, Alicia—. Pase adelante, don Jorge, bienvenido a esta casa que, desde ya, puede considerar suya.

Era una mujer de unos sesenta y tantos años, esbelta, piel morena clara, con el pelo castaño brillante y ojos del mismo color. Caminaba muy erguida y en eso se parecía a John. Emanaba energía. Mientras caminábamos y el mozo acomodaba nuestro equipaje, tocaba al hijo en el brazo, le acariciaba la espalda, lo miraba con mucho afecto. Envidié a mi amigo recordando la distancia y frialdad de mi madre, siempre constreñida por el protocolo.

La abuela de John, Aurora, era una anciana apenas consciente de estar viva. Me miró con sus ojos velados por las cataratas. Me extendió la mano desde su silla de inválida y volvió a su ocupación de mirar por la ventana.

Cenamos una pierna de venado deliciosamente condimentada, con arroz y una fritura hecha con plátanos maduros. Sentarme a la mesa después de tomar el primer baño en cinco días, servirme la cena en una vajilla obviamente usada para las grandes ocasiones —simple con un delgado borde dorado—, buenos cubiertos, servilletas de lino, copas de cristal y un vino un poco dulce pero no desagradable, me supo a lujo. Disfruté las expresiones de Alicia, mientras John y yo tomábamos turnos para relatar las peripecias de la llegada a Greytown, nuestra zambullida para liberar el *Bulwer*, la parada en la fortaleza del Castillo donde conocimos al comandante Silva y sus historias sobre los indios guatusos, mi encuentro con la malaria y Granada. Mientras la abuela asentía y sonreía con una mirada extraviada, la madre de John no perdía palabra.

—Conozco a Lorena Isbá —dijo, mirando fija y con un brillo pícaro a John—. Su marido era primo de los Arauz, un hombre muy buen mozo, inteligente. Su muerte fue totalmente inesperada. Imagínese, tendría apenas cuarenta años, estaba perfectamente bien y simplemente murió cuando se iba a bañar por la mañana. Un aneurisma, dijeron. Una muerte instantánea. A Lorena le costó mucho superar ese duelo. Espero que vuelva a casarse.

—Haría feliz a cualquier marido —dije. John esbozó una media sonrisa.

—No sé por qué pensar que el matrimonio es la panacea para la gente sola. A algunos nos gusta la independencia. Por eso me llevo bien con ella y es mi amiga.

—Le he dicho muchas veces a John que ella sería una esposa estupenda, pero no cede.

—Ya, mamá, ya, no reclutes a Jorge para que me convenza, por favor.

Terminamos la sobremesa. La matrona indígena, pelo negro azabache y tez chocolate, que por su manera de moverse y de mirar supuse que consideraba esa familia como propia, era divertida, porque según lo que se iba diciendo en la conversación, se detenía a escuchar o hacía gestos de complacencia o rechazo. El rostro estaba lleno de arrugas y sus pasos apenas hacían ruido. Ella recogió la mesa. John y yo estábamos agotados y nos retiramos a dormir. Dormí como bendito esa noche en una habitación cuidadosamente arreglada, con una cama de espaldar de bronce y una alta ventana por la que, a la mañana siguiente escuché una conversación entre dos mujeres en una lengua que no conocía.

—Es la lengua Matagalpa —me dijo doña Alicia en el desayuno. Hay una población indígena grande en esta zona que utiliza esa lengua aún. No sé si la estarán enseñando a sus niños. Que yo sepa no tienen escritura,

—Sería interesante conocerla más.

—Hable con don José Antonio. Tiene una hacienda muy grande por el lado de Jinotega. Está empezando a sembrar café con una pareja alemana, pero él se ha interesado por los indígenas y sabe cosas de ellos que nadie más sabe. Es una persona interesante, muy dinámica. Él viene mucho a Matagalpa.

—Te lo presentaré —dijo John.

Así empezó mi vida en Matagalpa. En los primeros días pensé que debía regresar a Granada. Me sentía fuera de lugar en un pueblo tan pequeño. De mi ventana en la casa de John, se veía una línea de cipreses muy rectos y altos, que desde entonces presiden la imagen que viene a mí cuando pienso o evoco ese tiempo; son los cipreses del cementerio. Y es que inicialmente ir con John a oficinas públicas a informarnos sobre las gestiones necesarias para recibir las ventajas y tierras que se ofrecían a los extranjeros, me deprimía. Los locales eran desordenados, prehistóricos en su precariedad, y los empleados, a ojos vistas, eran inadecuados para sus funciones, ignorantes y casi analfabetas, pero con ínfulas. ¿Qué hacía yo allí lidiando con esa gente? En mi interior no cesaba de esgrimir todo lo negativo y hasta lo humillante de estar ya en mi quinto decenio, intentando convertirme en hacendado en un lugar insignificante y hasta indigno de mí. ¿Cómo podía ser que un par de Francia hubiese tenido que terminar caminando en aquellas calles de tierra apelmazada, que los vecinos mojaban con baldes de agua durante el día para que el polvo no se levantara y les ensuciara sus casas? ¿Cómo podía imaginar una vida entre aquellas gentes dulces, pero primitivas, sin más horizonte que las montañas que los rodeaban? Con nadie podía compartir estas lamentaciones. John se quejaba de la ineficiencia, pero para él eran como males de familia que uno tolera porque no queda otro remedio. Yo salía a caminar apenas despuntaba el día. Cruzaba las calles, miraba el río, la gente repartiendo pan, las carretas jaladas por bueyes cargadas de recipientes de metal —que ellos llamaban «pichingas»— con la leche recién ordeñada, el mundo se armaba de nuevo en las mañanas del pueblo y yo caminaba de un lado al otro atónito de estar allí, de ser parte de ese mínimo universo. Con los días, las personas me empezaron a sonreír, a saludar cuando me veían pasar. Me ofrecían pan, café. Y yo me sentía mal por verlos de menos, por el desprecio que había sentido por ellos, apenas minutos antes.

De mi desolación me rescataba el incansable buen humor y entusiasmo de John por la vida. Mi amigo tenía la virtud de no intelectualizar excesivamente los avatares de la existencia. Era un espíritu independiente y seguramente al amor de su madre debía una envidiable seguridad en sí mismo. De niño no lo habían mandado a la escuela. Según me contaba, esa abuela que estaba ya perdida en los extraños desvaríos y vericuetos de la vejez, había sido una tutora excepcional. Por ella supo leer a los cinco años, aprendió matemáticas, leyó libros como la *Ilíada*, el *Quijote*, la Biblia y algunas comedias de Shakespeare. Aunque la literatura nunca fue su pasión, reconoció que la imaginación que hacía existir las historias en la mente de los escritores era una facultad humana útil para resolver problemas y necesidades. Por eso, apelaba a ese don de imaginar, cuando las soluciones obvias no daban resultado. Me contó que la abuela tenía una manera peculiar de enseñarle. Se lo llevaba a caminar por el pueblo para mostrarle relaciones de causa y efecto. ¿Por qué se caían las frutas maduras? La gravedad. ¿Por qué costaba tanto dar saltos? La gravedad. ¿Por qué navegaban en el río los barcos de papel? ¿Por qué corría el río hacia el Atlántico? ¿Por qué estaba embarazada una muchacha? ¿Por qué los burros no eran como los caballos? ¿Por qué las paredes de los cerros tenían cortes que los hacían parecer hojaldre? Con la naturalidad con que aprendió a pensar, también aprendió a confiar en sus propias opiniones.

—Ya ves lo de Lorena. Yo tengo mi manera de pensar. Ni Lorena se acomodaría en Matagalpa, ni yo en Granada. Así como estamos, la pasamos bien juntos. Te ruego que cuando mi madre lo traiga a colación no tomes partido con ella. Vive preocupada por el qué dirán de Lorena en Granada y de mí por no ser «hombre serio». Si a Lorena y a mí poco nos importa el juicio ajeno, el colmo es que sea ella quien lo sufra. No, hermano, estoy muy bien así. Soy anticlerical y no creo tampoco en el matrimonio. Eso de amarrarse a una mujer para toda la vida, me parece un disparate. Perdona que te lo diga, pero si no fuera porque enviudaste, me darías la razón.

CAPÍTULO 37

Una de las condiciones de la Prefectura de Matagalpa para considerar donar las tierras a extranjeros, era que éstos establecieran su residencia en «la Villa» —título recién concedido al pueblo—. Con el oro que guardaba compré a buen precio una casa esquinera en la Calle del Comercio, la calle principal. Me gustó porque tenía cuatro amplias habitaciones, dos salones en la parte frontal, donde cabrían una sala y el estudio que pensaba acondicionar, seguidos por un ancho corredor que lindaba con el patio interior que terminaba en una pared al medio de la cual había una fuente. Era del estilo de las casas coloniales que viera en Granada, pero un poco más cerrada debido al clima templado. La casa había pertenecido a una familia próspera recientemente trasladada a la nueva capital, Managua.

Con unos pocos muebles que compré a los dueños, me instalé y tomé a mi servicio un joven mestizo avispado llamado Segundo y una mucama indígena muy recomendada por Alicia, bautizada Sagrario.

No sé cuántas veces desde mi salida de Francia, pensé que mi vida estaba acabada y que sólo la cobardía y el recuerdo del arsénico en mis intestinos, me impedía el suicidio. Huir, esconderme, fabricarme un nuevo rostro, una nueva identidad, era el viento que soplaba las velas de mi existencia. Me arrastraba por los días como una tortuga sosteniendo su pesado caparazón. Me cansaba fácilmente, me dormía muy temprano y salía a mis caminatas al amanecer. Era bello el amanecer. La bruma se deslizaba sobre los techos, entre las casas, creando el aspecto fantasmal de un paisaje romántico, un *sfumato* de Da Vinci. Cada calle parecía perderse hacia las montañas y el paseo al borde del río con el sonido del agua deslizándose segura hacia el mar, me reconfortaba de la pérdida de otras dulzuras de la civilización, como la buena cocina, por ejemplo. Retornaba a desayunar con mal pan y esas mezclas extrañas que Sagrario insistía en hacerme probar: la cuajada insípida, los frijoles aceitosos, los huevos recocidos. Sólo el chocolate salvaba mis papilas.

Sin embargo, sentirme de nuevo señor de una casa, a pesar de las dudas que hube de superar para decidirme a comprarla (Alicia y John no cejaron en insistir que era un gran negocio, fuera que me quedara o regresara a Granada), alivió algo de la modorra y desánimo de esos primeros tiempos en aquel villorrio. Hacer habitables y agradables mis residencias fue un oficio satisfactorio del que disfruté a lo largo de mi vida.

La primera noche que pasé allí, en mi dormitorio, solo con mis baúles y en la cama barroca a lo español que compré a los anteriores dueños, miraba al techo de machimbre con una roseta labrada al centro y me reía con sarcasmo y autocompasión pensando en los techos ornados, el candelabro de cristal y los frescos de mi habitación en Vaux-Praslin, la residencia suntuosa, niña de mis ojos, que con tanto empeño renové a la muerte de mi padre. ¡Cuánto disfrutaría Fanny de mi desgracia si pudiese verme! —me lamenté.

Pero la tarea de amoblar y decorar la vivienda fue lo que me permitió empezar a conocer Matagalpa y sus habitantes y descubrir las locas ideas y ambiciones de los extranjeros. La historia de los Elster de Hannover se asemejaba a la mía. Ellos desistieron de ir a California, su destino original, por algunas conversaciones que sostuvieron con viajeros que regresaban de San Francisco a Nueva York, descorazonados con los bares, trifulcas, prostitutas y el libertinaje de San Francisco. Estos relatos los hicieron cambiar de rumbo y decidirse a buscar oro en una mina llamada San Ramón, muy cerca de Matagalpa. Cuando los conocí buscando quien me hiciera unas llaves —Ludwig había sido cerrajero en Nueva York y hacía llaves por encargo— él y su esposa Katherina, una alemana enérgica y con la cara fresca de una campesina de los Alpes, me acogieron y hasta invitaron a tomar el té no bien se enteraron que yo hablaba alemán. No podría haber imaginado que conocer ese idioma me sería tan útil en Nicaragua. Por medio de ellos conocí a otros de la colonia alemana, y a la semana ya era miembro del Club de Extranjeros. Allí hice buenas migas con un inglés, Alfred Potter y un alemán de apellido Vogl. Potter insistía en ser «*civilized*». Tomaba el té cada tarde en el club, elegantemente vestido y había entrenado al mozo y a la cocinera a que le prepararan bizcochos y a servir con impecables delantales blancos. Vogl era un poco disperso, gran conversador y aficionado a la pintura. Uno se lo podía encontrar en la plaza principal o a la orilla del río, vestido de lino con su cabestrillo y sus óleos, rodeado de niños morenos, curiosos, que él toleraba mientras guardaran absoluto silencio. John me visitaba a diario y con él salía a recorrer la geografía circundante y reconocer qué zonas presentaban mejores condiciones para su idea de cultivar café. El cultivo del café, según me decía, había empezado en las sierras de Managua y en un sitio llamado Diriamba, con semillas llevadas de Guatemala en 1849. Los Elster y el Señor José Antonio Chávez, a quien yo aún no conocía pero, según conversaciones en el Club de Extranjeros, era un hombre muy respetado y querido en Jinotega, fueron quienes se hicieron con las semillas en viajes a Managua.

Los alemanes, John y mis nuevos conocidos me recomendaron como médico en el pueblo. Empezaron a llegar «pacientes» al despacho que, con el trabajo de Ramón, un excelente carpintero recomendado por Potter, contaba ya con un ancho escritorio, muebles con repisas donde guardé las medicinas que llevara de Nueva York, y unas cómodas sillas, versión matagalpina de las delicadas sillas austríacas de madera negra. Mis reticencias de ejercer como médico empírico desaparecieron casi por completo cuando comprobé que los casos que me tocaba diagnosticar y curar, eran por lo general dolores de cuerpo, resfríos, toses persistentes, y diversos malestares de estómago. Males sin mayores complicaciones, parecidos a los que sufrían los pobladores de Mottistone, en la Isla de Wight. Como bien decía John, establecerme en el oficio me granjearía la aceptación de la comunidad. Ganar algo de dinero, por demás, no me venía mal.

Observar enfermedades, la anatomía del cuerpo humano desde la más tierna edad hasta la vejez, descifrar los enigmas de las alergias, de los tumores y los desórdenes nerviosos, fueron convirtiéndose en una pasión de mi intelecto. Con Potter, que recibía mercancía para su almacén, logré mandar a pedir y recibir libros de medicina y anatomía. A la par de apasionarme, la medicina también me permitió asomarme y formar parte de intimidades humanas que están generalmente vedadas para los demás. Escuchar confidencias desafiaba mi natural reservado, pero bien pronto descubrí que escuchar a la gente y hasta fingir, si era necesario, simpatía con sus sentimientos, tenía un efecto mayúsculo sobre el resultado positivo de los tratamientos. A falta de medicinas complejas y otros remedios, recurrí a la compasión y la memoria del hombre que se ocupó con eficiencia y afecto de sus hijos. Esas manifestaciones de preocupación y cuido con los pacientes, me ayudaron personalmente. Pude relajarme y reconciliarme con las miserias y carencias de Matagalpa sin que me consumiera la nostalgia por Europa.

Las nuevas que llegaban de Granada sonaban como noticias de otro país. En aquel año de 1852, los corrillos y comentarios a las horas del cóctel en el Club de los Extranjeros de Matagalpa, eran sobre una nueva Constitución Política que declaraba oficialmente que Managua sería la capital de Nicaragua, algo que leoneses y granadinos no consideraban decidido, constara o no en la Carta Magna.

Elster, Potter y yo pensábamos que era una decisión salomónica destinada a solventar un diferendo que había motivado ya suficiente discordia. Eliseo Macy, que era de Tennessee y minero, argumentaba que ir a poner la capital en un lugar sin historia era sólo una salida fácil. ¿Cómo no elegir Granada? Una ciudad que, desde su fundación, reunía la posición ideal con la gente más ilustrada y refinada.

Atendiendo pacientes que me veían como un Dios; explorando los bosques nubosos de las cercanías, y viajando en caballo en dirección al centro y norte de la zona en busca de las famosas tierras que nos harían ricos a John y a mí, pasaron los meses. Se fue la lluvia, llegó el verano con sus vientos y polvo. Los campos se tornaron amarillos y yermos, aún en Matagalpa hubo días de un calor inusitado. En mayo conocí una primavera del trópico, la que llega exuberante con las primeras lluvias, muy distinta a las otras primaveras de mi vida. Primero cambia el cielo; se reúnen las nubes en conciliábulo, oscurecen la tarde, pero se marchan. Luego llega el día en que la tierra exhala un olor punzante. Es como el olor de una mujer cuando se excita. Ésa es la señal definitiva. Arriban en oleadas cientos de hormigas aladas y súbitamente surge el relámpago, el trueno, y empieza la lluvia justo a tiempo para el desahogo del aire tenso y de la estación desesperada. Oír llover en el trópico es escuchar el agua del diluvio. Los aguaceros caen de un momento al otro, apagando cualquier otro sonido. La estridencia se debe no sólo a las cantidades de agua que descienden, sino a los techos de las casas: techos de tejas o de latón, que sirven como bóvedas de resonancia al estruendo combinado del roto manantial que fluye desde el aire y la tormenta que suele acompañarlo.

La combinación es majestuosa. Oír luego cómo se apaga dejando tras de sí el sonido de los techos goteando, el canto de las ranas y la humedad, me producía un regocijo interior ingenuo e infantil. Imaginaba chapoteos en los lodazales y barcos de papel en las correntadas. Si era de noche me gustaba cerrar los ojos y trasladarme mentalmente a la hoja, a la copa del árbol, ser ellas e imaginar el frescor tras los largos meses de sed, la abundancia tras la escasez, la alegría tras la parca tristeza.

Iba a cumplirse el año de mi llegada a Matagalpa. Corría el mes de octubre y la estación lluviosa estaba en su apogeo. El río había crecido y en algunas partes de la ciudad saltaba de su cauce y formaba charcos. El fango y la humedad, la manera descuidada de manejar los desperdicios (París no fue mejor en mi infancia), atraían moscas y otros bichos voladores. El temor de que me repitiera la malaria me llevó a comprar una ligera tela de gasa blanca en la tienda de Potter. Hice con ella una suerte de carpa sobre mi cama, pues el atardecer y las noches eran las horas de los piquetes de los zancudos (así llamaban a los mosquitos), y no sé qué otros insectos, cuyo escozor me hacía rascarme con desesperación.

La primera persona que presentó síntomas de malaria fue Benjamín, el encargado de encender los faroles de gas a las seis en punto de la tarde. Mi sirviente Segundo, que era muy observador, se percató pasados dos días.

—Está muy oscura la calle. Es extraño que Benjamín no haga su trabajo. No ha fallado desde que yo me acuerdo. ¿No quiere que vaya a su casa a ver qué pasa?

—Le correspondería a la Alcaldía —dije—. Pero si crees que no van a ir, pues ve.

Cuando volvió Segundo ya era de noche. Sagrario había encendido las lámparas de gas, y yo leía cómodamente, bajo mi tienda de gasa, en mi bata de cama, con la puerta de la habitación abierta para sentir el frescor del jardín. Segundo tocó la puerta.

—Doctor, Benjamín arde de fiebre y tiembla todo como si tuviera frío. Dice que le han estado dando calenturas que vienen y van, pero hace dos días ya el malestar no lo deja mi moverse.

Sospeché que sería malaria. Verlo por la mañana sólo lo confirmó. Las fiebres intermitentes al inicio y luego el desplome del organismo: las náuseas, el dolor de cabeza, la sensación de estar al borde de la muerte. Hasta años más tarde, mi compatriota, Laveran, descubriría que los ciclos de fiebre se debían a la reproducción del *plasmodium*, el parásito que se alojaba primero en el hígado y luego se introducía al torrente sanguíneo infectando los glóbulos rojos. En aquel entonces, yo sólo disponía de dos remedios: el té de Artemisa y la quinina. Los romanos atribuyeron la malaria al mal aire (de allí su nombre). Yo carecía de pruebas o certeza de que mosquitos y malaria estuviesen conectados, pero no olvidaba las conversaciones con Vanderbilt y su intuición de que las nubes de mosquitos y las fiebres que sufrían los pasajeros a su paso por Panamá en el río Chagres, eran causa y efecto:

—Algún científico se llevará el mérito de probarlo, pero por mis observaciones, yo podría asegurarlo —me dijo.

Después de atender a Benjamín mandé a llamar a la madre, una mujer muy gorda y bien conocida por las tortillas de maíz que vendía por las tardes recorriendo las calles con una redonda bandeja de madera y las tortillas calientes envueltas en una blanca y ancha tela. Su corpulencia no le impedía balancear asombrosamente su mercancía sobre la cabeza. Le expliqué a la señora la enfermedad del hijo y las medicinas que debía ella encargarse que tomara para curarse. No tenía ni un pelo de tonta. Como no sabía escribir, repitió varias veces mis instrucciones, convirtiéndolas en números: 2 a las 12, 1 a las 6; sabía sumar y restar perfectamente, me dijo, los números eran su «expertencia»

Pasaron dos días, tres quizás. Benjamín reaccionaba bien al tratamiento y yo me tranquilizaba pensando que habría sido un caso aislado. Me acosté como siempre temprano esa noche. Serían la una o dos de la mañana cuando oí cascos de caballos y a continuación golpes fuertes, angustiados a la puerta de mi casa y una voz femenina que clamaba, «doctor», «doctor». Salté de la cama, tomé el quinqué que dejaba encendido siempre en el corredor y fui deprisa a abrir la puerta mientras me cubría con mi *robe de chambre*.

A la débil luz de la lámpara tuve la visión de una mujer que parecía haber descendido a la tierra del cuadro de Rubens, *El Rapto de las Sabinas*: el pelo negro abundante, despeinado, la cara bellísima y pálida, atribulada, el cuerpo envuelto en una camisa de dormir por cuyo escote se insinuaban unos pechos imponentes, y un rebozo gris desgajado sobre los hombros.

—Mi hija, doctor Praslin, se me muere mi hija, venga por favor.

—Claro que sí —dije sin salir de mi asombro—. Deme un minuto para vestirme y traer algunas medicinas.

—No, no. Traiga las medicinas, pero venga como está. Mire que yo he venido en camisa de dormir. Suba, lo llevo en el caballo. No es muy lejos.

La voz, los gestos de la aparición no admitían otra cosa. Saqué de mi estudio la bolsa donde guardaba medicamentos y subí al caballo detrás de ella.

—Agárrese de mi cintura. No importa —ordenó ella—. Vamos a ir al galope.

Fui tan gentil como pude al asirla, pero me fue difícil seguirlo siendo cuando el animal empezó a galopar. Tuve que sujetarme fuerte a su cintura y pegar mi cara contra su espalda para que su pelo no me azotara el rostro. Viajar así, ella y yo en nuestras prendas de dormir, bajo la clara luz de la luna que esa noche brillaba afortunadamente en un cielo despejado, sentir en mis antebrazos el alzar y descender de sus pechos, oler como un perro feliz la noche de sus ropas, el perfume a limpio y seda de su pelo, la intimidad del sudor de su cuello, me alivió del terror que la velocidad del caballo me producía. Al tiempo que me pensaba víctima privilegiada de una amazona y le pedía a mi memoria guardar celosamente la súbita cercanía de esa mujer aparecida de la nada, temía perder el equilibrio, matarme, por muy dulce que pudiera ser esa muerte.

Recorrer el camino a su casa tomó quince o veinte minutos. Ella entró a las faldas del cerro Apante por una vereda y divisé en la penumbra la casa grande de barandas blancas. Bajamos los dos del caballo y la seguí corriendo, ensordecido por el palpitar de mi corazón anegado de miedo y embeleso. Ella subió —y yo detrás— unas escaleras y entramos a una habitación iluminada por varios quinqués. Una niña yacía en la cama. A su lado una mujer pequeña envuelta en una manta se levantó de inmediato alzando la palangana que usaba para humedecer la frente de la niña con un paño. La criatura temblaba, gemía y lucía desmadejada y pálida, los ojos entrecerrados mostraban la línea blanca del globo ocular.

—¿Sigue ardiendo? —preguntó la madre.

—Sí, Doña Margarita, no le baja la calentura.

—¿Cómo se llama? ¿Qué edad tiene? —pregunté.

—Delia. Se llama Delia. Cuatro años.

—Delia, soy el doctor —dije, acercándome—. Si me oyes, aprieta mi mano.

No hubo reacción. Lo intenté de nuevo varias veces sin éxito

—¿Hace cuánto tiempo está así?

—Pensé que era un resfrío —contestó la amazona que recién me enteraba se llamaba Margarita—. Le daba fiebre, pero se le quitaba. Volvía a jugar como si nada. Hoy en la tarde vomitó. Empezó a temblar. Creo que fue una convulsión. La fiebre le subió y hace ratos me miró y perdió el conocimiento. Fue cuando salí a buscarlo. ¡Tiene los ojos volteados, doctor —gimió—, nunca la había visto así!

—Hace dos días atendí un caso parecido —dije—. Y creo que es el mismo mal, excepto que ataca más fuertemente a los niños. Hizo bien en llamarme de urgencia —le dije para tranquilizarla, mientras ponía mi mano sobre la de ella.

Había envuelto sus hombros en el rebozo gris y tenía los brazos cruzados sobre el pecho. Los ojos que me miraban eran marrón claro, dorados, bajo unas cejas gruesas. Tenía un lunar al lado del ojo izquierdo. La nariz era recta y cuando aspiraba las ventanas de la nariz se expandían levemente lo que acentuaba la sensualidad de su boca larga y bien delineada. Sus rasgos eran armónicos, pero su belleza trascendía la fisonomía del rostro. Emanaba de toda ella; era semejante a la inocencia y fuerza de un felino. No me gusta la comparación, pero no encuentro otra más acertada. De estatura media, el cuerpo se adivinaba voluptuoso más por lo que había sentido que por lo que podía apreciar.

Mandé a las dos mujeres a calentar agua. La niña estaba en shock, en coma. La malaria en ese nivel significaba peligro de muerte. Cuanto podía saberse lo había estudiado atentamente en una enciclopedia médica en casa de Lorena. Debía arriesgarme a darle una dosis inicial elevada de quinina. Como no podía tragar, debía usar una jeringa e inyectarla. El Dr. Hamilton creía fervientemente en este método. Para suerte mía me había enseñado bien cómo hacerlo. Herví personalmente la aguja y el tubo de cristal con el émbolo, mezclé la quinina con el líquido estéril e inyecté a la niña en el glúteo, bajo la mirada horrorizada de las mujeres. No le di la dosis más alta. Opté por un término medio. La acostamos en decúbito supino con una almohada para que su cabeza estuviera alzada ligeramente y evitar así el peligro de asfixia. Hecho esto me dispuse a esperar de 24 a 48 horas.

Me asombró mi presencia de ánimo. Creo que se la debía a Margarita. No quería fallar y que le pasara algo a su hija. Cuando la inyecté, lo hice con precisión. No me tembló la mano.

El resto de la madrugada lo pasé en un sillón de la sala. Me dormí profundamente, abrumado por el cansancio y la tensión.

Al amanecer la niña aún no despertaba, pero tenía estables la respiración y el pulso. Lucía más tranquila y relajada. La madre había pasado la noche al lado de su cama. Me interrogó con la mirada. Pensé que me encantaban sus cejas anchas.

—Vamos bien —le dije.

Llamó a la sirvienta para que se quedara con la niña.

—¿Qué necesita? —preguntó—. ¿Quiere que mande a alguien a su casa por ropa y más medicinas?

—Preferiría ir yo.

—No se vaya, por favor, se lo pido. Algo puede pasar. No se

vaya hasta que despierte Delia. Por favor —me tomó las manos entre las suyas. Se veía tan desolada que tuve que contenerme para no abrazarla. Me rendí. Mandé una nota a Segundo instruyéndolo para que llegara a dejarme lo que le pedía.

Capítulo 38

Estuve dos días en casa de Margarita. Cuarenta y ocho horas, y me enamoré de ella.

Por la mañana, Margarita subió a su habitación para cambiarse y bajar a desayunar conmigo. Segundo llegó con mi muda de ropa y me saqué con alivio el pijama, para vestir el pantalón crema de lino y la camisa blanca sin cuello. Comprobé que tenía cuanto le ordené llevarme y lo mandé de vuelta a casa. Margarita bajó al poco rato vestida de blanco, un traje cerrado con encajes en los puños, el cuello y el borde de la falda larga. Se había recogido el pelo a los lados de la cabeza, pero por la espalda le caía suelto.

Sonrió al entrar al comedor. A pesar de las ojeras lucía hermosa y sosegada.

—No puedo creer que salí anoche en ropa de dormir y lo hice venir en sus pijamas —me dijo sin mirarme, mientras disponía el desayuno.

—No habría escogido una mejor manera de conocerla —dije, galante.

En esa casa, por primera vez en meses, comí un desayuno delicioso con pan crujiente casero, mantequilla y mermelada, perfectos huevos revueltos, jugo de naranja y un café humeante y aromático.

El resto del día lo pasamos alternando entre conversaciones en el porche, la sala y en susurros en la habitación de la niña. Margarita tenía veintidós años. Se había casado a los diecisiete. Delia nació cuando ella tenía dieciocho. Su marido, Vicente Guerrero era treinta años mayor que ella cuando se casaron. Murió, no de viejo —me dijo sonriendo— sino con el cuello roto al caer de un caballo. Ella decidió encargarse de la hacienda, del hato de ganado del que producía la leche y mantequilla que había tomado ese día en su casa. Como la cera de una candela expuesta al fuego, así sentía yo reblandecerse mi interior. Me enternecía ver el afán de la mujer por la hija, el amor que se leía en sus ojos por esa niña. Varias veces tuve que contener las lágrimas pensando en mi pequeño Raynard. Recordé la escarlatina, la última enfermedad que pude estar a su lado. Extrañé a Gastón, mi primogénito, a Louise tan madura y juiciosa. Hubiera sido un alivio tan grande poder hablar de ellos. Disimulé mis lágrimas atribuyéndolas a la muerte de mi esposa, víctima del cólera. Le conté la misma historia que había interiorizado hasta el punto de que los personajes tenían ya fisonomía y la escena de la muerte de mi esposa ficticia me parecía tan real como si la hubiese vivido.

Margarita era afectuosa y espontánea. Me acarició sin remilgos el brazo, la espalda y hasta me pasó la mano por la cabeza, mientras yo le contaba mis cuitas.

A las cinco y algo de la tarde, la niña inmóvil se removió en la cama, gimió, abrió los ojos, reconoció a su madre, dijo «mamá». Fue una novelesca escena de júbilo en la que participé gustoso, con un alivio exquisito que me recorrió el cuerpo.

Me quedé un día más en la casa hasta que la fiebre desapareció del todo y le administré a Delia las dosis restantes de quinina.

Segundo llegó con mi caballo. Recogí mis cosas con la sensación de que marcharme era incongruente. Margarita me abrazó. Yo la abracé fuerte, toqué su pelo, le di un leve beso en la boca.

Detenida en las escaleras del porche de la casa, mirándome partir, ella también lucía un poco desconcertada.

CAPÍTULO 39

La malaria afectó a un buen número de personas. Puso a prueba mi sangre fría y mis conocimientos. De no ser por la quinina que llevé de Nueva York, más de la mitad de los enfermos habrían muerto. La sala de mi casa se convirtió en enfermería para los pacientes más graves. Mandé a varios voluntarios a buscar la planta de Artemisa a los alrededores pensando que crecería salvaje en un clima como el de Matagalpa. A raíz de eso fue que finalmente conocí a don José Antonio. Resultó que él no sólo sabía de la planta, si no que tenía matas en su propiedad en Jinotega, gracias a un cocinero chino que había contratado en San Carlos, otro pasajero de la Ruta del Tránsito que optó por permanecer en Nicaragua.

José Antonio era un hombre musculoso, fuerte, de contextura mediana. De no haber sido hacendado, habría sido explorador o aventurero. Era fácil imaginarlo abriéndose paso entre las selvas del Amazonas, o escalando altas montañas. Hablaba muy rápido, se reía con una risa ronca y frecuente, tanto de él mismo como de los demás. La velocidad de su juicio me sorprendía, porque casi siempre era acertado en sus opiniones de las personas. Quería saber todo lo que yo sabía sobre la malaria y sobre la planta de

Artemisa, pues temía que la epidemia también afectara a sus trabajadores. Le recomendé que les diera a todos el té que el cocinero chino preparaba con un elaborado y antiguo sistema.

—Los chinos descubrieron las propiedades curativas de la planta —le dije—. Es el remedio más antiguo contra la malaria, más antiguo que la quinina.

—Pues ya sabe, tiene a la orden a Kim y las plantas que quiera. Le traje dos bolsas, pero hay más. Qué bueno saber que tenía razón mi cocinero. Como hay mucha tierra, lo dejé que plantara eso, pero la verdad, no estaba muy convencido de que sirviera para algo. Kim dice que es bueno para el corazón, los pulmones, hasta para conservar la juventud —rio—. ¡Eso fue lo que más me interesó a mí, por supuesto! Cuando se enteró de que se propagaba la malaria en Matagalpa, fue él quien me cortó las matas para que se las trajera.

Se fue tan deprisa como llegó. Se acercaba noviembre y tenía mucho trabajo: los cafetos estaban cargados de frutos y debía organizar la recolecta. Era un cultivo todavía experimental, me dijo, pero él tenía confianza que llevaría épocas de prosperidad a esas regiones.

Con Sagrario, Petrona, la mamá de Benjamín, y Zoila, la sirvienta de la casa de John, organicé la elaboración de cantidades de té para repartir en el pueblo. Visité a don Liberato Abarca, prefecto de Matagalpa, para pedirle que se encargara del trabajo de limpieza de la ciudad con los militares acantonados allí. El hombre, bien plantado con su uniforme en el cuartel, recibió mi solicitud con escepticismo hasta que la malaria apareció en su casa. Salieron los militares con los presos a quemar con desgano los basurales. Me desesperaba a menudo la desidia y resignación de la gente. Ésa era una plaga peor que la enfermedad. A excepción de unos pocos hombres y mujeres a cuya dinámica le debía Matagalpa sus esperanzas, me impresionaba la falta de ambiciones de la gente. Se conformaban con comer y tener techo. Quizás era mi visión de europeo, pero no entendía por qué, con la fertilidad de las tierras y las grandes extensiones arables, aun cuando fueran numerosas las familias, les satisfacía cultivar una parcela pequeña con maíz, frijoles y plátanos, como si no tuvieran la fuerza o el ánimo para más.

Una de esas noches en que me acosté agotado por la mucha actividad de atender enfermos y distribuir el té como profiláctico contra la epidemia, noté que las pesadillas que se presentaban con regularidad no acudían desde hacía días a mortificarme. La culpa que en mis sueños me asediaba, la depresión con que me acostaba y cuyo peso me hacía hundirme entre las sábanas, y taparme entero como si temiera que al abrir los ojos en la oscuridad el fantasma de Fanny me miraría desde una esquina con el rostro descompuesto pidiéndome que la matara de nuevo, se veía sustituida por la ocupación de planear el siguiente día. Nunca en mi vida de político y noble rodeado de lujo y comodidades me sentí tan seguro de obrar bien, de ser útil. Uno aprendía de la formación religiosa el concepto de amar al prójimo, de auxiliar a los menesterosos, pero esos conceptos abstractos se relegaban a los discursos que se repetía a los hijos, más por tradición que por considerar que tuvieran importancia en la vida real. En el día a día, desde la temprana juventud, uno se entrenaba para la feroz competencia, para protegerse de las intrigas y sacar ventaja de amistades, alcurnia y posiciones para colocarse mejor en el tablero de ajedrez donde, como un alfil avezado, una torre, o un caballo, se pudiera avanzar y dar el jaque mate, ganarle a los demás. Curiosamente, sólo en las guerras abundaban las historias de heroísmo donde los hombres daban su vida por salvar a sus compañeros de batalla, defender a un pueblo y hasta olvidarse de sí mismos en el afán de una aspiración compartida. Quizás era ésa la magia y atracción de las campañas militares y las revoluciones. La meta común, la patria, se encargaba de asignarle a la existencia un sentido no sólo producto de tenues y dudosas decisiones individuales sino de valores sublimes abrazados por cienes y miles de personas convencidas de la justicia de causas que sonaban altruistas, pero que eran tan vagas como fueron en Francia la libertad, la igualdad y la fraternidad.

La otra razón de mi sosiego era Margarita. La veía sin necesidad de verla. La memoria del breve recorrido a caballo, de las cuarenta y ocho horas de intimidad junto a su niña enferma, permanecía indeleble como una constante brisa que soplaba aliviando los quehaceres y urgencias de esos días. Albergaba la seguridad de que volvería a estar con ella, que entre los dos el destino había tendido un puente que tendríamos que atravesar. Yo le llevaba más de veinte años, pero la cronología no me disuadiría del intento de acercarme. No era una niña; por muy joven que fuera, era una mujer hecha y derecha. Durante la semana envié a diario a Segundo a inquirir sobre la salud de la pequeña, que según las nuevas que traía él de regreso, estaba ya totalmente restablecida.

Que pudiese enamorarme de nuevo de una manera rotunda y súbita me causó una mezcla de asombro, dicha y temor. A mi edad y con mi historia pensaba que poco o nada me faltaba por experimentar, pero me equivocaba ciertamente. A diario, en mi relación de médico con los pacientes, mi carácter se transformaba; me percibía liberado de una coraza que desde niño me obligaron a llevar. La extrema sencillez de mi vida, que a menudo maldecía, también me dejaba en libertad. Aprendía a confiar en los demás, a ver a través de los prejuicios, a ser espontáneo, a levantarme muy temprano, a cocinar yo mismo lo que jamás lograría preparar Sagrario con sólo mis instrucciones. El repentino despertar de la atracción y ternura que sentí hacia Margarita me transportó a la virginidad de mi adolescencia cuando era difícil separar el deseo del amor. Pero no me faltaba el reproche: ¿no era atrevimiento que yo, tan lejano de mí, fingiendo ser quien no era, me enamorara de Margarita? ¿Tenía derecho acaso a rehacer esa parte de mi vida, a la pareja? ¿Tendría que decirle la verdad? ¿Era ésa todavía la verdad de mi vida? ¿Por qué si había decidido reinventarme en tantos aspectos, no podía reinventar la intimidad, el amor, ser verdaderamente otro en todos sentidos? Margarita no había emergido de la noche para que yo rescatara a su hija, sino para rescatarme a mí. La vida la llevó a mi puerta. La maldita culpa no podía dominar por entero mi existencia.

Los días pasaron. La epidemia cedió. No murió nadie. A mi casa llegaron regalos, canastas con hortalizas, quesos, cuajadas, tortillas, pasteles. El agradecimiento de la gente me conmovía. Fui incapaz durante la emergencia de cobrar por mis servicios o por las medicinas.

Mi suministro de quinina estaba prácticamente agotado, pero don José Antonio me enviaba cada semana plantas de Artemisa y mandó a su cocinero Kim a enseñarme cómo hacer un almácigo para reproducirlas. John viajó a Granada a ver a Lorena y le encargué los libros que pudiese encontrar sobre hierbas y remedios caseros. También indagaría sobre la disponibilidad de quinina en las farmacias y me conseguiría algunos implementos como probetas y morteros, para que yo produjera infusiones, emplastos y hasta píldoras con el herbolario que empecé a cultivar en mi jardín.

Rara era la tarde que no tuviese visitas. Después de todo, había estado en las casas de muchas familias y las parejas que salían a caminar por las tardes se detenían a saludarme y preguntar cómo me encontraba. No era de mis favoritas costumbres provincianas. Me cansaban las conversaciones que abundaban en detalles sobre parientes y personas que apenas conocía. Prefería los cuentos y chismes, que eran una forma de entretenimiento en un lugar pequeño donde las vidas y secretos de los demás en poco tiempo pasaban a ser del dominio público. La capacidad de inventiva y distorsión era extraordinaria. Temible.

Me intrigaba que Margarita no hiciera su aparición y me visitara. Pensaba en ella constantemente. Cada vez que golpeaban a la puerta, imaginaba que sería ella. Las dudas llegaron a mortificarme: ¿se arrepentiría acaso de su comportamiento, de la confianza de su trato conmigo, un desconocido?, ¿temería la fuerza del sentimiento que ambos percibimos, la atracción indiscutible entre los dos?, ¿la amilanarían las habladurías de la gente si ella, una viuda, se aparecía por mi casa? La ansiedad sustituyó la quieta seguridad que ingenuamente alimenté de que ambos buscaríamos la mutua compañía. Me recriminé el atrevimiento de haberlo pensado.

Mi convicción de que la vida me ofrecía un futuro más leve que expiar mis culpas se iba desvaneciendo como las tardes inmersas en la lluvia.

Sin embargo, el día llegó cuando, montado en el mismo caballo gris en el que cabalgamos ella y yo, el mandador de su hacienda se presentó ante mi puerta. Segundo lo hizo pasar a mi estudio.

El hombre enjuto, campesino de pocas palabras, me extendió un paquete.

—Esto le manda doña Margarita Arauz. Me retiro con su permiso.

—Espere —le dije—. Pase a la sala. Es posible que le envíe algo con usted.

El paquete envuelto en papel de china estaba empacado cuidadosamente. Me costó desatar el cordel con que venía atado.

Dentro encontré un precioso y pesado anillo de oro que tenía una piedra de ónix rodeada de pequeños diamantes.

Doctor Praslin: No tengo cómo pagarle lo que hizo por mi Delia. Reciba entonces esta prenda de mi amistad y agradecimiento.

Margarita Arauz vda. de Guerrero.

Su letra era clara, elegante.

No podía aceptarlo, por supuesto. Sostuve un rato el anillo entre mis manos. Lo llevé a mi nariz para sentir su perfume. Lo imaginé en sus manos, unas manos que, me percaté, no lograba visualizar.

¿Qué me poseyó? ¿La angustia de que se me fuera de las manos como una mariposa azul, la brillante *morphus* que abundaba en los bosques próximos? ¿La euforia de aprovechar la ocasión para mandarle un claro mensaje de mis intenciones? No lo pensé más que unos minutos. Volví el anillo a su caja, tomé una de las blancas cartulinas que usaba para mis recetas y escribí:

Tomaré este anillo sólo si usted me deja ponerlo en su dedo el día en que acepte ser mi esposa.

Jorge Choiseul de Praslin.

Empaqué la caja de nuevo lo mejor que pude dada la agitación que me atontaba.

Oí los cascos del caballo cuando el hombre partió rumbo a la casa de las barandas blancas.

Capítulo 40

Margarita no era el tipo de mujer de quien esperar una respuesta inmediata. Por la tarde, disimulando mi ansiedad, fui a visitarla. Me recibió con una sonrisa pícara e irónica.

—Sólo porque me vio en camisa de dormir y yo lo vi en pijama no tiene que casarse conmigo.

Recuerdo su vestido blanco, vaporoso, la piel de su cara me recordó a Fanny cuando era joven. Ella también tuvo una piel impoluta, aterciopelada. Me reí.

—Ni usted tenía que mandarme ese anillo tan valioso. Sucumbí a la tentación.

—Ni todas mis joyas hubiesen pagado lo que hizo por mi hija, doctor. Como se habrá dado cuenta, aquí más que dinero, usamos el trueque. Supe que le llevaron muchos regalos. No osé peturbarlo en medio de la epidemia, pero no me quise quedar atrás. Gracias de mi parte y de parte de Matagalpa. Hizo usted mucho bien en estos días.

Me apabulló su generosidad. ¿Qué pensaría de mí si supiera? Aparté el pensamiento como un moscardón. Podía vindicarme, lo estaba demostrando. Tenía vida aún para lavar esa mancha, purificarme. Eso pensé.

El sol empezaba a declinar sobre las montañas y soplaba una brisa fresca, deliciosa.

—Demos un paseo —me dijo—. Quiero que veas este lugar.

Bordeamos una vereda y nos adentramos en un bosque donde me sorprendió ver la profusión de liquidámbar de hojas con cinco o seis lóbulos, los troncos rugosos como piel de lagarto. También vimos el nogal, cuya madera es preciosa, helechos gigantes y grandes piedras.

—Un castaño —le dije—. ¿Comen sus frutas?

—Se las comen las ardillas —sonrió.

Vagamos un rato. Ella me tomaba la mano para apoyarse en los accidentes del terreno, me hablaba de los monos congos que oía aullar por las noches desde su casa.

Me dijo que debía un día explorar por allí, porque había muchas hierbas medicinales, zarzaparrilla, cuculmeca, suelda con suelda.

No estaba mi espíritu para hierbas medicinales en ese momento. Observar a Margarita absorbía toda mi atención.

Vimos el atardecer entre los árboles. Callamos. Ella se acercó y no objetó que yo pusiera mi brazo sobre sus hombros. Se reclinó contra mí.

—Hace tres años que murió mi esposo —dijo—. Delia tenía sólo un año. No me opongo a la idea de casarme —añadió sin volver el rostro, mirando el rojo del cielo crepuscular—, pero apenas nos conocemos.

—Te entiendo —dije—. Menos mal que vivimos en el mismo lugar y eso no es difícil.

Esa noche apenas dormí. Una mezcla de profunda necesidad de compañía y amor que, hasta la aparición de Margarita, estuvo suprimida y soterrada bajo la noción de que ninguna felicidad me sería posible excepto la de estar vivo, se enfrentaba con el dilema moral de permitirme amar y ser amado. Seguir adelante guiado por mi instinto, me decía, era ser consecuente con mi propósito de inventarme una vida nueva. De nada serviría el esfuerzo de tantos que me ayudaron a huir, si yo condenaba mi existencia a pagar por un crimen al que me empujaron las circunstancias. El instinto de la vida hilaba sus telas y soplaba el viento para que mi barca se echara a navegar dejando atrás, o al menos posponiendo toda idea de infierno o purgatorio. Se me expandía el pecho imaginando a Margarita en mi diario vivir.

La perspectiva de formar una nueva familia convirtió mi lasitud en participar en la búsqueda de tierras con John, en premura. Mi amigo me miró asombrado cuando le hablé de mis planes.

—¿Margarita Arauz, nada menos que Margarita Arauz, la Rosa Blanca? —me dijo, poniéndome al tanto de que así le decían en el pueblo por su preferencia de vestirse de blanco y porque su belleza era comentada en millas a la redonda—. No creo que se case contigo. Nadie ha podido cruzar el foso de ese castillo desde que enviudó. Pero bueno, no hay ilusión malsana —rio entonces.

—Entiendo que pienses que es sólo una ilusión —sonreí—, yo también apenas me lo creo. Y puede que no pase a más, pero también depende de cuán bien prepare yo el terreno y le dé a ella confianza en que mi propuesta va en serio.

Mientras en Matagalpa la rutina solo la alteraban los sucesos relacionados con el clima, de Granada llegaban con regularidad noticias relacionadas con sucesos políticos, cada vez más preocupantes. Aparentemente, mientras el comodoro Cornelius Vanderbilt se tomaba cinco meses de vacaciones en Europa con su familia, William Walker, el jefe de los filibusteros que estaban en Nicaragua invitados como combatientes por el Partido Democrático de León, había logrado con Morgan y Garrison, dos antiguos empleados de la Compañía del Tránsito, despojarlo de su empresa. Para hacerlo, convencieron al presidente Patricio Rivas, conocido como un pelele del norteamericano Walker, que Vanderbilt debía a Nicaragua muchísimo dinero por el uso de la ruta. Era un ardid, pero los barcos fueron confiscados y utilizados para llevar más mercenarios de Estados Unidos a Nicaragua a seguir la guerra de Walker. Embarcar soldados confundidos entre los pasajeros, como venían haciendo Byron Cole y William Walker, costó la vida de varios incautos viajeros que iban de regreso a Nueva York. El ejército legitimista disparó contra la nave y una mujer y un niño perecieron. Walker, que se había tomado Granada, mandó a amenazar al general Ponciano Corral con tomar de rehenes a gente de la ciudad. En esa situación se dio una tregua de ambos bandos. Se rumoraba que Walker era cada día más fuerte y que su ambición era anexar Nicaragua a los Estados Unidos.

Yo le insistía a John que debía traer a Lorena a Matagalpa. La guerra se generalizaba en el país. Granada estaba en manos de los filibusteros. Corral había sido fusilado. En búsqueda de refugio, un buen grupo de líderes legitimistas se ampararon en Matagalpa y allí organizaron un ejército que llamaron del Septentrión, y también adiestraron en formaciones militares a un numeroso grupo de flecheros indígenas que llevaron a la batalla de San Jacinto, el 14 de septiembre de 1856.

Lorena se quedó en Granada hasta noviembre de ese año. Afortunadamente los nicaragüenses, después que Walker se hizo nombrar presidente del país en unas elecciones burdas, fueron entrando en razón y oponiéndose a las ambiciones de este hombre, que por ser del sur de Estados Unidos intentaba decretar la esclavitud e imponer el inglés como la lengua oficial del país. Cuando Walker se percató de que perdería Granada, dio orden a uno de los suyos, Henningsen, de incendiarla. Eran los primeros días de diciembre cuando al fin convencí a John de que fuéramos a rescatar a Lorena.

Mi relación con Margarita marchaba sin prisas. No quería presionarla. Ella era afectuosa, desinhibida, sensual y nada mojigata. Nos besábamos largamente, nos abrazábamos y acariciábamos. No me cupo duda desde el inicio que, hasta que nos casáramos, esos intercambios serían el límite de nuestra intimidad. El deseo no pocas veces me llevó a intentar doblegar su voluntad, porque la sentía igualmente apasionada y veía sus ojos entornados, su piel enrojecerse, su cuerpo entero acalorarse, su garganta contener los gemidos, pero cuando con voz ronca me pedía que me detuviera, una fuerza que creo provenía de haber llegado a conocerme mejor que muchos, me detenía.

En cuanto a su curiosidad, indagaba sin muchos rodeos sobre mis planes, mi situación económica, si podría darle a ella y su hija seguridad y estabilidad, si podría contar conmigo para la administración de su hacienda. Ella tenía medios, pero no aceptaría que su marido dependiera de ella. A todas esas preguntas pude responder: no debía preocuparse. La venta de mi casa y unas tierras heredadas cerca de París, convertidas en oro, me permitían solvencia. De hecho, mi abogado llegaría en breve de Francia, llevándome otra parte de mis reservas. Me creyó. Me creía cuanto le decía. El amor colaboró en convertirme en un maestro de la invención y la mentira.

Después que insistí en acompañar a John a Granada, fui a la hacienda en el Apante a despedirme de Margarita. A pesar que la guerra no había tocado directamente Matagalpa, ninguno de nosotros estaba inmune a sus efectos. Al pueblo llegaban cada vez más familiares que pedían refugio; en mi consultorio atendí flecheros indígenas heridos. Escaseaban algunos productos, y cantidad de jóvenes con vituallas y caballos habían marchado a enlistarse. Las noticias, además, eran pan de cada día y el comandante de la plaza se ocupaba de divulgar los partes militares.

Margarita estaba sentada a la mesa del comedor que le servía de escritorio. Sumaba y restaba cuentas de la hacienda. Escribía, con su letra pulcra y angular, en el cuaderno de entradas y salidas, cifras que tomaba de papeles sueltos.

Me miró y sonrió. Soltó el lápiz, suspiró y se echó el pelo para atrás.

—¡Me merezco un rato de distracción! ¡Cómo odio hacer cuentas!

—No quería marcharme sin despedirme —le dije—. No quiero que te preocupes, pero John y yo saldremos en un rato hacia Granada a rescatar a Lorena.

—¿Lorena? ¿Acaso pidió que la rescataran?

—No. Pero sabemos que Walker está rodeado y perdiendo la batalla en Granada y él ha dicho repetidas veces que la quemaría antes que entregarla. Un incendio en Granada se regaría por toda la ciudad en poco tiempo. Lorena es una mujer sola. Sabes que John la quiere. Y es conveniente que alguien lo acompañe.

—Debes llevar a Segundo —me dijo.

—John lleva a Bernardino, el capataz de su hacienda. No te preocupes.

Insistió en que llevara a Segundo, pero no intentó disuadirme y me dijo adiós con un abrazo apretado, pero sin drama.

John y yo llegamos a Granada el 13 de diciembre por la noche. Llevábamos una nota de José María Estrada, del Ejército del Septentrión, gracias a la cual pudimos penetrar el círculo de asedio de las tropas legitimistas. No más ver a Lorena agradecí haber insistido con John para que viniésemos a rescatarla. Estaba muy delgada, los ojos grandes lucían doblemente grandes sobre los pómulos altos, y a pesar de cuanto intentaba disimular, era evidente que la había pasado mal. Nos abrazó con gran alivio cuando logramos llegar a su casa, luego de mil vueltas para esquivar los retenes de los filibusteros.

—No hay tiempo que perder, Lorena. Debemos salir esta misma noche —dijo John.

Era de prever: Lorena se negó rotundamente. No se iría, dijo, los filibusteros tenían perdida esa batalla. Era cuestión de paciencia.

—Sabemos que tienen órdenes de incendiar Granada, Lorena. No puedes permanecer aquí. Es muy peligroso. Si toma fuego Granada, arderá de extremo a extremo sin remedio.

—Si hay un incendio saldremos en medio de las llamas, pero no antes —dijo Lorena.

—¡Fantástico! —exclamó John, sarcástico—. Me encanta el heroísmo.

—No es eso. Si nos vamos y dejamos la casa sola, robarán todo. Déjame terminar de empacar lo más importante. Nos será fácil partir deprisa si es necesario.

El razonamiento de Lorena era lógico para quien dudaba de que Granada perecería en un incendio. Lo que se decía de las órdenes de Walker era un rumor solamente.

Pasamos la noche empacando las pertenencias de Lorena, y los objetos y libros que ella atesoraba. Tuve en mis manos bellos cuencos indígenas pintados en naranja o rojo y negro, ídolos extraños con rostros mitad humano, mitad animal, o con lagartos emergiendo de sus cabezas. Eran piezas de cerámica precolombina que debían tener inmenso valor. Empacamos libros, la enciclopedia médica, novelas de pastas de cuero y minuciosos encuadernados. Celebré para mis adentros que Lorena no atendiera nuestra petición de dejarlo todo y salvar su vida. Ambas cosas serían posibles al día siguiente.

Me fui a la cama en la madrugada. Deben haber sido las siete o así cuando un tenue, pero inequívoco olor a madera quemada me despertó. Me vestí corriendo. Aparecimos Lorena, John y yo casi al mismo tiempo en el corredor. Nos miramos y ya no hubo más dudas sobre lo que nos tocaba hacer.

Capítulo 41

Nuestra salida de Granada fue lenta y tortuosa. Me transportó a escenas de mis lecturas sobre el terremoto e incendio de Lisboa, el fuego en Roma y Pompeya. Carretas cargadas como las nuestras, sus ocupantes intentando salir de la ciudad al unísono, poseídos por el pánico, se aglomeraban en los caminos vecinales, sus miradas retornando una y otra vez al horizonte de la ciudad en llamas. Lorena había enmudecido, pero el brillo de sus ojos tenía su propia aterrada elocuencia. El calor del incendio viajaba en ráfagas con el viento que lo extendía de un lado al otro de la ciudad. Afortunadamente, el humo no alcanzaba aún a sofocarnos, pero nos amenazaba. John y Segundo eran hábiles y tenían don de mando. La voz de mi amigo, firme y autoritaria, nos ayudó a avanzar lentos pero seguros. Finalmente salimos del atolladero y enrumbamos hacia las brumas de Matagalpa. Mi asombro y rabia ante la actuación de los filibusteros y la arrogancia de Walker fue más fuerte que el temor de salir de Granada entre aquel maremágnum de gentes, carretas y caballos. Paradójico que la Ruta del Tránsito y la idea del canal de Vanderbilt hubiese terminado siendo la vía para que estos mercenarios intentaran dominar el país y aprovechar las reyertas de sus políticos. Que Walker se autonombrara presidente era una despreciable burla para los nicaragüenses. Para colmo, los Estados Unidos, y su ministro Wheeler, reconocieron como legítimo su gobierno, cuando a ojos vistas no era más que una descarada ocupación del país. Pero, ¿a quién le importaba Nicaragua? Los imperios decidían las reglas del juego. Nunca fue tan clara para mí la manera que funcionaba el poder en las colonias. John y yo habíamos conversado sobre Haití, él criticando el papel de Francia y yo argumentando la prosperidad del país mientras fue colonia francesa. Pero vivir la experiencia en Nicaragua me ayudaba a comprender por qué las poblaciones se rebelan contra quienes intentan dominarlas con otra cultura, otro idioma y un látigo que hace pasar por progreso la dominación y humillación a que los someten. Lo que nunca antes me estorbara, ahora me espantaba. ¡Incendiar Granada! ¡Qué aberración!

El viaje de ida y regreso de Granada nos tomó diez días. John y yo pensamos que lo mejor sería que Lorena se hospedara temporalmente con Margarita, para evitar las habladurías y críticas que no faltarían si se hospedaba en casa de John, o la mía. Al llegar nos dirigimos sin demora a la finca del Apante.

El sol caía sin reparos sobre el paisaje aún verde de diciembre. Soplaba un viento fuerte y fresco que doblaba las silvestres flores amarillas a los lados del camino. Apreté el paso, ansioso de ver a Margarita. Olía mal del viaje y mi ropa estaba sucia de polvo, pero ella, afortunadamente, era mujer de campo y no dama de la corte. Cabalgaba sobre el último trecho avistando las barandas blancas de la casa cuando la vi en el jardín cortando hierbas para la cocina. Vestida de blanco como siempre, sencilla, con los brazos desnudos y una blusa holgada, se llevó la mano a la boca con sorpresa, tiró tijeras y canasta, se tomó las faldas con la mano y corrió veloz a encontrarme. Bajé deprisa de la montura, y la recibí con un abrazo que ella prolongó apretándome con fuerza. ¡Gracias Dios, Gracias Dios!, dijo varias veces.

Después hablamos sobre el hospedaje de Lorena y su anfitriona le mostró la habitación donde podría permanecer «cuanto tiempo quisiera»

Margarita y yo nos quedamos solos un rato. Me contó entonces que por varias noches tuvo terribles pesadillas en las que yo no regresaba. En el sueño, un mensajero le llevaba una camisa mía rota diciéndole que estaba muerto, pero no encontraban mi cadáver. Su rostro, mientras hablaba, expresaba gran desolación. El hecho de que me tuviera de frente vivo, sano y salvo, aparentemente no era suficiente para aliviar el mal rato que su subconsciente la hizo pasar. Me abrazó y me besó con gran dulzura. Cerré los ojos y me dejé querer. ¡Qué diferente es el mundo cuando uno es especial para otro ser humano!

—Me casaré contigo, Jorge. No bien pase esta guerra, me casaré contigo.

Al fin, tras tres años de cortejo y de conocernos, ella se decidía. De vuelta a mi casa, tuve que agradecerle a William Walker el incendio de Granada. Como reza el refrán: «No hay mal que por bien no venga».

Poco después se corrió la noticia de que el comodoro Vanderbilt y los ingleses estaban apoyando al gobierno de Costa Rica con armas y pertrechos y habían cortado las líneas de suministro a Walker y los filibusteros por la Ruta del Tránsito.

Walker fue perdiendo partidarios, aislándose cada vez más y finalmente se rindió en mayo ante el capitán Charles

Davis de la nave *St. Mary's* en la que partió desde San Juan del Sur a Panamá y después a Nueva Orleans.

La noticia fue motivo de gran regocijo. Organicé una cena de celebración en mi casa. Margarita pasó todo el día cocinando. Me divertí mucho enfrascándome con ella en discusiones sobre las diferencias entre las salsas de la comida francesa y las pesadas y espesas confecciones que los nicaragüenses usaban en sus comidas celebratorias. Yo conseguí unos conejos silvestres y la verdad es que nos quedaron de chuparse los dedos. En esa cena sencilla fui feliz. John, Lorena, Alicia, la madre de John, Potter y su esposa, los Elster y José Antonio con su esposa Sonia, recién llegada de un largo viaje por Europa eran los invitados. Con Margarita a mi diestra, los amigos y aquellos con los que compartí las dudas e incomodidades de adaptarnos a un país fascinante pero difícil como Nicaragua, sentí que al fin había alcanzado a cerrar el círculo de mis incertidumbres y arraigarme en una vida pastoril pero respetable. En Matagalpa, aun despojado de mis títulos nobiliarios, no me cabía duda de ser parte de la «nobleza» de la ciudad. Los nicaragüenses eran pródigos en cuanto a sus afectos y hospitalidad. El pequeño pueblo que desdeñé a mi llegada había logrado taladrar numerosos túneles y socavar mis resistencias. Ya estaba acostumbrado a las calles de tierra apelmazada, la convivencia, los saludos con los transeúntes, la amistad con los tenderos, y con Benjamín, que encendía los faroles a las seis en punto de la tarde.

En esa misma cena, Margarita y yo anunciamos la fecha de nuestra postergada boda y pedimos a John y Lorena que fueran nuestros padrinos. Empezaba para el país un período de paz. No supe más del comodoro Vanderbilt.

Capítulo 42

Margarita y yo nos casamos el 4 de octubre de 1859, día de san Francisco de Asís. La noche antes de la boda me recriminé por lo que hacía, pero también me poseyó una eufórica felicidad. Ciertamente que una parte de lo que conocía Margarita de mí era una ficción, pero era cierto también que me había construido otra vida y que ésta tenía la realidad del presente. ¿Por qué no iba a valer más el hombre que había llegado a ser, que el personaje enterrado en la cripta de Vaux-Praslin? Cuando veía la confianza en los ojos de Margarita, esa mirada indescriptible que descubre el pasaje hondo y único que existe entre quienes se aman, me ahogaba la necesidad de revelarle mi pasado para que ningún secreto existiera entre nosotros, pero el miedo a las consecuencias me paralizaba. No podía tolerar la idea de perderla, o que me rechazara.

La ceremonia fue en la pequeña y antigua iglesia de Dolores en Laborío. La familia Arauz, una de las más antiguas y destacadas de Matagalpa, a cuyo examen me sometí en varias comilonas, paseos y fiestas en los meses anteriores, llegó en pleno, al igual que mis amigos más cercanos: la madre de

John, Potter y su familia, Ludwig y Katherina Elster, Alberto Vogl, Otto Kühl, Enrique Gottel, quien había manejado el servicio de diligencias que usara Vanderbilt, José Antonio y su esposa Sonia, en cuya hacienda pasaríamos la luna de miel, y personajes de nuestro servicio y del pueblo, como Segundo, Benjamín, Sagrario, en fin. La boda fue un acontecimiento y la fiesta fue en la plaza frente a la iglesia.

—Ya ves, Lorena, lo que se logra con ser médico y haberse leído cuanto se ha escrito sobre la malaria —bromeaba John mientras salíamos de la iglesia.

Fue un día feliz. Tomada de la mano de la madre, Delia iba vestida también de blanco, con una ancha falda de tul y el pelo adornado con flores. Llevó los anillos al altar con parsimonia y elegancia. Me enterneció verla sentirse tan importante.

En cuanto a Margarita, por lo que a mí tocaba, podía haber llevado su camisa de noche y la habría visto igualmente bella. Como era viuda, no fue vestida de novia, pero vistió de blanco como era su costumbre. El templo estaba adornado con crisantemos y lirios. Olía a incienso. Ver entrar a quien en breve sería mi esposa por la nave central, caminando sola y con parsimonia hasta el altar, sin velos ni pretensiones de virginidad, la frente alzada, el pelo trenzado alrededor de la cabeza, adornado con rosas blancas, desató una racha gélida en mi sangre. Tuve que sostenerme del brazo de John para estabilizar el temblor de mis piernas y prevenir a mi cuerpo de huir, salir corriendo antes de cometer lo que en aquel momento me pareció una infamia descomunal. La impostura de mi situación, en contraste con la inocencia y buena voluntad de quienes me acogían, me hacían feliz y se congratulaban de mi buena suerte, casi me sepulta bajo un aluvión de remordimientos. Se me llenaron los ojos de lágrimas, mi corazón y mi respiración perdieron el compás. John sonreía dándome palmaditas en el brazo. Quienes me veían pensaban que me embargaba la emoción del enamorado. Paradójicamente, fue sólo el amor que, con la misma intensidad, sentía por Margarita, el que me permitió seguir hasta el fin. Con ella al lado, durante la misa, me controlé y lentamente volví a apropiarme de las justificaciones con que accedí al corazón de la mujer que con total fe y confianza en mi capacidad de hacerla feliz expresó su consentimiento y voluntad de estar conmigo hasta que la muerte nos separara.

A media tarde, José Antonio me avisó que los caballos y el baqueano estaban preparados para llevarnos a La Gloria, su hacienda en Jinotega. Debíamos salir temprano para que la noche no nos cayera encima. Partimos en medio del jolgorio tradicional que, en Matagalpa, incluía una simpática orquesta de pueblo con violines criollos y guitarras, que curiosamente tocaban mazurcas y polkas.

Mi ánimo había mejorado en la fiesta con un whisky escocés regalo de Potter. La alegría de la celebración logró retornarme al presente y a Margarita. Ésta lucía tan feliz que me sumergí en el halo de gozo que emanaba de toda ella.

De camino a nuestra luna de miel, galopamos en medio de pinares y cerros. La mañana soleada que nos tocara en suerte para la ceremonia, daba paso a un cielo donde las nubes negras devoraban el azul a grandes bocanadas anunciando un aguacero vespertino. Debíamos darnos prisa. Yo era mejor jinete que Margarita, pero ella era igual de arrojada. Yo reducía la velocidad y entonces ella espoleaba al caballo y me retaba. Pocas cosas pueden competir con el romance de cabalgar a dúo.

Llegamos a La Gloria riendo y con los sentidos excitados por el viento, la velocidad y el peligro. Julio, el mandador de la hacienda, que era joven, apuesto y con la eficiencia y elegancia de un mayordomo parisino, se encargó del equipaje y nos ofreció una fría limonada. Luego nos condujo por una vereda a una cabaña construida junto al río que atravesaba la propiedad. Vimos encantados la pequeña y primorosa construcción que contaba con una terraza sobre el agua y desde la que se avistaba no muy lejos una cascada. Era un salto de mediano caudal, cuyo sonido era más de murmullo que de torrente. Dentro de la sencilla habitación, donde la cama estaba pulcramente dispuesta con sábanas blancas y varias almohadas, Julio encendió para nosotros candelas aromáticas y nos mostró la mesa dispuesta con bocadillos y una botella de vino tinto francés de buena cosecha, regalo de nuestro anfitrión. Salimos a ver el río y el atardecer. Julio preguntó si no deseábamos nada más y se retiró luego que le dimos las bien merecidas gracias. Poco después empezó a llover, una lluvia fuerte y refrescante. Sentada en una roca frente al río, Margarita no se movió. Alzó la cabeza y dejó que el agua lavara el polvo del camino de su piel y su pelo. Seguí su ejemplo. Estuvimos buen rato bajo la lluvia. Yo me preguntaba qué haría ella, si entraría a la habitación con la ropa mojada; si yo debía tomar la iniciativa de desnudarme allí mismo en la terraza. La vi con frío, mirándome y con prisa me quité pantalones y camisa y me quedé en ropa interior. Era una escena divertida porque no hablábamos. El único sonido era el aguacero, pero nos mirábamos con una mezcla de picardía y deseo. Ella siguió mi ejemplo. En calzones y camisola, entró corriendo a la habitación. Nos secamos uno al otro con las toallas que estaban dobladas sobre la cama.

Un fluido donde el amor inmenso que me inspiraba hizo combustión con mi deseo guardado, tomó control de mis pensamientos. La desvestí temblando, en silencio, besándola, mirando y palpando al fin los firmes pechos, grandes y rotundos, la piel cálida, sedosa, ligeramente húmeda. La contemplé. Pensé en estatuas, en lienzos de las múltiples mujeres que por siglos han inspirado a los grandes maestros de la pintura. La cintura, las piernas, cada rasgo y curvatura era un deslumbre de fosforescencia rosa bajo la luz dorada de las velas. Me hundí en ella, en sus brazos que me abrazaban, las manos delicadas que volaban sobre mi espalda como alas de ave jugando con alguna ola, picoteando sin prisa. Mis años de celibato forzado, me apuraban, pero ella me susurraba que fuera despacio; me hizo besarla toda, de arriba abajo. Cuando hundí mi cabeza en su sexo, gimió, y con sus manos suaves dirigió mis movimientos obligándome a la lentitud, a regodearme, como si el tiempo no importara y ella fuera un panal lleno de miel donde había que hurgar cada alveolo hasta vaciarlo de dulzura. El orgasmo la arqueó toda, la hizo temblar, sacudir el cuerpo, sus gemidos se mezclaron con risas, con llanto, con sus manos aferrándose a mi cuello. Entré en su sexo húmedo y también lentamente nos mecimos. Su interior era cálido, estrecho y profundo. No duré mucho. Imposible. Estallé y un vahído del más intenso placer me recorrió entero.

Capítulo 43

Nos quedamos en La Gloria dos días deliciosos. Nadamos en el río y bajo la cascada, hicimos el amor, paseamos a caballo por la hacienda, comimos pierna de venado y tortillas frescas, enseñé a María, la cocinera, cómo dejar muy tiernos los huevos revueltos. Era una mujer joven, muy risueña. Pensaría que era excéntrico por entrometerme en sus oficios, pero tomó mis instrucciones con filosofía.

De regreso al Apante, nos instalamos cómodamente en la felicidad de estar juntos. Me resultó fácil conjugar los verbos en plural, participar en las decisiones sobre la educación de Delia. Desde nuestro matrimonio, vivíamos en la casa de barandas blancas. Para señalar su nueva vida, Margarita sustituyó todos los muebles, excepto algunos que eran antiguos de su familia y me dejó hacer con Ramón, sillas, mesas, camas y estantes nuevos de caoba, cedro, pino y otras maderas escogidas. Se empeñó también en cambiar pisos, cortinas y en mover las particiones de la planta alta para hacer más habitaciones dado el propósito que cumplió de tener una familia numerosa. La casa en la Calle del Comercio se convirtió en mi clínica y en oficina para administrar nuestras haciendas.

Un año y meses después de casarnos nació nuestro primer hijo, Jorge. No era ni para Margarita, ni para mí, el primer nacimiento de un ser de nuestra carne y sangre, pero un hijo concreta el amor de un hombre y una mujer, lo hace tangible y genera un testigo. Con cada hijo que nació de mi matrimonio con Margarita —fueron seis— el hueco de mis otros nueve hijos se hizo más profundo. Desde mi primera muerte, el presente albergaba siempre el telón de fondo del pasado. En Francia mi hijo Gastón sería ahora Duque, estaría encargado de Vaux-Praslin, quizás sería padre a su vez. Y ¿qué sería de Berthe, Louise, Isabelle, Raynard, Leontine Aline, Marie, Horace?

Me volqué en mis hijos nicaragüenses, intentando depositar en ellos el amor que no pude darles a los otros, pero era una sustitución imposible. Cada criatura debía ser amada por quien era, no como avatar de esos rostros perdidos, que temía me serían irreconocibles si acaso volvía a verlos. No, no, no, me repetía, horrorizado ante la idea de no reconocer a mis propios hijos. Sí los reconocería, con sólo mirarlos a los ojos, los reconocería, me aseguraba sin convicción.

Sobre el cauce encantado de nuestro matrimonio, mi sangre corría llena de sedimentos. Me angustiaba la duplicidad de mi existencia y refugiaba mis arranques de culpabilidad en el pecho amplio y acogedor de mi esposa, quien pensaba que me consolaba de *mal de patria* y de las frustraciones de lidiar con personas ignorantes, cuyas buenas intenciones impedían que les reclamara el mal cuidado que daban a sus cuerpos.

Bajo los gobiernos de los conservadores de Granada, el país prosperaba. Walker había sido fusilado en Honduras el mismo año del nacimiento de Jorge. La pequeña finca que empecé al año de llegar a Matagalpa, la dediqué a las hierbas de mis curaciones. Solicité al gobierno y obtuve quinientas manzanas de tierra y allí establecí una hacienda de café: Mina

Verde, un nombre perfecto. No llegué a las minas de oro de California con Vanderbilt, pero terminé siendo el primer cafetalero que obtuvo una licencia de exportación para su cosecha. Para la región, el café sería una verdadera mina verde.

Llegaron muchos extranjeros por esos años. Los veteranos nos encargábamos de acogerlos en la comunidad e iniciarlos en las costumbres y particularidades del país.

Poco después de nuestra boda, John decidió al fin pedirle matrimonio a Lorena. Ella se tomó su tiempo en aceptar y sólo lo hizo cuando ambos acordaron que ella viviría parte del tiempo en Matagalpa, otra parte en Granada y que no tendrían hijos. Después de la muerte de doña Alicia y la abuela Aurora, ella remozó la casa de la familia y se estableció como una dama matagalpina. Era querida y apreciada por todo el pueblo, porque organizó una pequeña biblioteca, un coro de niños cantores y fue mecenas de pintores y poetas. Los *salons* en su casa enriquecieron la escasa vida cultural de la ciudad. Lorena viajaba a Granada aproximadamente cada seis meses. Después del incendio, ella no esperó para reconstruir y ampliar su casa, transformándola en un hotel de mucho prestigio, que bautizó como La Gran Francia, un guiño a los granadinos que así llamaban a la casa desde los tiempos de mi estadía en esa ciudad. El hotel era el alojamiento preferido de diplomáticos y extranjeros pudientes.

CAPÍTULO 44

Me gustan las novelas porque no muestran ningún interés por la felicidad de sus personajes. Generalmente terminan cuando ellos la alcanzan. No hay mucho que decir de las vidas felices. Por más de veinte años yo he tratado de ser feliz, pero la culpa revive en mi cíclicamente. Es como las estaciones, como el otoño. Cuando su mirada me traspasa, las hojas del árbol de mi vida caen secas y arrugadas al suelo por más que trate de evitarlo. Me da por largas caminatas taciturnas varias veces al día. La mentira es un arte que logré dominar con indudable maestría, pero es también un filo muy delgado que requiere buena memoria y una vigilancia insomne para no caer en contradicciones, o dejar escapar referencias inéditas en medio de las emociones o las rabias. Vivir cuidándose de uno mismo es un oficio ingrato. Ser sincero, desahogarme, ha sido una tentación de años. He venido escribiendo esta relación de mis sentimientos y de cuanto ha acontecido en mi vida para dejar sentado mi deseo de explicarme. No es el perdón lo que me incita, es el misterio de la sustancia del ser, la compleja y confusa realidad que ha modelado mi vida introduciendo en ella el azar, que lo mismo me hizo partícipe de un crimen que me enfermó de malaria y luego me trajo a Margarita a la puerta misma de mi casa. ¿Cuánto es mío de mi vida? En la doctrina de Manes sólo existen dos principios: el bien y el mal, blanco y negro. Yo soy un personaje gris. Mi segunda vida, ¿en qué medida me redime de la primera? Vivir y amar con Margarita tendría que juzgarse aparte de Henriette y Fanny. No quiero que mi pasado pese sobre mis hijos, mis nietos, mi descendencia nicaragüense, pues el hombre que era Jorge Choiseul de Praslin, nació de nuevo de lo mejor de mí y su mayor martirio fue conocer la memoria del otro y soportarla. El cuerpo joven de Fanny aparece en mi conciencia. Recuerdo la textura de su piel bajo las sábanas, el peso de su pie sobre mi pierna, los pequeños ruidos que hacía de noche cuando soñaba. Recuerdo el calor de su interior y su languidez para hacer el amor con los ojos cerrados, abandonándose a mí como una flor o un gato. Una tristeza, como la ola de un mar creciente, rueda sobre mi alma: la veo luchar contra el dolor durante los partos de nuestros hijos, amamantarlos a disgusto, preocupada por sus pechos. Protesta, pero cumple con su parte. Yo no entiendo que se deprima después de parir, que cierre los ojos y no quiera ver al recién nacido. Dice que no le pertenece una vez que sale de su vientre. Yo jamás cargué nueve hijos nueve meses dentro de mí. ¿Qué sabía yo de lo que experimentaba ella al encarar el fin de esa profunda intimidad? Pero la impreco. La llamo egoísta, mas lleva razón. Ningún hijo nos pertenece. Ella lo sabe y se protege siendo cruel y desapegada. Sin embargo, insiste en seguir preñándose y dando a luz, porque su cuerpo demanda de ella esa entrega malentendida a mi sangre y descendencia. De jóvenes luego de amarnos, nos quedábamos en su *budoir*. Nos dábamos de comer. Leíamos. Ella jugaba con mi pene, yo con sus pechos. Esa mujer nunca se reservó nada de sí. Me amó hasta perder la razón ante mi indiferencia. ¡Qué pena me da ahora cada carta que escribió y no leí!, haber amurallado mi entendimiento para no escuchar los llamados y aullidos pidiéndome que no me mudara a mi habitación y la dejara sola por las noches. Era miedosa Fanny. Recién casados no podía dormir si no se aferraba a una parte mía: la mano, el pie entre los suyos, la espalda contra espalda. Con el tiempo, su calor me agobiaba. Huía hacia el borde de la cama. Ella me seguía. Insistía. Pobre Fanny, no supo tener medida, guardar el amor. Lo derramaba como si de no hacerlo rebalsaría y se anegaría ella misma en esa sustancia pegajosa que no la dejaba tener paz. Mi pobre Fanny, insegura, perrito faldero apegado al amo, despechada, ladrando sus quejas, ambulando por las noches frente a mi puerta. Oía sus pasos, sus pequeños y tímidos toques: Theóbald, Theóbald, déjame entrar, te necesito. Y yo metía la cabeza bajo la almohada sin piedad de sus pies descalzos en el frío del invierno cuando ella rondaba desolada, desesperada. La veo joven y luego ya mayor cuando sus carnes se ampliaron y ella sufría metiéndose en apretados corsés para que yo no la despreciara. Comía por desasosiego, comía sola en su habitación sin querer detenerse y quererse un poco. Se odiaba porque no alcanzaba a retenerme, porque no lograba mi oído, ni mi mano, ni mi conmiseración siquiera. Me escribía su amor todo el día. Veinte cartas. ¿Qué locura de amor hace que alguien escriba veinte cartas de varios pliegos en un solo día? Me juraba no ser más como era, me prometía la servidumbre y la entrega más abyecta. Yo leía algunas de sus cartas y me asqueaba. Sentía deseos de sacudirla para que volviera en sí, para que no se rebajara ante mí y sobre todo ante ella misma, pero no lo hice. Opté por la indiferencia. Le negué la palabra, me negué a mirarla, me negué a que existiera y temí que hiciera daño a los niños. Se quejaba con ellos de mi frialdad y los niños me miraban espantados. Tenía que explicarles lo inexplicable. ¿Cómo hablar del amor que de tanto prodigarse engendra el desprecio, el rechazo? Y entonces les prohibí que le hablaran, que escucharan sus lamentos y recriminaciones. Pensé que les hacía un bien aislándolos de la loca obsesión de su madre. ¡Qué alma, qué huesos los míos! Me alcanzan los ojos enormemente abiertos de Fanny ensangrentada, mirándome todavía con el amor de no querer creer lo que miraba. ¿Tú, tú eres el que me hace esto? Como César con las puñaladas de Brutus. Esa incredulidad no cesa de atormentarme, que me amara mientras yo era cómplice de su muerte. Y estoy seguro de que me imploró el golpe de gracia. No dijo nada, pero me miró y asintió, me dio la venia para que terminara de una vez su tormento espantoso: la otra mujer, mi amante pérfida, hundiéndole una y otra vez el puñal en sus carnes. No sé si Fanny ahora podría perdonarme, si me habrá perdonado en esa muerte donde más temprano que tarde la acompañaré. ¿De qué sirve el perdón? Es una ofensa pedir perdón a quien se le ha quitado la vida con la que podría concederlo.

¿Quién morirá cuando llegue el fin definitivo? ¿Cuál de los que he sido, el blanco, el negro, el gris? Si la pregunta ofreciera una solución fácil habría que sospechar. Soy un hombre que morirá dos veces, pero no soy dos personas; soy el mismo. Ni yo sé explicarlo.

Epílogo

No hay más páginas en el manuscrito que se encontró enrollado y guardado en una lata metálica tubular de galletas danesas.

El ingeniero encargado de demoler la casa de mi abuela Graciela en Matagalpa, fue quien me llamó con el hallazgo. Dijo que por ser escritora yo sabría qué hacer. Pensé en Borges y su amigo, Macedonio Fernández. El poema de Macedonio, Elena Bellamuerte, fue encontrado, escondido en una lata de galletas, años después que él falleciera. La lata que contenía el manuscrito del Duque la encontraron oculta en el cielo raso del cuarto principal. (Sonreí recordando que yo también escondí alguna vez papeles en el cielo raso del baño de mi casa). Al ingeniero le interesaba la lata de galletas. «Ésta sí que es antigua», me dijo. Logramos distinguir las ilustraciones, pero la escritura que alguna vez llevó en la superficie se había borrado por completo. Por dentro, el manuscrito se componía de 480 hojas de papel de estraza, no uniforme, escritos con tinta en una letra clara, cursiva, de rasgos largos y estilizados. La tinta y el papel habían soportado increíblemente bien el paso del tiempo. Según la enciclopedia de Tomlinson *Cyclopaedia of Useful Arts* que consulté, el tamaño de 40 x 27 centímetros correspondía al papel Elefante Doble, que se fabricaba tanto en Francia como en Inglaterra en el siglo XIX. La marca de agua que tenía indicaba el tipo de formato en que se había doblado el papel. El del manuscrito era un *post*, y la marca de agua era una pequeña trompeta.

La madre de mi abuela Graciela fue la tercera hija del matrimonio: Margarita Choiseul-Praslin Arauz, nacida en 1868. Graciela vivió hasta los 100 años. A su fiesta de cumpleaños asistió mi padre de 80.

En la familia y en Matagalpa, la historia del Duque Charles Theóbald Choiseul-Praslin pasó de generación a generación. Muchos, y me incluyo, la atribuimos a la fascinación de la mentalidad provinciana con los títulos nobiliarios. ¿Un Duque fugitivo en aquel pequeño pueblo? Sin embargo, las referencias aparecían y reaparecían con terca constancia. Historiadores como Eddy Kühl Arauz —cuya familia materna estaba vinculada a Margarita— y la detective norteamericana, Kim Swan Guzmán, casada con un nicaragüense también emparentado con la familia, realizaron extensas investigaciones y escritos sobre la historia y leyenda del Duque.

Hasta leer el manuscrito, a mí me costaba explicarme, entre otras cosas, que un noble perseguido por la justicia francesa emergiera en Matagalpa, esa población situada entre montañas, refugio de inmigrantes en la Nicaragua de los 1800, y diera nombre a una numerosa familia. Me preguntaba por qué, si era perseguido, habría optado por conservar su apellido. ¿Lo perseguían realmente, o pensándose seguro no quiso deshacerse de esa única seña de identidad? También se especulaba que el Duque podía haber sido un criado impostor que usó el nombre para legitimar sus delirios de nobleza, ayudado por algunos objetos personales del amo que llevó consigo en su largo viaje de París a Nicaragua. Pero ¿por qué querría el mayordomo, Auguste Charpentier, tomar la identidad de un personaje asociado a un famoso crimen? ¿Por qué habría viajado a Nicaragua, un sitio tan lejano y extraviado para continuar su vida? La tercera posibilidad, antes de conocer la versión del propio Choiseul, me seducía: si no era el Duque, ni su mayordomo, ¿quién se ocultaba detrás de ese hombre que se hizo conocer como Jorge Choiseul-Praslin y de cuya progenie surgí yo?

La tumba de Choiseul-Praslin no existe en el Cementerio de Extranjeros de Matagalpa, ni en el pueblo de Metapa, donde se especulaba podría estar. Se dice que él murió de una embolia cerebral durante una jornada de cacería con su hijo Jorge. Cuando el muchacho, después de correr a dar la noticia, regresó con ayuda al sitio donde pensó haber dejado el cadáver, nadie pudo encontrarlo. ¿Volvió a Francia a ver a sus otros hijos oculto tras los arbustos de Vaux-Praslin? ¿Murió solo víctima del remordimiento y la nostalgia? ¿Ocupó al fin su ataúd junto a Fanny? Aunque no es posible eximirlo de culpa, quisiera pensar que su reinvención lo cinceló y lo hizo un hombre distinto, capaz de abandonar su sombra, de comprender los ocultos pasajes de la condición humana y de amar con generosidad. Si logró sentirse redimido al final, no lo sabremos. No sé tampoco si Margarita conoció alguna vez el pasado verdadero de su esposo, ni qué efecto tuvo en ella. Lo cierto es que en su descendencia femenina han abundado las mujeres fuertes, precursoras y forjadoras del fin de la sumisión. Las historias de los ancestros son con frecuencia huidizas. Se escapan como el humo por la alta chimenea del tiempo. Queda entonces la redención de la imaginación; escuchar las leyendas, seguirlas hasta la realidad de donde surgieron. O tener, como yo, la suerte de encontrar un manuscrito encerrado en una lata de galletas.

Bellagio 2015-Managua 2018

Bibliografía

Alfred J. Church, *The Laureate's Country. A description of places connected with the life of Alfred Lord Tennyson*, primera edición en *Century Magazine*, 1881; reimpreso por Forgotten Books, 2015.

Eddy Kühl, *Matagalpa Histórica*, edición del autor, 2002.

Eddy Kühl, *Matagalpa y sus gentes*, Fondo de Producción Cultural INVERCASA, 2000.

Eddy Kühl, *Choiseul Praslin en Nicaragua*, PAVSA, 2014.

Stanley Loomis, *A Crime of Passion*, J.B. Lippincott Company, Philadelphia and New York, 1967.

David Pinkney, *Decisive Years in France, 1840-1847*, Princeton University Press, 1986.

T.J. Stiles, *The First Tycoon, The Epic Life of Cornelius Vanderbilt*, Alfred A. Knopf, 2009.

Enrique de Villalobos, *La Duquesa de Praslin*, Imprenta de D. Manuel Saurí, 1847, digitalizado por Google.

Documentos varios de la Biblioteca Nacional de Francia.

Documentos varios en sitios web de Internet.

Nota de la autora: Aunque la relación familiar, los datos, fechas y hasta las descripciones de ciudades son ciertas y fieles a la realidad histórica, me tomé en algunos casos "licencias poéticas" al imaginar mi personaje y sus relaciones y lecturas en la Isla de Wight.

Agradecimientos

Este libro tiene mucho que agradecer al espíritu persistente y curioso del investigador e historiador matagalpino, Eddy Kühl. En su hotel de montaña, Selva Negra en Matagalpa, en una suerte de mágico mezanine donde se exhibían objetos diversos del siglo XIX y principios del XX, época de la inmigración extranjera a esa ciudad, fue donde por primera vez vi la antigua fotografía del Duque Choiseul de Praslin. Con Eddy conversé muchas veces y gocé de su hospitalidad y la de su esposa Mausi, en ese verde paraíso entre montañas que han mantenido y cuidado por muchos años. Sus libros minuciosos sobre Matagalpa, sus gentes e historia fueron una ayuda invaluable para la elaboración de esta novela.

Agradezco a otra matagalpina, Dora María Téllez, que me brindara documentos sobre el caso Choiseul Praslin que ella había venido recogiendo en las investigaciones que hizo alrededor de su libro *Muera la Gobierna*. Gracias a Antoine Jolie, Embajador de Francia en Nicaragua hasta 2015, fui recibida y tuve acceso a la Biblioteca Nacional de Francia donde pude consultar diarios y escritos de la época.

El apoyo, consejos y notas de Sergio Ramírez, el estímulo de Ana Cristina Rossi, la lectura de Lutz Kliche y las notas de Mario Urtecho han contribuido a hacer de esta novela una obra más depurada en su estilo. Estoy en deuda con ellos por la generosidad de su tiempo y cariño.

Para escribir esta novela requerí de un silencio y concentración que es difícil encontrar en la vida cotidiana. Tuve la enorme suerte de contar con una beca de la Fundación Rockefeller que me permitió gozar de una residencia de un mes en la Villa Serbeloni en Bellagio, Italia. En Nicaragua, mis queridos amigos José Antonio y Sonia Baltodano me facilitaron que pasara tiempo en su isleta La Gloria en el Lago de Nicaragua. Ambos espacios fueron cruciales para poder iniciar y terminar esta novela. A Pilar Palacia en Bellagio, a Julio y María que me acompañaron y atendieron en La Gloria, también les estoy muy agradecida.

Finalmente, a mi asistente, Andrea Margarita del Carmen, a mi amigo y agente siempre accesible y sabio, Willie Schavelzon, a Barbara Graham y a mis editores extraordinarios Elena Ramírez y Alberto Díaz, les debo también mi gratitud.

A mis asistentes del hogar, Yadira Muñoz y Ana Girón, por sus cafecitos y el vino de las tardes. A Charlie Castaldi, a mis hijos y amistades, gracias por acompañarme y tolerar mis encierros y darme el amor y el gozo de su compañía en este proceso.

No puedo cerrar estos agradecimientos sin mencionar a mis lectoras y lectores que con sus mensajes y comentarios me hacen sentir que este trabajo de escribir y crear mundos vale la pena.